Dans les bras de Rafe Cortez

Impossible liaison

BARBARA DUNLOP

Dans les bras de Rafe Cortez

PASSIONS

HARLEQUIN

Collection : PASSIONS

Titre original :
BIDDING ON A TEXAN

HARPERCOLLINS FRANCE
83-85, boulevard Vincent-Auriol, 75646 PARIS CEDEX 13
Service Lectrices — Tél. : 01 45 82 47 47 - www.harlequin.fr
ISBN 978-2-2804-6854-1 — ISSN 1950-2761

Composé et édité par HarperCollins France.
Imprimé en mai 2022 par CPI Black Print (Barcelone)
en utilisant 100% d'électricité renouvelable.
Dépôt légal : juin 2022.

FSC
www.fsc.org
MIXTE
Papier issu de sources responsables
FSC® C159065

Pour limiter l'empreinte environnementale de ses livres, HarperCollins France s'engage à n'utiliser que du papier fabriqué à partir de bois provenant de forêts gérées durablement et de manière responsable.

- 1 -

Rafe Cortez-Williams avait ouvert un *steakhouse* à Royal, dans l'État du Texas, contre la volonté de son père, qui voyait en lui l'héritier naturel du ranch familial installé dans le comté de Mustang depuis plusieurs générations. Rafe considérait ses quatre frères comme des cow-boys beaucoup plus qualifiés que lui. Aussi, trois ans auparavant, avait-il sauté le pas en s'installant à son compte. Son restaurant, situé au cœur de la ville, avait remporté un franc succès dès son ouverture. La carte proposait des steaks tendres et des hamburgers juteux grillés à la perfection, des plateaux de fruits de mer et des spécialités asiatiques. Malgré les nombreuses réserves de son entourage, l'affaire était florissante, tout au moins jusqu'aux récents événements qui avaient ébranlé la région tout entière.

— Un peu de monde, aujourd'hui ?

J.J. Yeoh, le chef, s'affairait devant ses fourneaux dans un brouhaha joyeux où le grésillement de la viande et des légumes sautés se mêlait au cliquetis des plats et des casseroles. Le manège incessant des commis de cuisine et des serveuses ajoutait au vacarme presque assourdissant, et Rafe dut élever la voix pour lui répondre.

— Nous affichons complet, comme hier et les jours précédents. Il semble que…

Il s'écarta rapidement pour laisser passer un chariot

débordant de T-bones fumants et de salades richement composées.

— … que notre réputation ne souffre pas encore du scandale financier.

— Une sale affaire, soupira J.J. en levant brièvement les yeux de sa poêlée de gambas. Mais vous n'en êtes pas responsable. Tout ce que vous avez fait, c'est apporter votre soutien à un festival.

— Notre nom est étroitement associé à l'événement. Nous le paierons au prix fort, j'en suis sûr.

Le chef haussa les épaules avec nonchalance.

— Nos clients ne renonceront pas à manger pour autant.

— Ils choisiront peut-être la concurrence. Ce ne sont pas les restaurants qui manquent dans le coin.

— Aucun d'eux ne peut rivaliser avec le nôtre.

Sûr de son fait, il reporta son attention sur sa recette, libérant en remuant le contenu de la poêle un arôme épicé qui fit gronder l'estomac de son patron. J.J. n'avait pas tort. Le RCW jouissait d'une excellente réputation. Pourtant, si Rafe ne parvenait plus à rembourser ses crédits, les talents culinaires de son chef ne suffiraient pas à calmer les exigences des banquiers. Mais il n'eut pas le cœur de confier à son talentueux collaborateur la véritable situation financière de l'entreprise.

Le niveau sonore allait grandissant, tandis que les plongeurs se mettaient à l'ouvrage. Les jours de forte affluence, les tables étaient débarrassées dès le départ de leurs occupants pour laisser place aux suivants. Les services se succédaient à un train d'enfer. Rafe ne supportait pas de faire attendre sa clientèle.

— Je vais faire un tour, dit-il. À plus tard.

J.J. hocha la tête avant de se consacrer à l'élaboration de sa commande suivante.

Rafe avait pour habitude d'inspecter les salles à manger toutes les demi-heures environ. Il se promenait discrètement entre les tables, en se gardant bien de gâcher l'expérience culinaire des clients. Il savait d'instinct qui souhaitait un bonjour, qui espérait une brève conversation et qui ne supportait aucune interruption. Il devinait les attentes dans l'expression des visages, le langage corporel, et surtout dans les regards. Il se montrait particulièrement prudent avec les couples. Jamais il n'aurait osé s'immiscer dans l'intimité d'un tête-à-tête amoureux. Il connaissait mieux que personne la fragilité de ces précieux instants, même s'il n'avait pas eu l'occasion d'en vivre depuis quelque temps.

Le restaurant était divisé en trois sections distinctes, et des meubles rustiques habilement disposés entre les tables garantissaient la tranquillité des convives. Il s'approcha d'un groupe de six personnes, une famille à n'en pas douter. Un homme aux cheveux gris présidait la tablée.

— Bonjour, dit-il en s'adressant à ce dernier. Je suis Rafe Cortez-Williams, propriétaire du RCW. Que pensez-vous de votre repas ?

— Délicieux, répondit l'intéressé avec un sourire.

Il désigna le filet de bœuf et son accompagnement.

— Quel est le secret de vos pommes de terre au four ?

— Une touche de Cayenne. Notre chef est passé maître dans l'art de réveiller les papilles.

— Vous le féliciterez de ma part. C'est excellent.

Rafe interrogea les autres convives du regard. Tous paraissaient satisfaits. Une jeune femme blonde leva son verre dans sa direction.

— Vos cocktails sont délicieux.

— Goyave canneberge ou framboise ?

— Goyave canneberge.

— L'un de mes préférés. En voulez-vous un autre ?

Tout en posant la question, il héla discrètement une serveuse qui passait derrière lui.

La cliente se tourna vers l'homme assis à ses côtés.

— Fais-toi plaisir, ma chérie ! s'exclama ce dernier. C'est moi qui conduis aujourd'hui.

— C'est l'anniversaire de ma petite-fille, déclara fièrement une petite dame âgée en couvant l'enfant du regard.

— Joyeux anniversaire, mademoiselle, déclara Rafe tandis que son employée venait se placer à ses côtés. Veuillez apporter un autre cocktail à la canneberge pour Madame, je vous prie ! Offert par la maison.

— Merci, fit la cliente avec un sourire.

— Je vous en prie. Belle journée, messieurs dames !

Satisfait, il se dirigea vers la table suivante, avant de pénétrer dans la salle à manger située à l'arrière du bâtiment. Là, une surprise de taille l'attendait. Gina Edmond, la fille du magnat du pétrole Rusty Edmond, honorait l'établissement de sa présence. Il ne l'avait jamais rencontrée mais avait vu mille fois son portrait à la une du journal local. C'était la jeune femme la plus célèbre et la plus glamour de la ville. Le RCW ne répondait sans doute pas aux critères d'élégance des lieux qu'elle fréquentait habituellement, mais il comprit assez vite la raison de sa venue. Après le scandale colossal qui avait éclaboussé sa famille, elle était sans doute *persona non grata* au club des Ranchers texans.

Au centre du scandale se trouvait Billy Holmes, un ami proche des Edmond et, à en croire la rumeur, le demi-frère caché de Gina. L'homme s'était volatilisé avec les millions de dollars investis dans le festival, mettant sérieusement en péril l'équilibre financier des entreprises qui avaient soutenu la manifestation. Rafe s'arrêta sur le seuil de la porte. La présence de la belle héritière dans son établissement était loin de le ravir. Elle déjeunait en compagnie de sa mère, Sarabeth, qui était revenue à Royal pour la célébration de son mariage. Un mariage très coûteux qui suscitait les critiques acerbes et les railleries de la ville tout entière. N'était-il pas indécent d'organiser un événement aussi dispendieux en ces temps de ruine généralisée ? Force était de constater que les méfaits de Billy n'avaient en rien affecté le train de vie de la famille Edmond. Le mariage devait se dérouler sur le yacht le plus luxueux du port de plaisance.

L'arrivée d'une serveuse dans la pièce ramena Rafe à la réalité. Il redressa les épaules. Gina Edmond était aujourd'hui une cliente. Il la traiterait avec tous les égards, même si cela lui coûtait.

Gina Edmond était consciente des privilèges dont elle jouissait de par sa naissance. Son père, Rusty Edmond, occupait la place d'un héros dans l'univers pétrolier du Texas. Il comptait parmi les membres éminents du club des Ranchers texans et c'était un acteur incontournable de la chambre de commerce de Royal. Pendant vingt-six ans, la jeune femme avait bénéficié de tous les avantages et de tout le respect dus à son rang. Jusqu'au jour où les turpitudes de Billy Holmes avaient entaché la réputation de l'illustre famille. Descendus de leur piédestal, ses membres souffraient désormais d'une méfiance et d'une suspicion généralisées, même s'ils n'étaient en rien responsables des agissements hautement condamnables du malfrat.

— Quelle histoire ! soupirait Sarabeth. L'argent disparu, les accusations lancées contre Asher… Je me demande si nous ne devrions pas reporter le mariage.

— Ce serait une grossière erreur, répondit Gina avec conviction.

Son frère Asher, soupçonné de détournements de fonds,

avait finalement été blanchi et libéré de prison. De son côté, Gina attendait le mariage avec impatience. Elle avait vécu loin de sa mère depuis l'âge de huit ans. Aujourd'hui réconciliées, les deux femmes rattrapaient avec bonheur le temps perdu. Après des années de solitude, Sarabeth filait le parfait amour avec l'éleveur local, Brett Harston.

— Un beau mariage est exactement le genre d'événement dont notre communauté a besoin, insista Gina.

Sarabeth ne semblait pas convaincue.

— Afficher un tel bonheur et une telle aisance en ce moment me paraît terriblement égoïste, objecta Sarabeth.

— Une annulation serait pire encore.

La ville avait besoin de distraction.

— Tu le penses vraiment ?

— J'en suis certaine.

La jeune femme sourit tendrement à sa mère.

— Nous ferions mieux de nous concentrer sur tous les détails qu'il nous reste à régler. Sais-tu que je n'ai toujours pas de cavalier ?

Sarabeth chassa d'un geste l'inquiétude de la jeune femme.

— Une belle fille comme toi n'a qu'à claquer des doigts pour trouver une bonne dizaine de prétendants.

Gina était consciente de son charme, mais elle ne trouvait aucun attrait à tous ceux qui lui faisaient la cour. Elle connaissait déjà la plupart des hommes de Royal. Comme elle portait à ses lèvres son verre de chardonnay, elle aperçut la silhouette imposante d'un homme qui bavardait aimablement avec les convives d'une table voisine. Un beau sourire éclairait son visage et, à en juger par les rires de ses interlocuteurs, il avait un solide sens de l'humour.

— Qu'est-ce que tu penses de lui ? demanda Gina en ébauchant un signe de tête dans sa direction.

Sa mère regarda par-dessus son épaule puis elle se retourna avec inquiétude.

— Comme cavalier, tu veux dire ? Voyons, Gina…

— Chut. Il vient vers nous.

Ayant pris congé de ses clients, il avançait avec assurance dans leur direction. Mais quand son regard croisa celui de Gina, ses yeux bruns s'assombrirent et sa mâchoire se crispa.

— Mademoiselle Edmond, fit-il en hochant brièvement la tête. Madame.

— Bonjour, répondirent poliment les deux femmes.

— Je suis Rafe Cortez-Williams, propriétaire du RCW.

La révélation de son identité glaça le sang de Gina. Son restaurant comptait parmi les sponsors les plus importants du festival et par conséquent parmi les victimes les plus affectées par les méfaits de Billy.

— J'espère que vous appréciez votre déjeuner.

Ses paroles amicales contrastaient avec l'hostilité de son attitude.

— Tout est absolument délicieux, affirma aimablement Sarabeth.

— Merci, chère madame. Au plaisir.

Sur ces mots, il tourna les talons et reprit sa tournée.

— Ce n'est pas le gars qu'il te faut, ma chérie.

— Pourquoi ?

— Rafe a perdu une grosse somme d'argent. Il est très en colère contre nous.

— Nous ne sommes pour rien dans cette affaire. Le seul à blâmer est Billy.

— Et si Billy était ton demi-frère ?

— Rien ne permet de l'affirmer.

Sarabeth prit un air songeur.

— J'étais mariée à ton père l'année de sa naissance. On ne peut pas dire qu'il brillait par sa fidélité.

Gina but une nouvelle gorgée de vin. L'évocation des frasques de son père la mettait toujours mal à l'aise.

— Il n'était pas le seul amant d'Antoinette. Elle est la première à l'admettre.

— Peut-être, soupira Sarabeth.

— Assez parlé du passé ! Revenons à ton mariage ! Tu as réfléchi à ta coiffure ?

Sa mère accueillit avec soulagement le changement de sujet.

— Qu'est-ce que tu en penses ? Devrais-je relever mes cheveux ?

Elle rassembla ses mèches blondes à l'arrière de sa nuque, les arrangea en chignon et se positionna de profil pour recueillir l'avis de sa fille. Tout en bavardant à propos des diadèmes, des voiles et des robes de mariée, Gina guettait du coin de l'œil les allées et venues du maître des lieux. Son épaisse chevelure brune, ses épaules robustes et sa démarche assurée n'étaient pas dénuées de charme.

— Gina ?

— Hum ?

Elle sursauta et tenta de se concentrer pleinement sur les paroles de sa mère.

— J'aime l'idée d'une robe classique et mi-longue. À mon âge, inutile de vouloir ressembler à une jeune ingénue.

— J'ignorais que ce terme était encore usité de nos jours.

Sarabeth gloussa.

— Ingénue ? Peut-être pas. Mais je suis sûre que tu vois ce que je veux dire.

— Natalie Valentine sera de bon conseil pour ta robe, déclara Gina. J'ai vu l'autre jour des modèles très élégants exposés dans sa vitrine.

La jeune femme tenait une boutique spécialisée dans les tenues de mariage.

— Brett est un rancher, lui rappela Sarabeth. Ce n'est pas comme si j'épousais un diplomate.

— Mais tu l'épouses sur un yacht.

— En vérité, j'ai une idée assez précise de ma toilette. Comme je te le disais, un jupon mi-long. En forme de trapèze, peut-être. Couleur ivoire. De l'organza plutôt que du tulle. Et un filet de dentelle sur un décolleté en forme de cœur. Tu vois ce que je veux dire ?

— Parfaitement bien, répondit Gina en souriant. Ce sera magnifique.

Les deux femmes bavardèrent encore un instant puis Sarabeth prit congé pour aller retrouver son fiancé. Restée seule, Gina hésita sur le montant du pourboire qu'elle devait laisser. Elle voulait se montrer généreuse envers la serveuse, mais elle craignait que Rafe n'interprète sa largesse comme un étalage indécent de sa fortune familiale. Après avoir laissé un billet de dix dollars sur la table, elle se leva, lissa l'étoffe de sa robe et prit son sac en bandoulière. Ses chaussures à talons aiguilles n'auraient pas été adaptées pour une longue promenade, mais elles mettaient en valeur le galbe de ses mollets, et elles étaient assez confortables pour la mener jusqu'à sa Jaguar.

Comme elle contournait un pilier en bois en marchant en direction de la sortie, un homme jaillit brusquement devant elle. Elle manqua de trébucher et dut s'accrocher aux bras solides qui s'offraient à elle pour rétablir son équilibre.

— Désolé, fit Rafe avant de la reconnaître.

Il prit rapidement ses distances.

— C'est ma faute. Je suis pressée.

Il jeta un coup d'œil dans la salle à manger derrière elle.

— Votre mère ?

— Partie retrouver son fiancé.

— Ah, oui, Brett Harston.

— C’est cela. Vous le connaissez ?

— L’univers des éleveurs n’est pas si grand.

Rafe ne ressemblait guère à un éleveur de bétail. Ses mains étaient larges et fortes, mais elles paraissaient soignées, et Gina n’avait senti aucune callosité à l’extrémité de ses doigts. Elle se demanda depuis combien de temps il n’avait pas chevauché les vastes étendues de son ranch.

— J’ai été surpris de vous voir ici, mademoiselle Edmond. Les récents événements vous auraient-ils contrainte à changer vos habitudes ?

Le sarcasme contenu dans ses propos déplut foncièrement à la jeune femme.

— Chercheriez-vous la bagarre, monsieur Cortez ?

— Non… euh, oui… peut-être.

Il paraissait amusé par la situation.

— Nous sommes les victimes de la malhonnêteté de Billy. Tout comme vous.

Rafe fronça les sourcils en signe d’étonnement.

— Vraiment ?

— Vraiment.

— La princesse Edmond, une pauvre victime ?

Puis, levant le regard en direction du parking :

— Laissez-moi deviner ! Quelle est la marque de votre voiture ?

— Cela ne veut rien dire.

Il prit tout son temps pour examiner les bijoux somptueux qu’elle portait aux doigts et autour du cou.

— Vous ne ressemblez guère à une va-nu-pieds, princesse !

— Ne m’appelez pas ainsi !

— Cela vous va bien, pourtant. Donnez-moi un seul exemple des conséquences du désastre financier sur votre train de vie et je m’excuserai bien volontiers !

Elle ne sut que répondre.

— Ce ne sont pas vos affaires, dit-elle avec impatience. D'ailleurs, votre établissement ne semble pas non plus particulièrement affecté.

— Ne vous fiez pas aux apparences ! Le mal est plus profond que vous le pensez.

— Personne ne sortira indemne de cette crise, monsieur Cortez.

Si les Edmond ne se trouvaient pas à court de liquidités, leur réputation avait été sérieusement mise à mal. Eux seuls étaient responsables de la place octroyée à Billy dans la communauté. Ils avaient laissé entrer le loup dans la bergerie.

— Nous trouverons une solution pour indemniser les victimes, reprit-elle avec assurance.

— Puissiez-vous dire vrai, mademoiselle Edmond ! La ville est au bord du gouffre.

— Pensez-vous que je l'ignore ?

Pour qui la prenait-il ? Une créature évaporée indifférente au sort de son prochain ? Exaspérée, elle s'empressa de prendre congé.

— Je vous souhaite une bonne journée, monsieur Cortez.

— Au plaisir de vous revoir dans cet établissement, mademoiselle Edmond.

Rafe était un homme comme les autres. Malgré la rancœur qu'il nourrissait envers le clan Edmond, il ne pouvait rester indifférent au charme puissant de la belle héritière et il espérait de tout cœur recroiser bientôt son chemin.

- 2 -

— Emprunter de l'argent à papa pourrait te tirer d'affaire.

Rafe rejoignit son frère sur la terrasse de sa villa.

— Hors de question, répondit-il en lui tendant une bière.

Le soleil se couchait à l'horizon et une douce brise soufflait sur les hauteurs de Pine Valley.

— Trop fier ? demanda Matias.

— Déterminé à me débrouiller seul. Personne ne m'a forcé à investir dans ce fichu festival. J'ai joué et j'ai perdu.

— Comme la moitié des entrepreneurs de la ville.

Rafe but une longue gorgée de bière.

— Dieu merci, j'ai gardé quelques économies. C'est un peu comme à Vegas.

— Que veux-tu dire ?

— Quand tu franchis les portes du casino, tu as tout intérêt à te fixer des limites. Si tu gagnes une mise, tu la ranges soigneusement dans ta poche et tu n'y touches plus.

Matias lui lança un regard dubitatif.

— Voilà qui n'est pas très excitant ! Où est le frisson du jeu si tu ne prends aucun risque ?

Rafe sourit. Il reconnaissait là la témérité de son frère.

— Tu as perdu beaucoup à Vegas ?

Cette fois, son interlocuteur prit un air offensé.

— Bien sûr que non. Je gagne toujours à Vegas. Mais, c'est triste à dire, je n'y suis pas allé depuis des mois.

— Tu préfères investir dans le coin ?

— Je préférerais investir dans ton restaurant.

Rafe secoua la tête.

— Je n'ai pas besoin de ton argent.

— Je croyais que tu étais en difficulté.

— Je le suis. Mais, en quittant le ranch, je me suis promis de ne plus jamais compter sur l'argent de la famille. Et puis la police finira par retrouver Billy Holmes. Nous récupérerons notre argent un jour.

— D'après ce que j'ai entendu, c'est peu probable. Il préparait son coup depuis longtemps.

— Je suppose, soupira Rafe. Ce salopard n'a vraiment aucun scrupule.

— Bon sang ne saurait mentir. Rusty Edmond est un dangereux requin.

— Leur parenté n'a jamais été établie.

— Le vieux n'aurait pas confié une partie de ses affaires à un étranger.

Matias avait sans doute raison. Les chefs de clan cherchaient toujours à perpétuer la tradition. Les Cortez-Williams ne dérogeaient d'ailleurs pas à la règle. Le père de Rafe considérait le ranch comme l'héritage et la responsabilité de ses cinq fils. Quand il avait appris que l'un de ses garçons renonçait aux vastes prairies pour se lancer dans la restauration, il avait tout fait pour l'en empêcher.

— Je me rappelle comme si c'était hier le jour où tu as annoncé ta décision à papa, reprit Matias. On aurait dit que le ciel lui tombait sur la tête.

— J'ai bien cru qu'il allait me tuer.

— Il faut dire que tu étais plutôt arrogant.

— J'étais jeune, objecta Rafe. Cela dit, je ne crois pas que j'agirais autrement aujourd'hui.

— Et tu aurais tort. Regarde la réalité en face ! Ton affaire est au bord de la faillite.

— Je vais me tirer de ce mauvais pas, j'en suis sûr.

— Tu n'y arriveras pas tout seul. Laisse-moi te prêter de l'argent ! Ou bien vends-moi la moitié de tes parts !

À ces mots, Rafe éclata de rire.

— J'apprécie ta générosité, frérot, mais franchement tu n'es pas fait pour ce secteur d'activité. Tu es un rancher, Matias. Toi et Lorenzo, vous avez l'élevage dans la peau.

— Pas toi ?

Rafe secoua la tête.

— Tu sais bien que non. Oh ! je sais rassembler un troupeau, vendre les bêtes aux enchères, mais je n'y trouve aucun plaisir.

— Tu préfères faire le larbin dans ta salle de restaurant et satisfaire aux caprices de ta clientèle ?

Tout comme son père, Matias semblait incapable de comprendre l'intérêt d'une telle profession.

— Pour rien au monde je ne renoncerais à la voie que j'ai choisie.

— Tu comptes venir à la réunion de la chambre de commerce ?

— Bien sûr. Et j'espère bien que nous trouverons une solution collective pour réparer les méfaits de Billy.

Gina arriva de bonne heure à la chambre de commerce. Elle voulait s'installer avant l'arrivée de la foule, trouver une table au fond de la salle, une place discrète où les regards accusateurs de ses congénères ne pourraient pas l'atteindre. Il n'était guère agréable d'être traitée en paria. D'aussi loin qu'elle se souvienne, elle avait toujours été chaleureusement accueillie aux événements qui émaillaient la vie de la ville de Royal. Les temps avaient changé et aujourd'hui elle préférait passer inaperçue.

Seule dans la vaste salle de réunion, Lila Jones ouvrait

un dossier sur le pupitre installé à l'avant de l'estrade. Elle leva les yeux en entendant des pas approcher.

— Bonjour, Gina.

Sa voix était amicale, son expression bienveillante. Lila était une personne indépendante qui jamais ne criait avec les loups. Par son travail acharné, elle avait acquis le respect de la communauté. Gina lui enviait sa position.

— Je peux t'aider ? demanda-t-elle en approchant.

— M'aider ?

— Reste-t-il quelque chose à préparer ?

L'offre était inhabituelle. Par le passé, la riche héritière se servait un café et bavardait avec ses amis en attendant le début de la réunion sans se soucier de l'organisation. Surprise, Lila jeta un coup d'œil désemparé autour d'elle.

— Eh bien… Je… Tu pourrais distribuer les dossiers, si cela ne te dérange pas…

— Pas le moins du monde.

Gina glissa son sac à main sous son bras et souleva la pile de documents déposée au pied de l'estrade.

— Merci, dit Lila.

— De rien. C'est agréable de se sentir utile à quelque chose, pour une fois.

La jeune femme lui adressa un sourire empathique, ouvrit la bouche pour lui exprimer sa compassion et choisit finalement de se taire.

— Tu voulais dire quelque chose ?

— Euh… non, rien.

— Exprime-toi, je t'en prie !

Gina était curieuse de connaître les sentiments de Lila à son égard.

— Je suis… je suis vraiment désolée pour les épreuves que tu traverses en ce moment.

— Les temps sont durs pour ma famille.

— Je ne parlais pas de ta famille, mais de toi en particulier. Il n'est jamais agréable d'entendre chuchoter derrière son dos.

Gina baissa un instant les yeux sur sa pile de dossiers. Jamais de sa vie elle n'avait été un objet de pitié.

— J'apprends à faire face, admit-elle d'une voix blanche. Ce qui ne tue pas rend plus fort, à ce qu'on dit…

— Tu es très courageuse.

Jamais elle n'aurait pensé entendre ce genre de compliment dans la bouche d'une femme aussi exemplaire. Lila ne devait sa réussite qu'à elle-même. Étudiante, elle s'était tenue à l'écart des fêtes et autres distractions pour se consacrer à son travail. Par sa seule énergie, elle avait gravi les échelons pour se trouver aujourd'hui à la direction de la chambre de commerce. Elle forçait l'estime et l'admiration de tous.

— Je suis surtout perdue, admit impulsivement Gina. Je donnerais tout pour changer de peau.

— Qui voudrais-tu être ?

— Quelqu'un d'utile. Quelqu'un que l'on respecte.

Ne sachant que lui répondre, Lila la regarda déposer les dossiers sur les tables. Se sentant observée, Gina se redressa.

— Je peux te demander quelque chose ?

— Bien sûr.

Des voix commençaient à s'élever dans le couloir. Les participants ne tarderaient pas à entrer.

— Comment as-tu réussi ce miracle ? demanda-t-elle.

— Ce miracle ?

— Je t'ai connue studieuse et réservée. Aujourd'hui, tu es la coqueluche de la ville. Comment as-tu fait ?

— Eh bien, je ne sais pas…

— Moi, je voudrais accomplir le chemin inverse. Ma position m'a toujours placée sur le devant de la scène. Je voudrais aujourd'hui que l'on me reconnaisse pour mes qualités professionnelles. Que l'on me prenne au sérieux.

La foule avait commencé à envahir la salle. Les éclats de voix se mêlaient aux bruits de chaises. Gina détestait l'idée de se retourner pour faire face aux participants, mais elle était déterminée à leur distribuer les documents. C'était une modeste participation, mais elle tenait à se rendre utile et surtout à le montrer.

— Et si on déjeunait ensemble un jour de la semaine ? proposa Lila. Nous aurons tout le temps de bavarder.

— Avec plaisir.

Gina prit une profonde inspiration et se redressa pour affronter les regards. Sans se soucier des rumeurs qu'elle devinait sur son passage, elle s'acquitta de sa tâche avant de s'installer tout au fond de la salle.

— Bonjour, Gina.

Elle n'eut pas à se retourner pour reconnaître la voix de Rafe. Sans s'en rendre compte, elle avait choisi la table où les Cortez-Williams venaient de prendre place. Conscient de son malaise, le jeune homme s'attendit à la voir repartir. Craignant pourtant de se montrer impolie, elle resta sur son siège.

— Bonjour, Rafe. Bonjour, Lorenzo.

Au même instant, son frère Ross apparaissait sur le seuil. Il parcourut la pièce d'un regard circulaire avant de repérer avec surprise l'emplacement éloigné retenu par sa sœur. Le choix de ses compagnons de table l'étonnait tout autant. Il remonta l'allée centrale pour les rejoindre et se pencha pour déposer un baiser sur le front de Gina. Peu après, Asher venait s'asseoir à leur table.

— Bonjour, petite sœur. Comment vas-tu, Lorenzo ? Content de te voir, Rafe.

Ce dernier attendait avec impatience l'arrivée de Rusty

Edmond. Nul doute que le patriarche s'empresserait de rapatrier ses enfants tout près de l'estrade. Les hommes de sa trempe ne faisaient jamais profil bas.

— Comment allez-vous, les gars ? demanda Ross d'un ton volontairement jovial et chaleureux.

— Très bien, répondit Lorenzo.

C'était pourtant bien loin d'être le cas.

— Valencia n'est pas venue avec toi ?

Lorenzo secoua la tête.

— Elle a préféré rester au ranch pour s'occuper de ses chevaux. Le licenciement de son assistant a considérablement augmenté sa charge de travail. Pour comble de malchance, elle a dû recueillir trois nouvelles juments la semaine dernière.

Valencia avait misé sur le festival pour renflouer les finances de son association caritative. Les récents événements l'avaient contrainte à réduire son équipe.

— J'espère que quelque chose d'utile sortira de cette réunion, observa Asher en posant le regard sur l'assemblée. Nous en avons tous besoin.

À cet instant, Lila approcha le micro de ses lèvres.

— Votre attention, s'il vous plaît !

Les retardataires s'empressèrent de regagner leurs places, tandis que les conversations s'éteignaient peu à peu.

— Pour commencer, je vais vous demander d'approuver le compte rendu de la dernière réunion. Qui est pour ?

Une forêt de bras s'éleva dans la salle.

— Qui est contre ?

L'assemblée demeura immobile.

— Très bien. Le compte rendu est approuvé à l'unanimité. Passons maintenant à l'ordre du jour ! Vous le trouverez dans les pochettes qui vous ont été distribuées. Comme vous le savez tous, la chambre de commerce est particulièrement attentive au bien-être des entreprises de la région. La faillite du festival a affecté bon nombre d'entre elles. Nous sommes ici aujourd'hui pour en débattre et tenter de trouver des solutions.

— Ne revient-il pas aux Edmond de réparer les méfaits de l'un des leurs ? lança aussitôt un participant.

— Où sont-ils ? demanda un autre.

— Cachés au fond de la salle.

Tous les regards convergèrent dans leur direction. Voyant Gina remuer nerveusement sur son siège, Rafe eut soudain pitié d'elle. De toute évidence, elle avait choisi de s'installer à cette table pour rester en dehors de la mêlée. Cela n'avait servi à rien.

— Et Rusty ? Où est-il ?

— Il n'ose pas se montrer ?

Les questions fusaient de toutes parts. Il était temps pour Lila de reprendre le contrôle de la situation.

— Un peu de calme, je vous prie. Nous sommes ici pour trouver des idées constructives.

À l'instant où Ross se leva de son siège, l'assemblée s'apaisa. Tous étaient curieux de l'entendre. Il s'éclaircit la gorge avant de prendre la parole.

— Mon frère, ma sœur et moi…

Rafe scrutait la pièce, surveillant les expressions sur les visages pendant que Ross s'exprimait.

— … avons décidé de faire un don au fonds d'urgence créé par la chambre de commerce pour venir en aide aux entreprises affectées par l'annulation du festival.

— L'annulation ? répéta un commerçant, incrédule. Moi, j'appelle ça un pillage !

— Un don de quel montant ? demanda son voisin.

La déclaration de Ross n'avait pas apaisé les esprits. La foule restait méfiante et terriblement hostile. Rafe éprouvait un certain malaise à partager la table des Edmond. Allait-on le soupçonner de cautionner leur attitude ?

— Nous avons perdu des millions, souligna un vieil homme avec colère. Vous allez nous les rendre ?

— Nous ne pourrons pas tout prendre en charge, admit Ross d'un ton bourru.

Des cris jaillirent de toutes parts.

— S'il vous plaît ! glissa courageusement Lila dans son micro.

Maintenir l'ordre dans un contexte aussi tendu relevait de l'exploit.

— Nous ne prétendons pas résoudre l'ensemble du problème, reprit Ross. Nous voulons seulement faire notre part.

Mais rien ne pouvait calmer l'agitation de la foule.

— Mon entreprise est au bord du gouffre.

— J'ai perdu l'équivalent d'un an de bénéfices.

— Je ne pourrai jamais m'en remettre !

Rafe vit que Gina tirait son frère par la main. Son visage affichait une expression déterminée.

— J'ai quelque chose à proposer, murmura-t-elle à l'attention de Ross.

Il se pencha au-dessus d'elle.

— Tu n'y penses pas…

— Laisse-moi faire !

Déconcerté, il la vit se lever à son tour. Son mouvement inattendu surprit la foule et le silence se fit dans la salle.

— Nous comprenons votre indignation, commença-t-elle d'une voix un peu tremblante. Mais cette réunion a pour objectif de trouver un moyen de lever des fonds. Vous avez tous des raisons de vous plaindre, et il est normal que vous cherchiez des coupables.

Rafe trouva sa déclaration bien maladroite. La réaction

de l'assemblée lui donna raison. Le climat se tendit à nouveau et la grogne reprit de plus belle.

— Coupables, nous le sommes peut-être, reprit Gina en élevant la voix. Mais ces accusations n'aideront aucun de vous à rétablir sa situation financière. Soyons constructifs, il nous faut des idées.

Contre toute attente, l'assemblée applaudit la sagesse de la jeune femme.

— Je ne peux qu'approuver les paroles de Mlle Edmond, glissa Lila. Et je demande à chacun de faire des propositions.

— Nous pourrions lancer un téléthon, suggéra un homme depuis le bas de l'estrade. Mais je doute que notre sort intéresse beaucoup le public…

— Et si nous vendions des T-shirts imprimés aux armoiries de Royal ?

— Pourquoi pas des tasses en porcelaine ? se moqua son voisin de table.

— Il nous faut quelque chose de plus ambitieux, intervint Lila. Et de plus médiatique.

Chacun partageait son opinion, mais aucun ne parvenait à trouver la solution idéale.

— Le festival était très rentable avant que Billy s'en mêle. Pourquoi ne pas tenter une nouvelle édition ?

— Il faudra réunir de sacrés talents pour convaincre le public de revenir.

— Aucune célébrité n'acceptera de voir son nom associé à notre débâcle, observa Lila avec découragement.

— Nous devons réfléchir aux atouts de notre région, intervint Gina. Qu'avons-nous ici d'unique et de précieux ?

— Nos paysages, déclara un jeune homme en se levant de sa chaise. Nos grands espaces.

— Nos troupeaux.

— Nos chevaux.

— Nos ranchs ! suggéra-t-elle, un filet d'excitation dans la voix.

— Vous voudriez vendre nos ranchs ? s'indigna un éleveur.

— Non. Pas exactement.

Elle s'anima soudain.

— Je suggère de mettre aux enchères une journée au ranch. Sur Internet. Ou mieux encore, une journée avec un cow-boy. Notre pays est rempli de citadins qui n'ont aucune idée des joies de la campagne.

Elle chercha en vain l'approbation dans le regard de ses frères et dans celui de Rafe.

— Grâce à Internet, nos enchères atteindront une audience nationale. Il n'est pas compliqué de concevoir un site pour mettre en valeur nos exploitations et le travail de nos ranchers. Pas compliqué non plus d'inonder les réseaux sociaux. De belles photos, des articles élogieux, et le tour est joué.

Comme Gina marquait une pause, tous les regards convergèrent sur Lila.

— C'est… c'est une idée, admit-elle, en essayant d'organiser ses pensées. Peut-être que cela pourrait marcher…

— Et vous pensez trouver des volontaires ? objecta un fermier. Lequel d'entre vous va accepter d'être filmé dans la fange de sa porcherie ? Et qui voudra d'un citadin en train de fouiner dans ses écuries et d'exciter ses chevaux ?

— Nous ne sommes pas à l'abri d'un accident.

— Je propose de prendre en charge les assurances. Ainsi que les billets d'avion.

Ses deux frères la regardaient bouche bée, en cherchant vainement un moyen de la faire taire.

— Comme Ross vous l'a annoncé au début de la réunion, poursuivit-elle avec détermination, notre famille a l'intention d'abonder au fonds d'urgence. L'idée est donc de proposer une journée en plein air en compagnie d'un rancher, suivie d'un dîner dans un grand restaurant et, pourquoi pas, une nuit à la belle étoile. Les citadins rêvent de ce genre d'expérience.

Un sourire malicieux se peignit sur ses traits.

— Surtout en compagnie d'un beau cow-boy…

— Encore faut-il qu'il y ait des volontaires, observa un participant, à juste titre.

Depuis le podium, Lila balaya l'assemblée du regard.

— L'un d'entre vous serait-il prêt à tenter l'expérience ?

Un lourd silence s'abattit sur la salle. Il fallait s'y attendre. Quel rancher digne de ce nom pouvait accepter de se livrer à pareille mascarade ? Le sourire de Gina se figea et une lueur d'appréhension s'alluma dans ses yeux. Si sa brillante idée faisait un flop, elle passerait pour une douce illuminée aux yeux de ses congénères. Rafe ressentit une pointe de compassion à son égard. Il éprouva le besoin de la protéger.

— Je suis volontaire ! déclara-t-il sans beaucoup réfléchir.

D'un signe de tête, il invita son frère Lorenzo à l'imiter. Mais avant qu'il ait eu le temps de s'exécuter, un autre fermier levait le bras.

— Je le ferai aussi. Je ne vois pas ce qui empêcherait une jolie fille de passer une journée avec moi. Je ne suis plus tout jeune, mais je connais une foule d'histoires plus excitantes les unes que les autres.

— Je suis partant, déclara Lorenzo. Et je m'engage aussi pour mon frère Matias.

D'autres hommes les imitèrent, tout en plaisantant sur les brillantes prestations qu'ils promettaient d'exécuter. Tandis que Lila notait fidèlement le nom des généreux cow-boys, Gina commença peu à peu à reprendre son souffle.

- 3 -

Les frères de Gina gardèrent le silence tandis qu'ils regagnaient le parking. Ce qu'ils avaient à dire à leur petite sœur ne regardait pas les autres participants.

— Qu'est-ce que c'est que cette idée saugrenue ? demanda Asher sans pouvoir se contenir davantage.

— Nous avions un plan, ajouta Ross.

— Rien de convaincant, répondit Gina.

Elle savait que son initiative ne recueillerait pas leur assentiment, mais, voyant Ross en difficulté, elle avait décidé de voler à son secours. Ce dernier s'arrêta à côté de sa voiture.

— Je n'ose pas imaginer la réaction de papa.

Ils formèrent un petit cercle pour poursuivre la conversation à l'abri des curieux. Gina redoutait elle aussi les critiques de son père.

— Il n'avait qu'à être là, déclara-t-elle avec bravoure.

— C'est ainsi que tu vas lui présenter les choses ? Ne compte pas sur moi pour tenter de l'amadouer !

Elle avait espéré le soutien de ses frères pour affronter un homme dont l'autorité l'avait toujours intimidée.

— Mon projet vise à récupérer une partie des pertes de la ville. Je ne vois pas comment il pourrait s'y opposer.

— Tu sais bien comment il est en ce moment.

Des moteurs démarraient dans l'obscurité, des phares

balayaient les allées du parking, et des regards inquisiteurs dévisageaient sur leur passage les membres du clan Edmond.

— Terriblement préoccupé, dit Asher. Obsédé par les histoires de Billy.

— On peut le comprendre, observa Ross.

Gina ne ressentait guère d'empathie pour un père dont elle avait récemment appris les infidélités.

— Il s'est très mal comporté, lui aussi. Nous avons tous le droit d'être en colère contre lui.

Ross hocha lentement la tête.

— C'est vrai, mais à quoi bon ressasser le passé ? Nous avons mieux à faire.

— J'admire ton indulgence.

— Quoi qu'il en soit, ce n'est pas lui qui nous cause du tort aujourd'hui. C'est Billy. Quand je pense qu'il a failli envoyer Asher derrière les barreaux !

— Je suis bel et bien allé en prison, corrigea Asher. Dieu merci, j'en suis vite ressorti.

— Nous aurions dû te faire confiance dès le début, admit Gina avec regret. Et ne jamais douter de ton innocence.

— Billy nous a tendu un piège, observa Ross. Et nous sommes tous tombés dedans, la tête la première. J'espère que tu ne nous en veux pas.

— Pas le moins du monde. Cet abruti cherche à nous diviser. Il ne faut pas entrer dans son jeu.

Ross reporta son attention sur sa sœur.

— Je dois dire que tu m'as bluffé tout à l'heure. Il en fallait, du courage, pour prendre la parole devant cette assemblée de mâles agressifs. Cela dit, je ne suis pas convaincu par ta proposition.

— Je suis certaine qu'elle rencontrera un franc succès, affirma Gina avec une assurance qu'elle était loin d'éprouver.

Il lui faudrait déployer des trésors d'imagination pour

susciter l'intérêt du public. Créer un site web attrayant et inonder les réseaux sociaux avec une proposition alléchante.

— L'avenir nous le dira, conclut Ross sans beaucoup de conviction.

Gina sortit la clé de sa voiture de son sac. La soirée l'avait épuisée. Si elle parvenait à rentrer discrètement au manoir, elle se faufilerait dans ses appartements et boirait un bon whisky sur le balcon de sa chambre. Après toutes ces émotions, elle avait bien mérité un petit réconfort.

Elle embrassa ses deux frères et se dirigea d'un bon pas vers sa décapotable. Comme elle levait son trousseau en direction du véhicule pour déclencher l'ouverture automatique des portières, elle vit la silhouette de Rafe se dessiner dans la pénombre. Lui aussi rejoignait sa voiture. Il ralentit en arrivant à sa hauteur.

— Je suis heureuse de vous voir, fit-elle avec un sourire. Je voulais vous remercier. Vous n'étiez pas obligé de vous rallier à ma cause.

Il haussa les épaules.

— Il fallait bien que quelqu'un réagisse.

— Vous m'avez apporté un précieux soutien.

— Je vous ai surtout épargné une terrible humiliation.

Gina ne sut que répondre. Les motivations de Rafe étaient bien différentes de celles qu'elle avait imaginées.

— Vous agissez sans réfléchir, dit-il encore. Avec l'impudence de votre classe.

— Pardon ?

S'il la méprisait à ce point, pourquoi avait-il volé à son secours ?

— Vous êtes habituée à voir tous les hommes à vos pieds et tous vos caprices satisfaits.

— C'est faux !

Sa naissance lui avait accordé de nombreux privilèges.

Elle en avait conscience. Pour autant, elle ne se conduisait pas en enfant gâtée.

— Comme une petite princesse à qui…

— Ne m'appelez pas ainsi !

— Alors, changez de comportement !

— Vous êtes injuste. Je me suis efforcée de trouver une solution à une crise qui nous concerne tous.

— Vous appelez ça une solution ? Je parlerais plutôt d'une proposition hasardeuse.

Elle regrettait amèrement de l'avoir remercié pour son aide.

— C'est une bonne idée, se défendit-elle. La meilleure de la soirée. D'ailleurs, je ne vous ai pas entendu faire la moindre suggestion.

Comme il ne répondait pas, elle gagna en assurance.

— Je suis sûre que ces enchères nous aideront à renflouer les caisses des entreprises de la ville.

Il haussa les sourcils d'un air dubitatif.

— De l'idée à la réalisation, il y a un pas. Les belles paroles ne suffisent pas. Il va falloir se retrousser les manches.

— C'est bien mon intention.

— Ah oui ? Et par où pensez-vous commencer ?

Gina ne l'avait pas attendu pour réfléchir à l'élaboration d'un mode opératoire. Le choix des informaticiens pour la création du site web était une priorité, mais le plus urgent était sans doute de trouver de nouveaux volontaires.

— Je dois recruter d'autres cow-boys, dit-elle. Pour rendre la proposition plus alléchante.

— Et où pensez-vous les trouver ?

S'il pensait la déstabiliser par sa question, il se trompait.

— Au club des ranchers, évidemment.

— Rusty n'y est guère en odeur de sainteté par les temps qui courent.

L'allusion à son père la fit sortir de ses gonds.

— Il n'a rien à voir dans cette histoire. Et d'ailleurs, pensez-vous que je sois incapable de me débrouiller sans lui ?

— La plupart des membres du club ne sont plus en activité. Ce n'est pas là que vous trouverez les beaux et séduisants ranchers que vous recherchez.

Elle releva le menton avec un air de défi.

— Allez-vous rester là à critiquer la moindre de mes initiatives ?

— J'essaie de vous aider.

— C'est étrange, j'aurais juré le contraire.

Comme il se rapprochait légèrement, elle perçut les accents poivrés de son eau de toilette. Sa grande taille était imposante, son visage anguleux. Une barbe naissante assombrissait ses joues et une lueur mystérieuse scintillait dans son regard. Plus que de la colère, Gina y devinait une étrange excitation. Prenait-il un malin plaisir au spectacle de son désarroi ?

— Je vous souhaite de réussir, dit-il de sa voix grave.

— Vous essayez plutôt de me décourager.

— Je cherche à vous faire redescendre de votre planète pour vous ancrer dans le monde réel.

Elle secoua la tête avec dépit.

— Vous me prenez pour une écervelée, mais vous n'avez pas idée des épreuves que j'ai traversées ces derniers temps.

— Détrompez-vous, princesse ! Je n'ignore rien du malheur qui a frappé votre clan. Mais vous n'êtes pas la plus à plaindre. L'escroquerie de Billy a affecté notre communauté tout entière.

Combien de fois allait-il lui répéter ce qu'elle savait mieux que personne ? Le combat qu'elle entendait mener pour résoudre la crise ne visait pas seulement à redorer l'image de sa famille. Elle espérait venir en aide à toutes les victimes du désastre financier. Pourquoi s'obstinait-il à voir en elle une potiche insignifiante guidée par ses seuls intérêts ?

Il s'approcha un peu plus, comme pour mieux la convaincre de la gravité de la situation.

— Prenez garde, princesse ! Votre idée a ranimé l'espoir de tous. Vous n'avez pas le droit de nous décevoir.

Impressionnée par l'ampleur de la tâche qui l'attendait, Gina se mit soudain à douter de ses forces. S'était-elle jetée dans la fosse aux lions sans réfléchir ? Loin de lui insuffler le courage dont elle avait besoin, la proximité de Rafe augmentait son trouble. À ce point de la discussion, la tension avait atteint son paroxysme. Et comme si la tâche immense qui l'attendait ne suffisait pas à la terrifier, le tempérament fougueux de son interlocuteur exerçait sur elle un puissant magnétisme. Des pensées affolantes et totalement déplacées assaillaient son esprit. Sur les lèvres charnues si proches de son visage, elle percevait une rare sensualité. S'il l'avait embrassée à cet instant, elle lui aurait rendu son baiser avec ardeur. Comme s'il partageait sa rêverie, Rafe se pencha un peu plus, puis soudain il se redressa.

— Je ne demande qu'à vous aider, dit-il en reculant d'un pas. Appelez-moi quand vous voudrez !

Le charme était rompu. Elle s'efforça de revenir à la réalité.

— Euh… d'accord…

— Bonne nuit, Gina.

— Bonne nuit.

Il pivota sur ses talons et s'éloigna d'une démarche souple et naturelle. Arrivé devant sa voiture, il ouvrit sa portière, s'arrêta dans son geste pour lui adresser un dernier regard puis s'engouffra dans le véhicule.

Le souvenir du moment d'égarement qu'il avait vécu en présence de Gina la veille au soir ne cessait de tourmenter Rafe. À la défiance qu'il nourrissait à son égard avait soudain succédé une attirance presque irrésistible. Aujourd'hui encore, il se demandait comment il avait résisté au désir soudain de l'embrasser.

— Et tu es resté là sans essayer de le retenir ?

La question de Matias le ramena au moment présent. Il conduisit son frère dans l'arrière-cour de son restaurant et l'invita à s'asseoir.

— Lorenzo ne m'a pas consulté avant de proposer ton nom.

Contrarié, Matias accepta l'omelette que son frère déposait devant lui.

— Il n'avait pas le droit de me désigner comme volontaire sans me demander mon avis.

— Rien ne t'oblige à accepter.

Après tout, Rafe se moquait bien de savoir si son frère participait ou non à la vente aux enchères. Gina serait sans doute déçue, mais il n'y pouvait rien.

— J'ai autre chose à faire de mes journées, reprit Matias d'un air bougon.

— Quoi, par exemple ?

— Un tas de choses. Aurais-tu oublié en quoi consiste la journée d'un éleveur ? Dressage des chevaux, irrigation, entretien du tracteur…

Rafe reposa sa tasse de café à côté de son assiette.

— Nous ne connaissons même pas la date où se tiendront les enchères.

— Peu importe la date. Je suis occupé. Dis à la belle Gina que je me retire !

— Tu n'as qu'à le faire toi-même.

— Je me méfie des jolies femmes.

— Quel culot ! s'exclama Rafe dans un éclat de rire.

Matias prit un air faussement innocent.

— Qu'est-ce que tu veux dire ?

— Je veux dire que ce serait plutôt à elles de se méfier. Tu as brisé tant de cœurs.

— Écoutez qui parle ! C'est toi, le don Juan de Royal. Toi aussi qui as volé au secours de Gina Edmond.

Rafe ne pouvait le contredire. Il prit une bouchée d'omelette avant de répondre.

— Son idée n'est pas si mauvaise. D'ailleurs, je ne vois pas pourquoi tu refuses de participer aux enchères. Cela ne te prendra qu'une journée et tu auras la satisfaction de faire quelque chose d'utile pour notre ville. Sans compter que l'image de notre famille s'en trouvera grandie aux yeux des membres de la chambre de commerce.

Matias l'observa un instant.

— Dis-moi si je me trompe, mais j'ai l'impression que tu ne te sens toujours pas à ta place parmi eux.

— Je m'intègre doucement, mentit Rafe. Mon restaurant est l'un des mieux notés de la région. On y vient depuis Dallas pour déguster nos T-bones. Sans parler du sambal de crevettes. Nous avons eu un article très élogieux dans le *Southwestern Gourmet*, le mois dernier.

— Félicitations, tu peux être fier. J'espère que la crise ne t'affectera pas trop.

— Ça, c'est une autre histoire.

— Tu as peur de devoir mettre la clé sous la porte ?

— Je n'ai pas peur, soupira Rafe. Disons que je suis inquiet.

— Si tu dois fermer, tu ne seras pas personnellement ruiné pour autant. Tu peux toujours revenir au ranch.

— Papa en serait ravi. Je vois d'ici son sourire triomphant. « Je te l'avais bien dit, mon fils, éleveur tu es né et éleveur tu resteras. » Je refuse de m'avouer vaincu pour l'instant.

— Tu dois pourtant envisager cette hypothèse. Plusieurs restaurants ont déjà baissé le rideau. Je ne vois pas pourquoi le tien échapperait à la règle.

Rafe secoua vivement la tête.

— J'ai mis tout mon cœur et toute mon énergie dans cet endroit. Je sais que mes chances sont minces, mais je ferai tout pour le sauver de la faillite.

À cet instant, il perçut un mouvement derrière lui. Il se retourna pour découvrir J.J. sur le seuil de la cuisine.

— Désolé, patron, fit ce dernier en esquissant un demi-tour.

Rafe étouffa un juron. Nul doute que le chef avait entendu une partie de la conversation.

— Va te chercher une tasse, J.J., et viens t'asseoir avec nous !

Matias posa sur son frère un regard embarrassé.

— Il n'était pas au courant ?

— Pas encore. Mais il fallait bien qu'il l'apprenne un jour.

J.J. était aux côtés de Rafe depuis le premier jour. C'était un homme honnête et travailleur. Contrairement à son patron, il avait besoin d'un salaire régulier pour subvenir aux besoins de sa mère et de sa famille.

— Nous ne fermerons pas, lui assura Rafe quand il s'installa face à lui. Je me battrai bec et ongles pour l'empêcher.

— Mais c'est une possibilité ? demanda J.J. en faisant fondre le sucre dans son café.

— On ne peut pas l'exclure. Notre entreprise est en danger, comme toutes celles de la ville.

Le chef hocha la tête d'un air préoccupé.

— Et les Edmond ? Vont-ils rester les bras croisés ? Billy Holmes est l'un des leurs.

— Ils vont collecter des fonds. Pour commencer, ils vont organiser des enchères sur Internet.

— L'idée la plus stupide que j'aie jamais entendue, gronda Matias.

— Des enchères ? s'étonna J.J.

— C'est un peu risqué, admit Rafe, mais cela pourrait marcher.

Il ne faisait pas vraiment confiance à Gina pour mener à bien le projet. Elle aurait besoin de soutien, et il était prêt à lui apporter le sien.

— Qu'ont-ils l'intention de vendre ? demanda encore J.J.

— Des journées au ranch en compagnie de vrais cow-boys.

Matias ne cachait pas son dégoût pour la proposition de Gina.

— Des guignols comme ceux que vous avez en face de vous aujourd'hui. Jamais de ma vie je n'aurais pensé m'humilier de cette façon. Vous me voyez prenant la pose au milieu de mon troupeau ? Ils vont inonder le web de photos de nos exploitations. Et nous vendre au plus offrant.

J.J. posa le regard successivement sur les deux frères et réprima un sourire amusé.

— Je suis bien heureux d'être fils de pêcheur. Mais je suis de tout cœur avec vous.

— Merci, J.J. Nous aurons bien besoin de tous vos encouragements.

Rafe secoua la tête.

— Tu t'inquiètes beaucoup trop. Cela te prendra une journée, tout au plus.

J.J. ne semblait pas non plus convaincu par le projet.

— Vous croyez vraiment que nous pourrons récupérer nos pertes de cette façon ?

— Je l'espère, répondit Rafe. Il faut bien tenter quelque chose.

— Alors en selle, cow-boy ! lança J.J. à l'intention de Matias. Nous comptons sur vous pour redresser la barre.

Assise sur le balcon de sa chambre, Gina réfléchissait à la mise en œuvre de son projet. Elle était sortie de l'université avec un diplôme en administration des affaires, option marketing, mais elle n'avait jamais eu à mettre ses compétences à profit. De retour à Royal après de longues années d'études, elle avait naturellement rejoint la direction de la compagnie pétrolière de son père. Elle occupait un bureau spacieux au sommet de la tour la plus haute de la ville, parcourait d'un œil distrait les rapports de la société, assistait aux réunions du conseil d'administration, participait à d'interminables déjeuners et posait très peu de questions. Son père menait ses affaires d'une main de fer et il déléguait très peu de responsabilités à ses collaborateurs. Tous lui obéissaient au doigt et à l'œil, sans jamais remettre en cause ses décisions, et l'entreprise prospérait sans que Gina ait véritablement à s'en soucier.

Les méfaits de Billy avaient changé la donne et elle comptait bien prendre sa part dans le redressement de la situation. Son idée d'enchères sur le web avait remporté l'adhésion. Les dés étaient jetés et elle ne pouvait décevoir les espoirs qu'elle avait suscités. Éveillée une bonne partie de la nuit, elle avait élaboré un plan d'action et dressé une liste des démarches à accomplir en priorité.

Sa première préoccupation fut de choisir la personne chargée d'animer la journée d'enchères. Très vite, elle songea à Mandee Meriweather, la présentatrice vedette de la télévision locale. Elle n'appréciait guère le style de son émission *Royal Tonight*, qu'elle jugeait parfois un peu vulgaire, mais le charme et l'enthousiasme de la jeune femme la rendaient parfaitement éligible à la mission qu'elle entendait lui confier. Sa popularité apporterait à l'événement la publicité dont il avait besoin.

Pour se rendre au studio d'enregistrement, elle lissa avec soin sa chevelure brune, appliqua un maquillage léger sur ses yeux et choisit sa toilette avec soin. Un corsage de soie blanche, une jupe évasée et fluide, imprimée de motifs floraux dans les tons de beige, des sandales à talons couleur crème, le tout rehaussé de bijoux en or. Arrivée à la réception, elle remonta ses lunettes de soleil sur sa tête.

— Bonjour, je souhaiterais entrer en contact avec l'équipe de *Royal Tonight*.

Sans qu'elle en comprît la raison, le sourire de la réceptionniste s'évanouit.

— Nous n'embauchons pas de nouveaux talents, déclara-t-elle sèchement.

— Je ne suis pas venue…

— Vous avez un rendez-vous ?

— Non. Mais j'ai une proposition pour…

— Je suis désolée, vous devrez téléphoner pour prendre un rendez-vous.

— Téléphoner ?

— Ou bien vous rendre sur notre site pour y soumettre directement votre book.

— Mon book ? répéta Gina, agacée. Mais je ne suis pas à la recherche d'un emploi. Je voudrais simplement rencontrer le producteur de l'émission.

Son interlocutrice exhala un long soupir avant de sortir une carte de visite qu'elle fit glisser sur le comptoir d'accueil.

— Si vous ne souhaitez pas utiliser notre site, appelez ce numéro !

Gina entendit la porte d'entrée s'ouvrir derrière elle.

— Vous ne pouvez pas me donner un rendez-vous aujourd'hui ?

— Toutes les demandes sont traitées par notre centrale de réservation.

L'attention de la réceptionniste se porta soudain au-delà de Gina.

— Puis-je vous aider, madame ?

— Taylor Millen de *Kuntz and Walker*. Je souhaiterais rencontrer un membre de l'équipe marketing.

Sans l'ombre d'une hésitation, la réceptionniste décrocha son téléphone.

— Un moment pour recevoir une représentante de *Kuntz and Walker* ?

La réponse de son interlocuteur lui parvint aussitôt.

— Merci, Pierre, je la fais monter immédiatement.

Puis, s'adressant de nouveau à la visiteuse :

— Troisième étage, deuxième bureau sur votre droite.

— Merci, fit l'intéressée en se dirigeant tout droit vers l'ascenseur.

Le regard de l'employée se reposa avec exaspération sur Gina. Elle se demandait visiblement ce que la jeune femme faisait encore là. Révoltée par le traitement injuste dont elle venait d'être l'objet, cette dernière ramassa la carte de visite et quitta le studio sans même un au revoir. Réfugiée à l'intérieur de sa voiture, loin des œillades méprisantes de la réceptionniste, elle composa le numéro inscrit sur la carte, et laissa sans beaucoup d'espoir trois messages sur le répondeur.

Dépitée par ce premier échec, elle songea aux doutes exprimés par ses frères et aux réserves que ne manquerait pas de lui opposer son père. Elle redoutait le moment où elle devrait lui présenter son projet. Décidée néanmoins à l'aborder sans tarder, elle se promit de le faire le soir même, après le dîner, à l'heure où il se détendait dans la bibliothèque en sirotant son verre de bourbon.

Sa pensée suivante fut pour Lila. Lors de la réunion où elle avait osé soumettre son idée, la jeune femme lui avait témoigné sa sympathie. Elle était sûre de trouver auprès d'elle le réconfort et les encouragements dont elle avait besoin. Elle tourna la clé de contact, prit la direction du centre-ville et s'arrêta en chemin devant une pizzeria ambulante.

Il était environ 13 heures quand elle pénétra dans le bâtiment de la chambre de commerce. Les couloirs étaient presque déserts, mais la porte du bureau de Lila était restée entrouverte. Elle frappa discrètement.

Étonnée, Lila leva les yeux de son ordinateur.

— Gina ?

— Que dirais-tu d'une petite pause pour le déjeuner ?

Un sourire timide au coin des lèvres, elle exhiba son carton à pizza et ses deux verres de soda.

— Quelle bonne surprise ! s'exclama Lila.

— J'espère que je ne te dérange pas.

— Pas le moins du monde. Je suis plongée dans mes dossiers depuis des heures. Un moment de détente me fera le plus grand bien.

Elle désigna une petite table ronde dans le coin de la pièce et invita son amie à s'asseoir. Les deux femmes mordirent avec appétit dans leur part de pizza.

— As-tu avancé dans ton projet ? demanda Lila après avoir bu une longue gorgée de soda.

— Un peu, même si je dois avouer que les réserves de mon entourage m'amènent à douter de son intérêt.

— Ne te laisse pas influencer ! Ton idée est excellente.

Comme la sonnerie de son téléphone retentissait sur son bureau, Lila secoua la tête.

— Si je décroche, nous n'aurons pas un moment pour nous. Dis-moi plutôt ce qui te préoccupe.

Gina essuya ses lèvres avec sa serviette en papier.

— Avant toute chose, je m'interroge sur ma légitimité à porter cette initiative.

— Je comprends. Pendant la réunion, ta proposition a été adoptée, mais personne ne t'a désignée pour la mettre en œuvre.

Lila réfléchit un instant, avant de hausser les épaules.

— C'est toi qui as eu cette idée. Il est normal que tu diriges les opérations. À ta place, je me lancerais sans complexes.

Gina sourit avant de marquer une nouvelle hésitation.

— Le problème, c'est que personne ne semble me prendre au sérieux.

— Vraiment ?

Des voix résonnèrent à cet instant dans le hall. La pause déjeuner était manifestement terminée.

— Attends une seconde !

Lila se leva pour fermer la porte, puis elle regagna son fauteuil.

— J'espère que les membres de la chambre n'essaient pas de te mettre des bâtons dans les roues.

— Non, c'est autre chose. Ce matin, je suis passée au studio de *Royal Tonight* dans l'intention de demander à Mandee Meriweather d'animer notre journée d'enchères.

— Tu as été bien inspirée. Mandee serait parfaite dans le rôle.

— Je n'ai pas été fichue de franchir le bureau de la réception. On m'a prise pour une actrice à la recherche d'un emploi.

Lila s'attarda un instant sur l'apparence de son amie.

— On dirait bien que ton physique te joue des tours. Tu es trop jolie, c'est tout.

— Toi aussi, tu es jolie, et pourtant tout le monde te respecte.

Lila ne sut que lui répondre.

— Je devrais peut-être porter des lunettes, suggéra Gina.

— Tu as besoin de lunettes ?

— Non. Mais elles me donneraient un air plus intellectuel, plus sérieux…

— Possible, mais…

Lila inclina la tête pour examiner avec plus d'attention la tenue de son amie.

— Je dirais plutôt que c'est une affaire de style.

— Une affaire de style ? Je comprends, tu veux dire que j'ai l'air trop superficiel.

— Non, ce n'est pas le mot. Je dirais plutôt trop glamour. Tes vêtements sont magnifiques, mais tu devrais opter pour plus de sobriété. Des coupes simples, des couleurs unies, des bijoux discrets…

Gina hocha la tête. Voilà qui n'était pas compliqué ! Inutile même de courir les magasins. Sa garde-robe était remplie de tenues qu'elle n'avait jamais portées…

— L'attitude aussi, poursuivit Lila. Je ne voudrais pas te vexer, mais tu es un peu trop charmante. Entre nous, si j'étais un homme, je rêverais de t'offrir un verre.

— Ce n'est pas le but recherché.

— Je sais, mais tu connais les hommes…

Gina soupira tristement.

— Décidément, il semble j'aie tout faux.

— Ce n'est pas ta faute. Les gens s'arrêtent bien trop souvent aux apparences. Dans leur esprit, une jolie femme ne peut pas être intelligente.

— Dois-je m'enlaidir pour être prise au sérieux ?

— Non. Tu dois jouer la discrétion et l'efficacité. Ton projet d'enchères sera pour toi l'occasion de faire tes preuves.

— Le poste que j'occupe dans la compagnie de mon père ne me donne donc aucun crédit ?

Lila secoua la tête.

— Non, parce que tu n'as rien fait pour le mériter.

— Je suis allée à l'université, protesta Gina. Mon mémoire a reçu les éloges du jury.

— Je n'en doute pas, mais ce n'est rien de concret. Les gens ont besoin de juger sur les actes. Il leur faut des preuves.

— Très bien, je vais leur en donner !

Piquée au vif, Gina quitta son fauteuil et se mit à arpenter le bureau.

— J'ai élaboré un plan d'action. Mes deux priorités sont de convaincre Mandee d'entrer dans la danse et de recruter de nouveaux éleveurs.

— Ce n'est pas ce qui manque dans la région.

— C'est vrai. Mais ce ne sera pas si facile de les convaincre. Pour attirer les citadins et surtout les citadines, il nous faudra des hommes jeunes et plutôt séduisants.

— Je suis sûre que tu sauras trouver les arguments. Rafe Cortez-Williams n'a pas attendu pour se porter volontaire.

— Lui et ses frères, observa Gina en détournant la tête pour dissimuler le rouge qui montait à ses joues. Trois bonnes recrues, je dois dire.

— Et il y en aura d'autres ! s'enthousiasma Lila en levant son verre. Buvons au succès de nos enchères !

— À Royal et à ses superbes cow-boys !

- 4 -

Des rumeurs insistantes circulaient sur l'échec de Gina à recruter de nouveaux cow-boys. Rafe en avait été informé par ses deux frères. Si Lorenzo s'inquiétait des difficultés rencontrées par la jeune femme, Matias semblait quant à lui soulagé de l'annulation possible de l'événement. Cependant, la ville s'enfonçait dans la crise et il devenait urgent de porter secours à ses habitants.

Ce matin-là, Rafe s'engageait comme chaque jour sur l'avenue qui traversait le centre-ville pour rejoindre son restaurant. Comme il passait devant le studio de *Royal Tonight*, il vit Gina sortir du bâtiment. Sa démarche lente et son dos voûté trahissaient une humeur manifestement exécrable. Sans hésiter, il enfonça la pédale de frein et tourna le volant pour garer son SUV à côté de son coupé rutilant.

Comme elle ne levait pas les yeux, il descendit de voiture et claqua sa portière pour attirer son attention.

— Hé, Gina !

Elle sursauta et se figea sur place, comme une voleuse prise en faute. Que craignait-elle ? De nouvelles railleries ? Il ne l'avait guère épargnée lors de leur dernier tête-à-tête.

— Hé, Gina, répéta-t-il en s'approchant.

— Salut.

— Votre projet avance comme vous le voulez ?

Il ne voulait pas paraître informé de ses difficultés.

— J'y travaille dur, répondit-elle, visiblement sur la défensive.

De cela, il ne doutait pas. Il fit un signe de tête en direction du studio.

— Vous les avez ralliés à notre cause ?

— Pas encore.

— Pourquoi ?

Comme elle tardait à lui répondre, il contempla sa petite robe grise et sa veste ajustée. Comme elle semblait fragile pour livrer le combat qu'elle avait entrepris !

— La taille modeste de l'événement les fait hésiter. C'est du moins ce qu'ils prétendent.

— Vous n'avez pas réussi à rassembler suffisamment de cow-boys ?

— J'ai rencontré la plupart des éleveurs du comté de Maverick. Je suis même allée jusqu'à Colonial. Ils ne sont pas disposés à participer.

Il la toisa.

— Vous leur avez rendu visite dans ce genre de tenue ?

Gina soupira. N'allait-on pas la laisser tranquille avec son apparence ?

— Vous avez quelque chose à redire sur ma tenue ?

— Disons qu'elle vous donne un air…

— Professionnel ?

— Je dirais plutôt un peu trop conventionnel.

— J'ai déjà abordé le sujet avec Lila, et j'ai suivi ses conseils.

Rafe ne releva pas l'allusion.

— Ce sont des éleveurs, pas des banquiers.

— Je me fiche de qui ils sont. L'important est d'apparaître à leurs yeux comme une personne sérieuse et compétente.

— Il faut savoir se rendre accessible.

Gina se renfrogna.

— Allez-vous encore m'accabler de vos critiques ?

— Je cherche seulement à vous aider.

Elle laissa échapper un petit rire nerveux.

— Je ne vous ai rien demandé, monsieur Cortez. Et je crois que je vais me passer de vos conseils.

— Vous avez tort, insista-t-il. Vous vous adressez à des gens simples. Il faut en tenir compte.

Elle ne répondait pas et semblait encore plus affligée. La devinant au bord des larmes, il tenta de se montrer plus chaleureux.

— Gina…

— Vous êtes content de vous ?

— Non. Encore une fois, je suis de votre côté. J'essaie seulement d'être franc avec vous.

— Vous êtes blessant.

— Je connais ces hommes depuis que je suis né. J'ai grandi et vécu au milieu d'eux.

— Et alors ?

— Alors, je sais comment les aborder et gagner leur confiance. Écoutez-moi, et je viendrai avec vous pour tenter de les convaincre !

Elle leva vers lui un regard plein de méfiance.

— Pourquoi feriez-vous cela ?

— Pour le bien de Royal. Je ne peux pas rester les bras croisés quand la moitié des entreprises de la ville est au bord de la ruine.

Il fit un signe en direction de son SUV et l'invita à le suivre.

— Venez avec moi ! Nous allons vous trouver un jean qui coûte un peu moins cher que le salaire moyen de nos concitoyens.

— Mes jeans ne coûtent pas…

Embarrassée, elle s'arrêta au beau milieu de sa phrase.

— Vous n'avez aucune idée des revenus de M. Tout-le-monde.

Il ouvrit la portière du passager et lui fit signe de monter.

— Je…

— Ou bien vous ignorez le prix de vos vêtements ?

Sans trop savoir pourquoi, elle accepta de le suivre. Ses démarches solitaires et infructueuses commençaient à lui entamer le moral. Elle avait besoin d'un allié.

— En vérité, je ne connais ni l'un ni l'autre, admit-elle en grimpant dans le véhicule.

Rafe s'installa derrière le volant.

— Mais je ne demande qu'à apprendre, ajouta-t-elle.

Il la regarda avec indulgence attacher sa ceinture de sécurité. Ses airs de petite fille attiraient la sympathie. Il tenait sincèrement à lui venir en aide. Comme il prenait la direction opposée au centre-ville, elle le regarda avec étonnement.

— Vous ne m'emmenez pas dans les boutiques de la grand-rue ?

— Non, princesse.

— Arrêtez avec ça ! Vous voulez que je vous appelle cow-boy ?

Rafe haussa les épaules.

— Appelez-moi comme vous voulez !

— OK, cow-boy ! Je ne vois pas ce que vous pensez trouver comme vêtements dans cette banlieue sinistre.

Il savait exactement où il allait. Quelques kilomètres plus loin, il gara son SUV devant un centre commercial. Incrédule, Gina se mit à lire les enseignes.

— Réparation de vos appareils ménagers. Toilettage pour votre bichon. C'est une blague ?

Il désigna une boutique située sur leur droite. Dressée sur son siège, la jeune femme écarquilla les yeux.

— Le dressing de la seconde chance ? Vous n'y pensez pas !

— Sérieusement, vous ne pouvez pas vous présenter dans une cour de ferme avec un jean flambant neuf.

— Je refuse de porter les vêtements d'une autre personne.

— Détendez-vous, princesse ! Ils les lavent avant de les mettre en rayon.

— Non, Rafe. Désolée de vous décevoir, mais c'est absolument hors de question.

Sourd à ses protestations, il coupa le moteur.

— Vous n'allez pas reculer devant le premier obstacle ?

— Si.

— Ce n'est tout de même pas insurmontable. Je vous répète que les articles sont propres. De toute façon, vous portez des sous-vêtements.

Il s'interrompit en voyant son expression se figer.

— Vous portez des sous-vêtements, n'est-ce pas ?

— Oui, je porte des sous-vêtements.

Il chassa l'image excitante du bikini affriolant qui dansait devant ses yeux. Le temps pressait. La moitié de la ville était menacée par la ruine. Le projet de Gina devait réussir.

— Si vous voulez convaincre des éleveurs, vous devez faire des efforts pour leur ressembler. Ensuite, il vous faudra absolument rallier Mandee à votre cause. Et aussi trouver un lieu où organiser la journée d'enchères.

— Je l'ai trouvé. Nous utiliserons le ranch Élégance.

La surprise changea de camp.

— Est-ce que Rusty est au courant ?

Le père de Gina était l'homme le plus snob de Royal. Jamais il n'accepterait de voir sa propriété envahie par une horde d'inconnus et une équipe de télévision. La diffusion de l'événement placerait sa famille sous les feux de la rampe à un moment où il recherchait avant tout la discrétion.

— Pas encore, avoua-t-elle.

— Il faut du cran pour oser soumettre à Rusty une idée aussi farfelue. Je ne peux pas croire qu'une femme aussi courageuse recule devant l'idée de porter des vêtements d'occasion.

Persuadé d'avoir gagné la partie, il descendit de voiture. Vaincue, Gina le rejoignit sur le trottoir et le suivit de mauvaise grâce à l'intérieur de la boutique. Quelques minutes plus tard, elle contemplait son image dans le miroir piqué de la cabine d'essayage.

— Le rouge est bien trop vif, se plaignit-elle.

— Montrez-moi ! demanda Rafe.

Elle ouvrit le rideau et lui lança un regard noir. Dans son jean délavé et moulant, ses santiags et sa chemise en flanelle à carreaux rouges, elle semblait tout droit sortie d'une sitcom.

— Pas si mal ! approuva-t-il avec un sourire amusé.

— Parfaitement ridicule ! s'indigna-t-elle.

— Les carreaux sont un peu voyants, je vous l'accorde.

— Un peu ?

— Le pantalon vous va bien.

Il la contourna pour l'observer sous tous les angles.

— Comment vous sentez-vous dans les bottes ?

Le cuir marron était étonnamment confortable, usé mais encore présentable. Des chaussures stables, parfaites pour arpenter les chemins de terre.

— Vous devriez essayer le corsage à fleurs, suggéra-t-il.

Elle était entrée dans la cabine avec quatre hauts différents.

— Celui avec des volants ? Non merci.

— C'est mignon…

— Je n'ai pas envie d'être mignonne.

— Vous l'êtes pourtant.

— J'aurais bien trop honte de me montrer dans un accoutrement pareil.

— Ce sont des cow-boys, Gina, pas des lecteurs assidus de magazines de mode.

— Quand avez-vous ouvert un magazine de mode pour la dernière fois ?

— Il y a longtemps, je le reconnais. Mais je suis certain que les modèles qu'ils proposent ne sont pas adaptés à la vraie vie.

En cela, il n'avait pas tort. De toute façon, avait-elle le choix ? Rafe était son seul allié dans la bataille. Elle avait tout intérêt à écouter ses conseils. Résignée, elle retourna dans la cabine. Le corsage à fleurs semblait presque neuf, mais elle le trouvait de très mauvais goût.

Quand elle se présenta de nouveau devant lui, Rafe l'examina d'un regard hésitant.

— Appelons ça le plan B !

— Plan H, vous voulez dire !

— Et le bleu ? suggéra-t-il.

— Je n'avais même pas l'intention de l'essayer.

— Allez, jouez le jeu jusqu'au bout !

— D'accord, ne serait-ce que pour vous prouver que vous avez tort.

De retour dans la cabine, elle enfila la chemise en peau de serpent bleue. Comme elle se tournait de gauche et de droite pour s'observer dans le miroir, elle fut séduite par les reflets argentés de l'étoffe. Après tout, celle-là n'était pas si mal. Elle décida de l'adopter.

— Alors ? s'inquiéta Rafe.

Elle tira le rideau.

— Vous avez gagné, dit-elle.

— J'en étais sûr. Il ne vous manque plus qu'une queue-de-cheval pour faire illusion.

— Mission accomplie, soupira-t-elle en s'approchant une dernière fois du miroir pour vérifier son apparence.

Puis, se retournant vers son mentor :

— D'autres suggestions, monsieur Cortez ? Ou me trouvez-vous prête à apprivoiser les cow-boys du comté ?

— Si j'étais à leur place, je me laisserais prendre au piège.

Il était soudain plus proche, et le timbre de sa voix s'était fait plus tendre et plus sensuel.

— Vous êtes belle à croquer. Aucun d'eux ne pourra vous résister.

Gina sentit son pouls s'accélérer. La proximité de Rafe la troublait plus que de raison. Il posa la main sur son épaule et effleura délicatement l'étoffe de sa chemise.

— Je meurs d'envie de vous embrasser.

Elle ouvrit la bouche pour lui répondre mais aucun son n'en sortit. Elle ne voulait pas le rejeter, mais elle n'osait lui donner son assentiment. L'attirance qu'ils éprouvaient l'un pour l'autre était manifeste. Elle hésitait pourtant à brûler les étapes. Il lui effleura la joue avec l'extrémité de son pouce, puis jeta un coup d'œil autour d'eux. L'endroit manquait d'intimité. La boutique était bondée.

— Cela devra attendre.

Gina détacha à regret les yeux de ses lèvres. Elle les imaginait chaudes et tendres.

— Alors, nous sommes d'accord ? demanda-t-il en reculant d'un pas.

Elle n'avait pas encore repris pied dans la réalité.

— Au sujet du baiser ?

Sa question parut l'amuser énormément.

— Au sujet de la chemise.

— Euh, oui, répondit-elle, mortifiée.

Comme elle se détournait pour aller récupérer ses vêtements dans la cabine, il lui saisit l'avant-bras.

— La question valait pour le baiser aussi.

— Je… euh… je ne sais pas.

Elle régla ses achats et sortit du magasin sans oser lui adresser un regard.

Après avoir visité une quinzaine de ranchs, ils prirent le chemin du retour. Gina rayonnait sur son siège.

— Si je ne me trompe pas, dit-elle avec satisfaction, cela fait exactement trente cow-boys.

— Nous n'avons pas perdu notre temps.

— Nous sommes même arrivés à convaincre une famille entière. Les frères du Nestor Ranch se sont inscrits tous les trois.

Rafe savait que sa présence avait été déterminante pour les encourager à participer. Les éleveurs de la région le considéraient comme un des leurs. Le fait qu'il se soit lui-même porté volontaire avait pesé lourd dans la balance. De son côté, Gina avait pris de l'assurance au fil de la journée, et elle n'avait pas manqué d'arguments pour obtenir leur adhésion au projet.

— J'espère que vous n'avez pas oublié de compter les frères Cortez-Williams, observa Rafe.

— Je ne risque pas de les oublier. C'est vous qui avez donné l'exemple. Je vous en serai éternellement reconnaissante.

— Je ne cherchais pas votre reconnaissance.

— Je sais, mais je dois bien admettre que votre participation a convaincu tous les autres.

— Vous vous êtes très bien débrouillée, vous aussi.

— J'étais plutôt nerveuse. Certains de ces gars m'avaient opposé leur refus.

— Désormais, Mandee Meriweather devrait accepter d'entrer dans la danse.

— Je l'espère. Mais j'en ai assez fait pour aujourd'hui. Je retournerai au studio demain.

Il était presque 20 heures.

— Vous avez faim ? On pourrait s'arrêter à Joplin.

Gina se redressa sur son siège.

— Pourquoi pas ? Vous connaissez l'auberge de Custom Creekside ?

— Bien sûr ! Je sais tout de la concurrence à cent kilomètres à la ronde.

— J'aurais dû m'en douter.

— Si nous nous arrêtons à Creekside, vous devrez vous changer.

— Vous pensez qu'ils refusent l'entrée aux cow-girls ?

— C'est un endroit plutôt chic. Si vous voulez passer à l'arrière pour retrouver votre apparence habituelle, ne vous gênez pas !

Comme elle semblait hésiter, il suggéra un autre endroit.

— Il y a aussi le Twin Bears, si vous préférez.

— Je n'y suis jamais allée.

Sa réponse ne le surprit pas. Les femmes de son rang ne fréquentaient pas ce genre d'établissements.

— Burgers et milk-shakes. Faits maison, avec des produits du terroir.

Elle inclina le pare-soleil et regarda son visage dans le petit miroir.

— Je ne suis pas très présentable.

Elle lui paraissait magnifique, mais il n'en dit rien.

— OK pour le Twin Bears, dit-elle après réflexion. Habillée en cow-girl et sans maquillage.

Au rond-point suivant, Rafe engagea son véhicule sur le Blackbird Boulevard. Le restaurant qu'ils avaient choisi était situé à la périphérie de la ville, loin des avenues élégantes de Royal. Ils s'arrêtèrent dans un vaste parking, au milieu des semi-remorques et des voitures familiales.

Il régnait à l'intérieur du Twin Bears un joyeux vacarme. Le mobilier en bois réparti dans la vaste salle ajoutait à la chaleur de l'endroit. En habitué, Rafe invita Gina à contourner le bar carré dressé au centre de la pièce pour rejoindre une des tables disposées contre un grand mur de brique.

À peine furent-ils installés qu'une serveuse enveloppée dans un long tablier de cuisine se présentait devant eux.

— Prendrez-vous un apéritif ?

Gina se tourna vers son compagnon.

— Que me conseillez-vous ?

— Personnellement, je prends toujours un Irish Freeze, répondit-il. C'est un milk-shake au café, au caramel et au whisky.

— Plébiscité par nos clients, souligna l'employée. Mais nous pouvons aussi vous proposer de la Guinness, du Baileys, du bourbon à la pêche, du rhum au chocolat ou à la noix de coco et de la crème de banane arrosée.

— Je me conformerai à l'avis général ! déclara Gina sans beaucoup d'hésitation. Un Irish Freeze !

La serveuse leur tendit à chacun un menu.

— Je repasserai dans un moment pour prendre votre commande, fit-elle avant de s'éclipser.

— Dois-je consulter la carte ou me fier une fois de plus à votre expertise ? demanda Gina.

— Le hamburger Angus est excellent. La sauce Twin Bears est une des meilleures de la région.

Une fois de plus, elle se rangea à son opinion.

— Vos conseils m'ont été précieux aujourd'hui. Je vais continuer à les écouter.

Rafe ne chercha pas à dissimuler sa surprise. Il était persuadé qu'elle choisirait des mets plus raffinés.

— Est-ce l'effet magique de vos nouveaux vêtements ? s'étonna-t-il. Auraient-ils transformé la princesse Edmonds en une cow-girl délurée ?

— La princesse dont vous parlez n'a pas fini de vous surprendre.

La serveuse reparut avec leurs boissons et enregistra leur commande. Sans attendre, Gina trempa les lèvres dans son milk-shake.

— Alors, qu'en pensez-vous ?

— Délicieux. Je ne suis pourtant pas habituée à ce genre de boissons.

— J'imagine que vous appréciez plutôt les grands crus de bordeaux.

— On ne peut rien vous cacher.

— La cave de votre père est sans doute remplie des plus grands millésimes.

— Je suppose. Nous avons un sommelier à demeure.

Rafe se serait damné pour visiter la cave de Rusty Edmond.

— J'ai toujours rêvé de proposer une belle carte de vins dans mon établissement. Malheureusement, aucun restaurant ne peut rivaliser avec une réserve privée, à moins de compter quelques millionnaires dans sa clientèle.

Quand la serveuse reparut avec leurs burgers, Gina écarquilla les yeux. Il se dégageait de la viande un parfum délicieux, mais elle se sentait incapable de venir à bout d'une part aussi copieuse.

— Vous voulez que je le coupe en deux pour vous ?

— Je veux bien.

Il tendit la main par-dessus la table et trancha son hamburger.

— J'imagine que l'on ne sert pas ce genre de cuisine à la table des Edmond…

— Pourquoi faut-il toujours que les gens fassent allusion à ma famille ? soupira Gina. On dirait que je n'existe pas en dehors d'elle.

— Vous êtes associée à votre milieu dans l'esprit des gens. Un milieu privilégié, à l'abri des accidents de la vie. La crise financière qui frappe la ville ne vous a guère affectés.

Gina hocha pensivement la tête.

— C'est vrai. C'est pourquoi je m'efforce de venir en aide aux plus infortunés.

— C'est très généreux de votre part.

Il avala une première bouchée de son hamburger et, quand elle l'imita, ses yeux s'illuminèrent de plaisir.

— Vous aimez ?

— J'adore.

Elle détourna un instant le regard et tendit l'oreille pour mieux s'imprégner de l'ambiance joyeuse qui régnait dans la salle.

— C'est un endroit très agréable et très relaxant.

— Cela ne doit pas vous arriver très souvent, observa Rafe.

— De manger des hamburgers ?

— De vous détendre.

La question parut la déconcerter.

— Que voulez-vous dire ?

— Eh bien, de prendre du temps rien que pour vous, de profiter d'un peu de tranquillité.

— Mon environnement ne s'y prête pas beaucoup, admit-elle. Nous recevons beaucoup au manoir. Des gens importants. Pour l'essentiel, des P-DG de compagnies pétrolières. Mon père est très attaché à l'étiquette.

La voyant boire une longue gorgée de milk-shake, il

eut envie de l'avertir du degré d'alcool contenu dans le cocktail, mais il préféra la laisser profiter sans réserve de ce rare moment de détente.

— Puis-je vous poser une question ?

— Je vous en prie.

Elle piqua quelques frites avec sa fourchette et les dévora avec appétit.

— Ces petites choses sont addictives.

— Vous ne vous ennuyez pas lorsque votre père reçoit ses invités ? Ces dîners doivent être interminables.

— Ils le sont.

— Que faites-vous ?

— Je souris.

— Vous souriez, c'est tout ?

— Je hoche la tête. Je hoche très souvent la tête.

— Vous parlez comme si vous ne faisiez que de la figuration. Vous occupez pourtant un poste important dans la compagnie.

Elle hésita un instant avant de répondre.

— En effet. Je suis vice-présidente, responsable des relations avec le public.

— C'est une lourde responsabilité.

Le tour que prenait la conversation avait soudain terni sa bonne humeur.

— Vous avez terminé votre repas ? demanda-t-elle soudain. Nous pouvons partir ?

- 5 -

Le projet de Gina était maintenant sur ses rails. La liste des cow-boys inscrits à l'événement continuait à s'étoffer et Mandee Meriweather avait finalement accepté d'animer la journée d'enchères. Il restait encore à convaincre Rusty de mettre sa belle demeure à disposition. La partie n'était pas encore gagnée. Ce soir-là, comme elle rentrait au ranch, la jeune femme reconnut la voix de son père dans la bibliothèque. Elle espéra que son visiteur ne le retiendrait pas trop longtemps. La journée avait été difficile et le combat qu'elle s'apprêtait à livrer l'épuisait d'avance.

— Je ne vous cache pas ma déception, cher ami. J'avais espéré de meilleurs résultats.

Gina réprima une grimace. L'humeur de Rusty n'augurait rien de bon. Comme elle n'entendait pas la réponse de son interlocuteur, elle comprit qu'il s'agissait d'une conversation téléphonique.

— Il n'a pas pu se volatiliser. Si vous n'avancez pas plus vite dans vos recherches, je me verrai contraint de faire appel au FBI.

Rusty resta silencieux pendant un long moment.

— Je vous paie une fortune pour mener cette enquête, reprit-il en haussant le ton. Et vous ne m'apportez aucun nouvel élément.

Il échangeait avec le cabinet de détectives privés engagé pour retrouver la trace de Billy. Jamais il n'avait accepté de reconnaître le fils issu de sa liaison avec Antoinette Holmes. Aujourd'hui, son passé le rattrapait. L'enfant naturel était résolu à obtenir réparation. Depuis quelques mois, il inondait les réseaux sociaux de révélations que le patriarche aurait préféré garder secrètes. Ayant habilement gagné la confiance de Ross pendant ses années d'université, Billy lui avait soutiré nombre d'informations sur sa famille et prenait un malin plaisir à les étaler au grand jour. Chaque nouvelle divulgation, qu'elle fût justifiée ou mensongère, plongeait le clan Edmond dans le plus grand désarroi. Une armée d'avocats s'appliquait à opposer des démentis à ces déclarations le plus souvent calomnieuses.

La conversation devenant de plus en plus tendue, Gina se demanda si le moment était bien choisi pour obtenir une faveur de son père. Elle traversa le grand hall dans l'intention de trouver refuge dans sa chambre, puis elle revint sur ses pas. Elle s'était préparée à cette confrontation et ne voulait pas la repousser. De toute façon, Rusty avait un caractère exécrable et rien ne garantissait qu'il serait mieux disposé à l'écouter le lendemain. Elle posa son sac à main sur la console de marbre proche de la porte d'entrée et attendit patiemment la fin de la conversation.

— Vous avez tout intérêt à faire aboutir ces recherches, grondait Rusty. Ma patience a des limites.

Il raccrocha sur ces paroles menaçantes et un long silence s'ensuivit. Au moment où Gina s'armait de courage pour gagner la bibliothèque, le carillon de la grande horloge retentit, comme pour accompagner la boxeuse qui s'apprêtait à monter sur le ring.

— Bonsoir, papa.

Rusty était encore penché au-dessus du bureau en merisier, les mains posées sur le plateau ciré. Il se redressa lentement.

— J'ignorais que tu étais à la maison.

Il ne semblait pas particulièrement heureux de la voir. Habituée à ses manières revêches, elle ne se laissa pas décourager.

— J'avais besoin de te parler, dit-elle.

Le regard de Rusty s'étrécit.

— J'ai eu mon compte de mauvaises nouvelles pour la journée.

— Il ne s'agit pas d'une mauvaise nouvelle, bien au contraire.

Elle s'avança jusqu'à lui avec une assurance qu'elle était loin d'éprouver.

— Ross t'a parlé de la collecte de fonds que je suis en train d'organiser, je crois…

Rusty fronça les sourcils.

— Il m'a surtout dit que tu avais promis des dons à la réunion de la chambre de commerce.

— C'est vrai, dit-elle.

— Je ne me rappelle pas t'y avoir autorisée.

— Père…

Il leva un bras pour lui intimer le silence.

— Toi et tes frères, vous disposez de mon argent avec une étonnante facilité.

Elle se racla la gorge avec embarras.

— C'est que… Il fallait notre bonne volonté d'une manière ou d'une autre montrer. Les gens nous tiennent pour responsables des méfaits de Billy…

— Ne me parle pas de cette ordure ! As-tu lu le tissu de mensonges qu'il a publié sur Internet aujourd'hui ?

Gina comprit aussitôt son erreur. Prononcer le nom de Billy était la pire des maladresses. Elle fit machine arrière.

— Je voulais te parler des enchères que j'ai imaginées.

Mon idée a été bien accueillie. Plus de trente ranchers ont accepté de se prêter au jeu.

Il agita une main dédaigneuse, apparemment peu disposé à l'écouter davantage. Ignorant son geste, elle poursuivit vaillamment.

— L'événement sera diffusé sur la chaîne locale. C'est Mandee Meriweather qui présentera l'émission.

Elle eut soudain l'impression d'avoir marqué un point. Mandee était une figure locale influente. Les deux choses que Rusty admirait le plus étaient l'argent et le pouvoir.

— Nous espérons lever des fonds importants, reprit-elle en profitant de son avantage. Mais nous avons besoin d'un lieu pour l'enregistrement.

— La chaîne a un studio, je suppose.

— Oui, mais il est beaucoup trop petit. Et puis, il manque singulièrement de charme.

— Où veux-tu en venir ?

Son temps était précieux. Il n'aimait pas que ses interlocuteurs se perdent en circonvolutions.

— Pour susciter l'intérêt des milliers d'internautes que nous espérons, nous avons besoin d'un lieu prestigieux.

— Tu as pensé à un endroit précis ?

— Oui, murmura-t-elle.

— Lequel ?

— Le ranch Élégance.

Il la fixa d'un regard perplexe.

— Pardon ? Tu veux bien répéter ?

Le ton menaçant la fit presque reculer. Elle ouvrit la bouche, mais il ne lui laissa pas le temps de répondre.

— Tu as perdu la raison ?

Sa réaction était prévisible. Gina ne se laissa pas intimider.

— Je crois que c'est une excellente idée, au contraire.

Nous pourrions installer des tables et des chaises dans le parc, dresser un chapiteau…

— Des caméras de télévision dans mon manoir ? Comment as-tu pu imaginer une seconde…

— Ce n'est pas comme si nous organisions le tournage dans ta chambre…

Les lèvres de Rusty remuèrent, mais aucun son n'en sortit.

— Nous n'avons pas l'intention d'exposer au public tous les secrets de notre famille.

— Nous n'avons rien à cacher.

— Parfait. Il n'y a donc aucune raison de ne pas dévoiler notre magnifique cadre de vie.

Il secoua vigoureusement la tête.

— C'est non. Définitivement.

— C'est pour la bonne cause, papa.

— Pourquoi n'allez-vous pas au club des ranchers ?

— Le club n'a rien d'attrayant. Personne ne se connectera pour le voir. Notre propriété, au contraire…

— Je n'aime pas le voyeurisme, déclara Rusty avec dégoût.

— Oh ! mais il ne s'agit pas de cela. Nous voulons seulement dévoiler au public une partie de notre demeure.

Il secouait obstinément la tête.

— La caméra se concentrera sur le décor, insista Gina. Sur les meubles et sur les tableaux. Il ne s'agit pas de faire entrer des inconnus dans notre intimité. Si tu es d'accord, nous pourrions demander au sommelier de présenter la cave.

— Tu veux faire entrer une équipe de télévision dans ma cave à vin ?

Là encore, Gina avait parlé sans réfléchir. La cave était pour son père un lieu sacré.

— Tu as raison, nous resterons au rez-de-chaussée. Le

grand salon, la bibliothèque. Et aussi les cuisines, pour apparaître comme une famille tout à fait ordinaire…

Le vieil homme n'était toujours pas convaincu.

— Je persiste à penser que c'est une idée saugrenue.

— Je comprends que tu aies besoin de réfléchir. Nous en reparlerons demain, si tu veux.

— Papa ?

Ross venait d'apparaître sur le seuil.

— Que se passe-t-il ? demanda-t-il en percevant le silence embarrassé qui régnait dans la pièce.

Rusty accueillit l'arrivée de son fils avec soulagement.

— Tu arrives bien, mon garçon. J'espère que tu pourras mettre un peu de bon sens dans la tête de ta sœur.

Gina leva vers le nouveau venu un regard suppliant.

— Je demandais simplement l'autorisation d'organiser ici la journée d'enchères. Aide-moi à convaincre papa, je t'en prie ! Nous avons besoin d'un lieu prestigieux pour le tournage de l'émission.

— Ma maison n'est pas un studio hollywoodien, s'entêta le maître des lieux.

— Nous n'avons pas l'intention de la mettre sens dessus dessous, papa. Je ne connais pas de meilleur endroit pour accueillir un large public. C'est ainsi que nous pourrons faire monter les enchères et recueillir des fonds suffisamment importants pour venir en aide aux entreprises de Royal.

— Il existe sûrement d'autres solutions, glissa Ross, au grand désespoir de sa sœur.

Comment osait-il lui refuser son soutien ?

— Je ne demande jamais aucune faveur dans cette maison, déclara-t-elle avec amertume. Je réponds toujours présente quand vous avez besoin de moi. J'adresse mes plus beaux sourires à vos invités et je leur fais aimablement la conversation. Je ne contrarie aucun de vos projets dans la compagnie. Je ne vous refuse jamais ma voix au conseil d'administration. Et c'est ainsi que vous me remerciez ? Jusqu'à preuve du contraire, cette maison est aussi la mienne !

Ross la regarda comme s'il la voyait pour la première fois de sa vie. Rusty s'éclaircit la gorge. Ils n'avaient pas l'habitude de la voir s'emporter de la sorte.

— Quel réquisitoire ! On croirait entendre ta mère.

Étant donné le peu d'estime qu'il avait conservé pour sa première femme, la comparaison n'était guère flatteuse. Gina était certaine d'avoir perdu la partie.

— Il est vrai que, si vous vous limitez au rez-de-chaussée…, dit son père.

Elle mit quelques secondes à assimiler le sens de ses paroles.

— Tu veux dire que tu acceptes ?

Il hocha lentement la tête.

— Mais je t'avertis : je ne veux voir personne dans les étages. C'est compris ?

— Parfaitement. De toute façon, nous ne t'importunerons pas très longtemps. Une journée, peut-être deux, si l'équipe technique doit faire des repérages.

— J'en profiterai pour faire un tour à Mustang Point, ajouta Rusty. J'ai quelques problèmes à régler là-bas.

Gina n'aurait pu rêver mieux. L'absence de son père lui faciliterait grandement la tâche. Elle avait hâte d'appeler Lila pour partager sa joie.

Comme tous les dimanches, Carmen, la mère de Rafe, s'affairait joyeusement dans la cour de son ranch, passant d'un invité à l'autre pour s'assurer que personne ne manquait de rien. Empanadas, poivrons grillés, maïs et patates douces, rien n'avait été négligé pour satisfaire les papilles des convives. Toute la famille et tout le personnel étaient réunis autour du barbecue. Le père et le grand-père de Rafe, Lorenzo et son épouse Valencia parlaient élevage et dressage de chevaux, comme à leur habitude. Matias divertissait les enfants des ouvriers en lançant un lasso. Les deux plus jeunes de la fratrie, Tomas et Diego, grattaient leurs guitares devant un public admiratif.

La seule personne qui paraissait aujourd'hui plus heureuse que Carmen était Gina. Rafe s'installa à l'écart pour l'observer à loisir. Il était ravi de la revoir après la conclusion décevante de leur dernier tête-à-tête. Il en était le seul responsable. Au lieu de profiter du moment délicieux qu'ils partageaient ce soir-là, il l'avait agacée avec des questions embarrassantes.

Aujourd'hui, elle avait débarqué au ranch avec un photographe, persuadée qu'une réunion familiale autour d'un barbecue était l'occasion rêvée de réaliser un beau reportage pour le site web dédié aux enchères. Le jeune homme avait consacré sa matinée aux paysages qui entouraient la propriété des Cortez-Williams. Pour l'heure, il s'intéressait aux prouesses de Matias et de son lasso.

Rafe savait que son tour arriverait bientôt. L'idée de poser pour la publicité du site ne l'enchantait guère, mais il voulait bien se prêter au jeu si cela lui donnait l'occasion de passer un peu plus de temps avec Gina. L'humeur de la jeune femme s'était détériorée si brusquement au Twin Bears qu'il n'avait pu lui réclamer le baiser qu'il lui avait promis. Était-ce partie remise ?

Elle avait délaissé ses habits de cow-girl, aujourd'hui. Son chemisier de soie blanche étincelait au soleil et ses bottes en cuir clair n'étaient guère adaptées à la boue des chemins. Elle portait un collier en or et un bracelet assez bruyant pour effrayer un cheval. Son chignon savamment désordonné conférait une touche de fantaisie à sa tenue un peu trop raffinée pour l'occasion. Il la trouvait magnifique et infiniment désirable. Décidé à regagner sa confiance, il rejoignit le cercle des invités en se promettant de ne plus la traiter en enfant gâtée.

Sourde aux protestations de Gina, Carmen venait de déposer une empanada dans son assiette. S'opposer à la maîtresse de maison en matière de nourriture relevait de l'exploit. Elle avait élevé cinq garçons et ne jurait que par le grand air et une saine alimentation. Quand la jeune femme mordit dans la pâte feuilletée, ses yeux se plissèrent sous l'effet du piment, mais elle sourit et hocha poliment la tête avant d'essuyer discrètement ses paupières du revers de la main.

Comme Rafe se faufilait entre les invités pour la rejoindre, son père l'arrêta en chemin.

— Tu veux un épi de maïs avec ta viande, fiston ?

Il marqua une halte près du barbecue.

— Tout à l'heure, papa.

— Comment ça, tout à l'heure ? Tu préfères attendre qu'ils soient brûlés ?

— Je reviens tout de suite, lança-t-il par-dessus son épaule.

Il fit encore quelques pas pour atteindre le banc où Gina était installée.

— Bonjour, dit-il.

Elle sursauta et leva les yeux de son assiette.

— Oh ! bonjour, Rafe.

La rougeur de ses joues était attendrissante.

— À votre place, je me méfierais.

— De quoi ?

— Des empanadas de ma mère. Ce sont sans doute

les meilleures du comté, mais elles exigent une certaine tolérance aux piments habaneros.

— Vous avez raison. Mon palais n'est pas habitué à une nourriture aussi épicée, concéda-t-elle à voix basse.

Voyant que Carmen avait le dos tourné, il prit le feuilleté et le glissa directement dans sa bouche.

— Merci, soupira-t-elle. Vous me sauvez.

— Pas de problème. J'adore ça.

Son regard s'arrêta sur le photographe qui s'intéressait à Matias et à son lasso.

— Qui est ce gars ?

— Quentin Waters. Il fait partie de notre service marketing.

— Votre service marketing ? Vous voulez dire que vous avez débauché les employés de la compagnie Edmond pour les faire travailler sur votre projet ?

Gina hocha la tête.

— Avec l'accord de votre père ?

Rafe était surpris. L'absence de Rusty à la réunion de la chambre de commerce montrait le peu d'intérêt qu'il montrait au dénouement de la crise.

— Il a également accepté que nous organisions les enchères au ranch Élégance.

Rafe ouvrit de grands yeux.

— Comment avez-vous réussi à le convaincre ? En souriant et en agitant vos jolis cils de princesse ?

C'était plus fort que lui. Il n'avait pu retenir ses paroles.

— Vous ne me croyez pas capable d'autre chose ?

— Ce n'est pas ce que je voulais dire. Pardonnez-moi ! Vous avez dû batailler ferme pour obtenir son autorisation.

— J'ai insisté sur le pouvoir d'attraction de notre demeure familiale sur le grand public. Plus nous aurons de participants, plus les enchères grimperont et plus nous pourrons distribuer de gains aux entreprises de la ville.

Rafe ne savait comment faire excuser sa maladresse.

— C'est… c'est très logique, en effet.

Le rappel à l'ordre de son père arriva à point pour le tirer d'embarras.

— Alors, fiston, tu viens te servir, oui ou non ?

— J'arrive, papa.

Puis, se tournant à nouveau vers Gina :

— Voulez-vous un hamburger ?

Elle secoua la tête.

— Non, je vous remercie. Je suis venue ici pour travailler.

— Raison de plus. Il faut manger pour être en forme. Ne vous laissez pas effrayer par les empanadas ! Les hamburgers sont beaucoup plus doux.

Il leva un bras pour inviter le photographe à les rejoindre.

— Venez, Quentin ! Il y a là de quoi nourrir une armée. Matias, amène-le et offre-lui un verre !

Après avoir rempli leurs assiettes, les quatre amis s'installèrent à l'extrémité d'une longue table en bois.

— Tournez-vous de côté ! demanda Quentin à Rafe entre deux bouchées.

Rafe déglutit et s'exécuta.

— Pourquoi ? Je ne vois rien d'intéressant de ce côté.

— Je voulais vérifier votre profil.

Quand il tourna le cou dans la direction opposée, Rafe croisa le regard de Gina. Prétendant garder la pose pour le photographe, il se plongea dans un examen attentif de ses yeux. Ils n'étaient pas ordinaires. Ses pupilles couleur noisette étaient parsemées de minuscules pointes de vert. Un anneau bleu-gris entourait le bord de ses iris. Il aurait pu rester des heures à les contempler.

— Un peu plus vers la gauche, demanda Quentin.

Rafe ne voulait pas bouger.

— Vers l'arrière, insista le photographe.

Il accepta de modifier sa position sans pour autant quitter du regard les yeux de Gina.

— Il ne manque plus que le stetson. Qu'en pensez-vous ?

La question s'adressait à Matias.

— Vous voulez savoir ce que je pense de la bouille de mon frère ? Rien de particulier.

Le visage de Gina s'éclaira d'un sourire amusé.

— À la lumière du soleil couchant, poursuivit Quentin. Accoudé à une clôture, chapeau tiré vers le bas. Le parfait cow-boy.

Matias regardait le photographe sans partager son enthousiasme.

— Vous parlez d'un cow-boy ! Il ne monte plus depuis des années. Il préfère se dandiner au chaud dans son restaurant plutôt que d'arpenter les mauvais chemins.

Rafe sortit de sa contemplation pour répondre au persiflage de son cadet.

— Tu es jaloux, on dirait.

Gina observait avec inquiétude l'échange des deux frères, en espérant qu'il ne tournerait pas à l'affrontement.

— Ne craignez rien ! la rassura Rafe. Personne ici ne comprend ma reconversion.

— J'ai une idée ! s'exclama Quentin.

Totalement hermétique à la conversation, le photographe réfléchissait aux clichés qu'il espérait réaliser au ranch.

— J'ai repéré en arrivant un vieux moulin à vent, près de la rivière. Avec les chênes en arrière-plan, le cadre sera parfait. Mais nous n'avons pas une minute à perdre.

Rafe leva les yeux pour repérer la position du soleil. Quentin avait raison. Ils avaient tout intérêt à se dépêcher s'ils voulaient profiter de la lumière du jour. Pour atteindre le moulin, il fallait compter un bon quart d'heure de voiture et une longue marche dans la forêt. Comme Matias se dirigeait vers le pick-up, Rafe lui glissa dans la main le trousseau de clés et lui demanda de prendre le volant. Sans se soucier de sa surprise, il fit signe à Quentin de s'installer au milieu de l'unique banquette, puis il grimpa à ses côtés et invita Gina à s'asseoir sur ses genoux. Quand il comprit son stratagème, Matias lui adressa un sourire entendu. Rafe s'en moquait. Après un bref moment d'hésitation, la jeune femme le rejoignit dans l'habitacle. Il ferma la porte, s'accrocha d'une main à la poignée haute de la portière et passa son autre bras autour d'elle.

Comme ils avançaient sur les chemins cahoteux, Gina n'eut d'autre choix que de s'appuyer contre la poitrine de Rafe. Il ne s'en plaignit pas. Ses mèches de cheveux lui effleuraient les joues comme de douces caresses et il inhalait avec bonheur les accents fruités de son parfum. La main posée sur le côté de sa cuisse, il devinait le satin de sa peau sous l'étoffe légère de son pantalon. Après un trajet trop court au goût de Rafe, ils descendirent de voiture et s'engagèrent sur le sentier qui conduisait au moulin. Gina tenait la cadence de leur marche rapide, même si ses bottes de citadine n'étaient guère adaptées à l'exercice.

— C'est ici, s'exclama Quentin au moment où ils atteignaient le cours d'eau.

Rafe le regarda déployer son trépied avec un air sombre. Il n'était guère ravi de l'épreuve qui l'attendait. Il se faisait l'effet d'une bête de foire, d'une génisse apprêtée pour un concours d'élevage.

— Approchez-vous de la rivière ! ordonna le photographe en réglant son appareil. Enfilez le stetson et appuyez-vous au poteau ! Maintenant, regardez vers le sud ! Oui, c'est ça. Ce cadre est magique.

Soutenu par les sourires encourageants de Gina, Rafe se prêta patiemment à l'exercice.

— Qu'allez-vous faire de toutes ces images ? demanda-t-il après la douzième prise.

— Un montage pour chacun des participants, répondit Gina. Toute l'équipe technique de la compagnie est mobilisée.

Il aimait regarder son visage dans la douce lumière du soleil couchant.

— Nous tournerons également un reportage sur les coulisses du ranch Élégance, ajouta-t-elle.

— Rusty vous a donné son accord ?

— Je dois dire que je ne lui ai pas exposé tous les détails du projet. De toute manière, il sera en déplacement le jour des enchères.

De la demeure des Edmond, Rafe ne connaissait que le grand hall de réception. Curieux de découvrir d'un peu plus près l'univers où vivait Gina, il serait sans doute parmi les premiers à se connecter sur le site. Tandis que Matias et Quentin reprenaient le chemin du pick-up, il ralentit sciemment l'allure pour les laisser s'éloigner.

— Je suis impressionné par votre travail, dit-il en marquant une halte.

La jeune femme hocha lentement la tête.

— Les pièces du puzzle s'assemblent peu à peu. Nous serons prêts dans les temps.

Une brise légère soulevait ses cheveux. Il leva une main vers son visage pour écarter les mèches désordonnées qui couvraient son front.

— J'ai toujours autant envie de vous embrasser. Nous nous sommes quittés un peu trop vite, l'autre soir.

Elle leva les yeux vers les silhouettes des deux hommes qui avançaient devant eux.

— Je ne suis pas sûre que le moment soit bien choisi. Nous ne sommes pas seuls.

— Ils ne font pas attention à nous.

Tout en parlant, il s'approcha un peu plus.

— Rafe…

Elle posa les paumes sur sa poitrine pour le repousser.

— Vous n'allez pas me refuser un petit baiser. Je l'attends depuis si longtemps !

Elle jeta un dernier regard le long du chemin. Matias et Quentin avaient disparu derrière les arbres.

— D'accord, mais alors faites vite !

Sans se faire prier plus longtemps, il lui souleva le menton et approcha les lèvres de sa bouche avec une infinie tendresse. Comme elle abaissait les paupières pour mieux oublier le monde extérieur, il passa les doigts dans ses cheveux tout en laissant errer son autre main jusqu'au bas de son dos pour l'attirer plus près encore. Troublée, Gina laissa échapper un soupir de bonheur et lui rendit fiévreusement son baiser. Ils étaient tous deux bien loin de la réalité quand un éclat de rire les fit sursauter. S'étonnant de ne pas les voir derrière eux, leurs compagnons avaient commencé à rebrousser chemin.

— Il va faire nuit, criait la voix de Matias. Il faut rentrer.

Rafe s'écarta brusquement et leva le regard au loin pour vérifier la position des deux hommes.

— Nous étions cachés derrière les arbres, dit-il. Ils n'ont rien vu.

Les joues de la jeune femme étaient écarlates et ses yeux brillaient sous l'effet d'un puissant désir.

— Nous n'aurions pas dû…

— Nous n'avons rien fait de mal, Gina. Juste un petit baiser…

- 6 -

Le baiser de Rafe avait si profondément bouleversé l'univers de Gina qu'elle s'appliqua à éviter sa présence pendant plusieurs jours. Ses aventures passées ne l'avaient pas préparée à un tel cataclysme. Jamais elle n'était réellement tombée amoureuse. Jamais les lèvres d'un homme n'avaient laissé sur sa bouche une empreinte aussi brûlante, jamais une étreinte n'avait ainsi affolé les battements de son cœur.

Heureusement, l'organisation des enchères requerrait toute son attention. Elle était fière et heureuse de voir son projet aboutir. Quand arriva le jour du grand événement, elle se leva de bonne heure pour passer une dernière fois en revue les moindres détails logistiques. Le ranch s'apprêtait à accueillir plusieurs centaines d'invités. Rien ne devait être laissé au hasard. Nerveuse, elle faisait les cent pas dans le grand hall en attendant l'arrivée de Mandee Meriweather. Tout le personnel de la maison s'activait. Dehors, on disposait des rangées de chaises blanches sur la pelouse. En cuisine, on préparait des centaines de cocktails, de verrines et de canapés.

À 9 heures précises, trois camionnettes se rangeaient devant l'entrée principale. Gina aspira une longue bouffée d'air et descendit sur le perron pour accueillir l'équipe de télévision.

— Bienvenue au ranch Élégance ! fit-elle en conduisant

à l'intérieur Mandee, son assistant-réalisateur et ses nombreux techniciens.

L'animatrice ôta ses lunettes de soleil et balaya le décor d'un regard circulaire.

— Intéressant, dit-elle. Nous commencerons par ici.

Puis, comme si elle prenait soudain conscience de la présence de Gina, elle lui adressa un bonjour très désinvolte. Très imbue de sa personne, Mandee considérait les personnes de son entourage comme des marionnettes totalement dévouées à l'exécution de ses ordres et de ses caprices.

— Travelling avant depuis le perron et vue panoramique du grand escalier !

— OK, Mandee, fit Sebastian pendant que ses hommes installaient leur matériel. Dépêchez-vous, les gars !

— Ensuite, vous me filmez pendant la visite du rez-de-chaussée.

Les caméras suivirent l'animatrice le long des vastes pièces tandis qu'elle s'exclamait devant le mobilier somptueux, les sculptures et les tableaux de maîtres. L'équipe se rendit ensuite dans la salle à manger où Mandee invita les spectateurs à imaginer un dîner à la table des Edmond.

— Fermez les yeux un instant. Sentez entre vos doigts le métal froid de l'argenterie. Voyez le maître d'hôtel se pencher sur votre gauche pour vous présenter un plateau de mets délicieux…

Le cameraman et le preneur de son suivirent ensuite l'animatrice dans l'office, où une dizaine de cuisinières s'affairaient devant les fourneaux.

— Aujourd'hui, votre rêve peut devenir réalité. Rejoignez-nous au ranch Élégance, la plus belle demeure de notre région ! Et si vous ne pouvez pas vous déplacer, allumez votre téléviseur ou connectez-vous sur notre site ! Faites vos enchères en ligne ou bien par téléphone ! Les plus généreux d'entre vous remporteront des journées avec les plus beaux cow-boys du comté.

Entre deux prises, Mandee interrogeait Gina sur sa vie et sur son entourage.

— Racontez-moi. C'est comment de grandir dans un château ?

Embarrassée, la jeune femme tentait de se démarquer de l'image d'enfant gâtée qui lui collait à la peau.

— Oh ! vous savez, je traînais plus souvent dans les écuries que dans le grand salon.

— Les écuries. Quelle chance ! La plupart des enfants se contentent d'une cour ou d'un petit jardin. Mais vous me donnez une idée.

Sur ces mots, elle entraîna son équipe à l'extérieur.

— Conduisez-nous jusqu'au manège. Je veux donner à nos spectateurs une vue d'ensemble de la propriété.

— Excellente idée ! approuva Gina. Avec un peu de chance, nous tomberons sur une séance de dressage. C'est ici que les meilleurs cavaliers de l'État ont fait leur apprentissage.

Mandee n'accordait guère d'intérêt aux commentaires de son hôtesse. Mettant un terme à la conversation, elle se rapprocha de la caméra et présenta son plus beau sourire.

— Chers téléspectateurs, cette émission est terminée. Je vous donne rendez-vous à midi pour le coup d'envoi des enchères. Avec nous, au ranch Élégance, ou devant votre écran. Alors, n'oubliez pas : midi précis !

— Coupez !

Sebastian se tourna vers ses hommes.

— C'est pas fini, les gars. Ne remballez pas le matériel ! Nous allons tourner quelques séquences dans le reste de la maison.

— Au rez-de-chaussée seulement, leur rappela Gina. Son père sortirait de ses gonds s'il repérait la moindre trace de leur passage dans les étages.

— Où est ma loge ? demanda Mandee sans s'adresser à personne en particulier.

Le réalisateur interrogea Gina du regard.

— Mandee a besoin d'un endroit pour se reposer et se rafraîchir.

La jeune femme se mit en quête de la gouvernante.

— Donna !

— Oui, mademoiselle Edmond ?

— Conduisez Mlle Meriweather dans la suite de l'aile ouest, je vous prie.

Puis, se tournant vers Sebastian :

— C'est un endroit agréable et tranquille.

Personne n'avait utilisé la suite depuis le bref séjour de Billy au manoir. Sur ordre de Rusty, l'endroit avait été entièrement rénové après son départ pour effacer toute trace de son séjour.

La gouvernante invita Mandee à la suivre dans la véranda.

— Par ici, je vous prie.

— Je vais vous faire apporter des rafraîchissements, déclara Gina.

Sans un remerciement, l'animatrice disparut de la scène. La journée venait tout juste de commencer, mais Gina était déjà épuisée.

Si Rafe avait mesuré toutes les conséquences de sa décision, il serait prudemment resté à l'écart du projet de Gina. Depuis que la liste des cow-boys volontaires avait été publiée sur le web, sa boîte mail était inondée de messages improbables et de questions indiscrètes. Les photos de Quentin le faisaient apparaître comme un bellâtre hollywoodien. Une image très éloignée de sa vraie personnalité. Refusant de participer à un jeu de dupes, il avait tenté de faire retirer les clichés du site. En vain. L'équipe de communication n'avait rien modifié de sa présentation.

Il franchit à contrecœur les grilles du ranch Élégance, mais son malaise s'évanouit dès l'instant où il aperçut la silhouette de Gina sur le perron. Pour un baiser de cette femme, il aurait soulevé des montagnes, et pour rien au monde il n'aurait mis en danger sa courageuse initiative.

— Champagne ? lui proposa un domestique en livrée.

— Non merci.

— Si vous préférez autre chose, vous trouverez le bar à côté du pool house.

— Merci, dit Rafe en posant un regard embarrassé sur les toilettes distinguées des invités.

Il ne se sentait pas à sa place dans sa chemise à carreaux gris et bleus, son jean usé et sa ceinture en cuir, mais comme Gina lui avait demandé de se montrer en tenue de cow-boy, il avait exhumé des malles de son grenier les vieux habits qu'il portait autrefois. Cherchant à se débarrasser de son stetson, il pénétra dans le grand hall et repéra une porte ouverte à côté de l'entrée. Il jeta un coup d'œil à l'intérieur, pénétra dans la bibliothèque et posa son chapeau sur un rayonnage. Comme il se retournait, Gina apparut sur le seuil.

— Ah, vous voilà ! dit-elle avec un sourire. Vous êtes à l'heure, c'est bien.

Un rayon de chaleur envahit sa poitrine, et il inspira une longue bouffée d'air en la voyant s'approcher. À la fois sexy et sophistiquée, une robe de mousseline blanche découvrait ses bras fins et son cou. Un boléro bleu pastel descendait jusqu'à sa taille. Ses sandales à talons hauts accentuaient le galbe de ses jambes.

— Je suis toujours ponctuel, répondit-il sans oser exprimer le fond de sa pensée.

Il ne rêvait que de l'entraîner dans un endroit tranquille pour la serrer dans ses bras.

— On vous a proposé du champagne ?

Gina s'acquittait toujours à la perfection de son rôle d'hôtesse. Son éducation l'y avait préparée depuis des années.

— Je ne raffole pas du champagne.

— Autre chose alors ? Une bière ?

Une étincelle passa dans les yeux de la jeune femme.

— J'aurais dû prévoir des milk-shakes, ajouta-t-elle malicieusement.

Il sourit au souvenir de leur dîner au Twin Bears.

— Je n'ai pas vraiment soif, dit-il.

— Vous devriez aller vous mêler à la foule. Votre présence pourrait faire monter les enchères. Nous avons recueilli trois cents inscriptions depuis l'ouverture.

— Félicitations !

Elle hocha la tête en souriant.

— C'est beaucoup, en effet. Mais tous ne sont pas intéressés par le concours. Certains sont là par simple curiosité.

Rafe balaya la pièce d'un regard circulaire.

— Il est normal qu'une si belle demeure suscite l'intérêt. Vous vivez dans un décor somptueux.

Gina contempla d'un air songeur les étagères chargées de livres de collection, les meubles cossus, les tapis orientaux.

— Je ne peux guère m'en attribuer le mérite. On ne m'a même pas laissé le loisir de décorer ma propre chambre.

— Vous le regrettez ?

Gina haussa les épaules.

— Tout à l'heure, Mandee m'a demandé comment c'était de grandir ici. Je ne savais pas quoi lui répondre.

En vérité, c'était un peu surréaliste. Comme si la maison dans laquelle je vivais n'était pas la mienne. J'avais un endroit où dormir, un endroit où manger, mais je n'avais rien choisi. D'autres s'occupaient de sélectionner mes meubles, de planifier mes repas, de remplir ma penderie. Mon placard regorgeait de jouets. Je n'ai jamais eu besoin d'exprimer un désir. Il était satisfait par avance.

Les Cortez-Williams possédaient un vaste domaine mais, génération après génération, ils avaient travaillé dur pour l'entretenir. L'argent de la famille n'était pas destiné aux jouets pour les enfants. Il allait à l'acquisition des machines agricoles, aux soins vétérinaires et aux salaires de la main-d'œuvre.

— Mon enfance a été bien différente de la vôtre, dit Rafe. À sept ans déjà, mes parents me faisaient travailler.

Gina ouvrit de grands yeux.

— Que peut faire un gamin de sept ans dans une ferme ?

— Oh ! des tas de choses ! Nourrir les poulets, ramasser les œufs, nettoyer la grange. Il y a toujours de quoi s'occuper. Plus grand, je dressais les chevaux. Savez-vous monter ?

— Un peu. Mes week-ends étaient remplis de cours d'équitation, de piano et de danse.

— Vous avez pris des cours de danse ?

— Un peu de danse classique, de danse moderne. La valse aussi, pour faire bonne figure lors des réceptions de mon père. Et vous, vous dansez ?

— Oui, bien sûr. Mais juste pour le plaisir. Je n'ai pas appris. Papa et Diego prenaient leurs guitares et toute la famille se trémoussait en chantant. Certains soirs, les ouvriers du ranch se joignaient à nous.

— Vous avez dû bien vous amuser.

— Oui, je dois dire que nous passions de bons moments.

Il arrivait à Rafe de regretter la communauté très unie à

laquelle il appartenait jadis. Il avait aimé travailler auprès de son père et de ses frères et rentrer au ranch, le soir venu, épuisé mais satisfait. Mais comment faire comprendre à la femme qui se tenait devant lui le plaisir simple d'un chocolat chaud et d'un biscuit à la cannelle après une longue journée de labeur ?

— Des mondes bien différents, murmura-t-elle, un peu triste.

Elle le surprit en posant une main sur sa joue.

— J'essaie de vous imaginer en petit cavalier.

— Moi, je vous vois dans un joli tutu rose.

Elle sourit et plongea à nouveau dans ses souvenirs.

— J'en avais un, en effet.

— Vous deviez être charmante.

— Je faisais ce qu'on attendait de moi. De la figuration.

Son visage s'assombrit.

— Ce n'est pas très différent aujourd'hui.

— Ne vous dévalorisez pas ! dit Rafe. Sans vous, cette journée d'enchères n'aurait jamais eu lieu. Je sais que vous avez travaillé dur pour l'organiser.

— Vous êtes gentil.

Comme elle faisait un geste pour retirer sa main, il l'enferma dans la sienne.

— C'est la vérité, Gina.

Le vacarme de la foule semblait s'estomper. Ils se trouvaient dans un coin de la bibliothèque, à l'abri des regards.

— Vous vous êtes montrée très intelligente et très professionnelle.

Elle accueillit ses paroles avec un doux sourire.

— Vos conseils m'ont été d'un grand secours.

Le timbre de sa voix s'était voilé, transformant ses paroles en un murmure rauque et terriblement sensuel. Sans pouvoir refréner le désir qui montait en lui, il franchit d'un pas la distance qui les séparait encore et prit lentement possession de ses lèvres. Loin de le repousser, elle lui agrippa les épaules en se pressant contre lui. Les yeux clos, elle se laissa emporter dans un doux vertige, tandis que le cœur de Rafe se gonflait de tendresse. Comme il la sentait fragile au milieu du monde impitoyable des affaires où elle tentait d'évoluer ! Il ressentait un besoin puissant de la protéger.

Trop tôt, des voix se rapprochèrent de la bibliothèque. Ils s'écartèrent à regret, mais leurs regards restèrent accrochés l'un à l'autre. Lentement, Gina reprit pied dans le monde réel, semblant se souvenir soudain de l'événement majeur qui se déroulait dans le ranch.

— Je dois…

— Oui, je sais.

Ils sortirent ensemble sur le perron avant de se mêler séparément à la foule. Voyant que toutes les chaises disposées devant la terrasse étaient occupées, Gina ordonna à son majordome d'en installer de nouvelles. Par chance, le soleil était au rendez-vous. Les grands arbres offraient aux visiteurs une ombre bienvenue.

Quand Mandee s'approcha du micro, la tension monta soudain d'un cran. L'arrivée d'un premier cow-boy à ses côtés fut saluée par une salve d'applaudissements. Soucieuse de vérifier que tout était en place, Gina se rendit dans la salle à manger où les informaticiens travaillaient depuis le matin. Un labyrinthe de câbles était répandu sur le sol. Elle se fraya prudemment un chemin jusqu'à l'ordinateur de Kane.

— Tout va bien ? lui demanda-t-elle avec inquiétude.

— Pas de problème, mademoiselle Edmond. Nous n'avions pas prévu autant de connexions sur le site, mais le système tient bon.

Le responsable du service informatique de la compagnie Edmond ne levait pas les yeux de son écran. Ne voulant pas le déranger plus longtemps, la jeune femme préféra s'éclipser pour rejoindre le public. Le premier candidat se tenait près de l'animatrice, sur la terrasse. Que ressentirait-elle lorsque viendrait le tour de Rafe ? Elle effleura sa bouche du bout des doigts. Leur baiser était toujours présent sur ses lèvres. Ses pensées étaient bien loin de l'événement qui se déroulait devant elle quand le coup d'envoi des enchères fut donné. La cote du premier cow-boy atteignit un niveau honorable, mais un peu décevant. Sans doute fallait-il laisser aux joueurs le temps de s'échauffer. L'apparition du deuxième candidat suscita un plus grand enthousiasme. Il faut dire que Mandee avait vanté ses mérites avec conviction.

— Faites vos jeux, messieurs, mesdames. Quelle femme n'a pas rêvé de passer une journée au ranch avec un homme comme Johnny ?

Une rivalité amicale se développa entre les internautes et le public rassemblé au ranch. Quand un spectateur augmentait sa mise, une grande acclamation s'élevait dans la foule. Comme elle regardait le spectacle avec amusement, Gina fut rejointe par son frère Ross.

— Très belle organisation, sœurette.

— Merci. Je suis contente d'avoir choisi Mandee pour animer la journée. Elle a vraiment du talent.

— Papa est toujours absent ?

— Il n'a pas prévu de rentrer avant demain.

— C'est une bonne chose, dit Ross en observant le spectacle du ranch en ébullition. Il détesterait toute cette agitation. Et puis je suis certain que des curieux lui auraient posé des questions sur Billy.

— Ne parle pas de malheur ! J'espère bien que personne n'osera aborder le sujet.

Mandee abattit son marteau dans un geste théâtral, accordant le gain de la partie à une internaute. Le public exprima bruyamment sa déception.

— Ils se prennent vraiment au jeu ! s'exclama Ross en riant.

— Ils ne devraient pas se montrer aussi chauvins. Personnellement, je préfère que l'argent afflue depuis l'extérieur de l'État.

— Tu as raison. Les habitants de Royal ont déjà fait les frais de la crise.

— Nous sommes d'accord.

Le candidat suivant était Tucker McCoy. Sa chemise rouge vif et son gilet à franges firent un carton. Quand il esquissa quelques pas de danse devant les caméras, les enchères en ligne s'affolèrent pour atteindre des sommets.

— Je n'en reviens pas, admit Gina, abasourdie.

— Ce cher vieux Tucker ! Il n'a pas fini de nous étonner.

Ross porta son verre à ses lèvres.

— Tu ne bois rien ?

Elle hésita.

— Je tenais à rester sobre pendant les préparatifs. Mais maintenant que la journée est lancée, j'accepte volontiers un petit remontant.

Ross héla un domestique qui passait avec son plateau et tendit une coupe à sa sœur. Cependant, Tucker levait les mains en signe de victoire. Sa prestation avait fait exploser tous les compteurs. Il quitta le podium pour céder la place au candidat suivant. L'excitation du public était à son comble quand Rafe apparut sur la terrasse. Gina l'observa en silence, en s'interrogeant sur l'accueil que lui réserveraient les enchérisseurs. Quel genre de femme casserait sa tirelire pour passer une journée en sa compagnie, découvrir son ranch à dos de cheval, rassembler un troupeau de bovins, traire les vaches dans l'étable et, cerise sur le gâteau, dîner en tête à tête dans son restaurant ? Elle se serait volontiers portée candidate.

Le portrait élogieux que Mandee dressa de lui fit immédiatement grimper les enchères et un combat sans merci s'engagea entre le public et les internautes.

— À mon tour, maintenant ! lança l'animatrice à la surprise générale. Qui a dit que je ne pouvais pas jouer, moi aussi ?

L'entendant surenchérir sur la mise précédente, Gina fronça les sourcils.

— Elle a le droit de participer ?

— Elle vient de le prendre, observa son frère dans un éclat de rire.

L'implication de Mandee avait encore relevé le niveau des enchères.

— Jusqu'où vont-ils aller ? demanda Ross.

Il semblait passer un bon moment. Perturbée, Gina porta son verre à ses lèvres. Il était vide. Elle soupira en entendant Mandee augmenter sa mise une nouvelle fois. L'idée que la star locale s'offre une journée en compagnie de Ross la faisait pâlir de jalousie. Sans trop réfléchir, elle se lança à son tour dans la bataille et surenchérit sur l'offre de Mandee.

— Eh bien, qu'est-ce qui te prend, petite sœur ?

Le regard perplexe de Ross la dissuada de poursuivre.

— Je... C'était juste pour maintenir la pression. Je n'ai pas l'intention de continuer.

Songeant qu'un autre verre l'aiderait à calmer son agacement, elle chercha un serveur du regard.

— On dirait que ton stratagème a fonctionné, observa Ross après un temps.

Le tableau lumineux installé sur la terrasse affichait des chiffres record. Apparemment décidée à remporter cette manche, Mandee ne cessait d'augmenter la mise. Une véritable partie de ping-pong s'engagea entre elle et une internaute. Le public s'enflammait à chaque nouvelle proposition, prenant clairement parti pour l'animatrice. Excédée, Gina ne put s'empêcher de lancer une nouvelle offre. Mandee lui jeta un regard assassin avant de renchérir de plus belle. La tension était à son comble.

— Adjugé ! cria joyeusement l'animatrice en abattant son marteau.

— Elle aurait pu attendre un peu, s'indigna Ross. Je suis sûr que l'internaute aurait encore contre-attaqué.

— Elle le voulait pour elle, gronda Gina sans parvenir à dissimuler sa déception.

Elle but son verre d'un trait.

— Alors, disons que tu l'as échappé belle ! Si elle avait arrêté les enchères plus tôt, tu aurais dû débourser une somme rondelette.

— Exact.

Elle feignit d'être soulagée par la tournure des événements.

Quand les trente-deux cow-boys eurent défilé sur la terrasse, la chambre de commerce avait engrangé des bénéfices considérables. Lila fut la première à venir féliciter son amie. Elle la serra tendrement dans ses bras et l'encouragea à mettre sur pied d'autres événements similaires.

— Tu as vraiment du talent ! déclara-t-elle avec chaleur.

Comme le public ne semblait pas décidé à quitter le ranch, la fête se prolongea jusqu'à la fin de l'après-midi. Flattée, Gina accepta les remerciements des nombreux entrepreneurs de la ville à qui les gains étaient destinés.

Mais le seul qu'elle tenait vraiment à revoir ce jour-là s'était volatilisé. Rafe appréhendait cette journée, elle le savait. Mais devait-il pour autant disparaître comme un voleur ? Déçue, elle commençait à se demander si leurs baisers revêtaient pour lui une quelconque importance.

Deux jours plus tard, Rafe songeait encore à la mascarade à laquelle il avait participé. Le résultat des enchères était satisfaisant pour ses organisateurs, mais il était loin de lui plaire. Si seulement Gina avait augmenté sa mise, il n'aurait pas eu à supporter la compagnie de Mandee Meriweather pendant une journée entière. Qu'allait-il pouvoir inventer pour distraire la célèbre journaliste ? Il n'avait pour elle aucune sympathie. Il la trouvait vulgaire et détestait la manière dont elle prenait le public à témoin pour se moquer du monde. Il tenta de se raisonner. Après tout, elle était peut-être différente, loin des feux de la rampe.

Quand il pénétra dans la cuisine du RCW pour se mettre aux fourneaux, J.J. fut surpris de le voir descendre de son bureau.

— Bien matinal aujourd'hui, patron !

Rafe s'approcha du comptoir.

— Je voulais signer les paies avant de partir au ranch.

— Au ranch ?

— Je suis attendu.

— Ahhh… ! s'exclama le chef avec une lueur malicieuse dans les yeux. Le rendez-vous avec la jolie poupée de la télé ?

— Ce n'est pas un rendez-vous. C'est une journée au ranch. Tu la trouves jolie, toi ?

— Ah oui, elle est pas mal. C'est vrai que, avec le maquillage, ils font des miracles, mais elle peut être encore mieux au naturel.

— J'en doute.

Il se versa une tasse de café puis désigna la cafetière avec un air interrogateur.

— Avec plaisir, répondit J.J. Il paraît que la vente aux enchères a fait un tabac.

— En effet. Je dois dire que je suis surpris du résultat.

— Il vous paraît suffisant ?

— Suffisant pour quoi ?

— Eh bien, pour tirer d'affaire notre restaurant.

Rafe se renfrogna. L'idée d'accepter la charité pour sauver son établissement le mettait mal à l'aise.

— Patron ? demanda J.J., dérouté par son silence.

— Quand j'ai ouvert cet endroit…

Il balaya du regard la cuisine impeccable.

— … j'ai juré de ne compter que sur moi-même.

— C'est ce que vous avez fait.

— Jusqu'à aujourd'hui, oui. Par conséquent, l'idée de profiter de cet argent si facilement gagné me dérange.

— Vous avez été victime d'un escroc. Vous méritez de récupérer une partie de vos pertes. Ce n'est que justice.

— J'ai beaucoup réfléchi et…

Rafe ne voulait pas risquer l'avenir de RCW et encore moins celui de ses employés, mais il espérait trouver une autre voie pour se tirer d'affaire.

— Vous me faites peur, dit J.J.

— Je suis sûr qu'il existe d'autres solutions. Nous allons relever nos manches et trouver en nous de nouvelles ressources.

— Hum…

J.J. s'adossa au mur avec un air dubitatif.

— Nous n'utilisons pas cent pour cent de nos capacités, reprit Rafe.

— Que voulez-vous dire ?

— Nous pouvons encore diversifier l'offre de notre établissement.

— Ouvrir plus tôt le matin ? Servir le petit déjeuner ?

— Pourquoi pas ? Ce serait une manière de fidéliser un peu plus notre clientèle. Qu'est-ce que tu en penses ?

J.J. prit le temps de réfléchir.

— L'équipe n'est pas assez nombreuse pour accueillir des clients le matin. Il vous faudrait embaucher de nouveaux employés. Je ne sais pas… Les gens aiment bien s'attarder ici autour d'un bon repas. Pas sûr qu'ils se précipiteraient pour un simple café et des œufs au plat.

Le chef avait sans doute raison. Le RCW offrait à sa clientèle une véritable expérience culinaire. Comment faire preuve d'originalité à l'heure du petit déjeuner ?

— J'ai peut-être une autre idée, reprit J.J. après un temps. Notre carte de desserts est plutôt banale.

— Tu proposes de l'enrichir ?

Rafe ne semblait pas convaincu.

— La pâtisserie n'est pas notre fort.

— C'est vrai, mais nous pourrions faire appel à des talents extérieurs.

— Tu penses à quelqu'un en particulier ?

— Ma mère est une pâtissière extraordinaire.

— Comme la plupart des mères, je suppose.

J.J. secoua la tête.

— C'est une artiste, dit-il. Et elle est très créative. Toujours à mettre au point de nouvelles recettes.

— C'est une chose de cuisiner pour sa famille et une autre de satisfaire la clientèle d'un restaurant, objecta Rafe.

— Elle fait bien plus que cuisiner pour sa famille. Je dirais même qu'elle est en train de se faire un nom dans la région. Les meilleurs traiteurs de Royal ont commencé à faire appel à ses talents.

— Elle accepterait de travailler pour nous ?

— Je crois, oui. Il suffirait de le lui demander.

Tout en réfléchissant à la proposition de son chef, Rafe consulta sa montre du regard.

— Il faut que je parte, dit-il. Sans quoi Mandee Meriweather va penser que je lui ai posé un lapin.

J.J. prit ses paroles pour une fin de non-recevoir.

— Vous n'aimez pas mon idée, soupira-t-il. Ce n'est pas grave, n'en parlons plus !

— Oh non, ce n'est pas cela. Il faut vraiment que je file.

Il s'arrêta sur le seuil de la porte.

— Ta mère accepterait de me montrer quelques échantillons ?

— Je pense qu'elle serait ravie de cuisiner pour vous.

Rafe leva le pouce avec un sourire et se précipita dans le parking. Une fois installé au volant de son SUV, il enfonça la pédale d'accélérateur. Mandee avait payé cher pour passer cette journée avec lui. Il aurait été discourtois de la faire attendre. Une demi-heure plus tard, il surgissait en trombe dans la cour de la ferme. La journaliste bavardait avec Matias à l'ombre du porche. Sa tenue lamée de starlette n'était guère adaptée à l'environnement. Il s'avança, le sourire aux lèvres.

— Bonjour, Mandee. Et bienvenue au ranch Cortez-Williams.

Elle lui sourit en retour.

— Bonjour, Rafe.

— Tu as failli être à l'heure, frérot ! Heureusement que j'étais là pour accueillir ton invitée !

— Désolé. Un petit problème à régler au restaurant. L'internaute qui a misé sur toi n'est pas encore arrivée ?

— Elle doit venir la semaine prochaine de Boston.

— Tu lui as parlé ?

— Oui, elle s'appelle Anastasia Kovell.

— Anastasia ? Quel âge a-t-elle ? Quatre-vingts ans ? Ne l'emmène pas sur les mauvais chemins ! Elle pourrait bien se casser un fémur.

— Très drôle !

L'échange entre les deux frères semblait amuser Mandee.

— Vous vous chamaillez toujours comme ça ? demanda-t-elle en souriant.

— Toujours, répondit Rafe. Au moins, on ne s'ennuie pas.

— Maman a préparé des muffins au café et du pain de maïs au miel, glissa Matias.

Rafe interrogea la jeune femme du regard.

— Vous avez faim ?

— J'en ai l'eau à la bouche. Cela vous ennuie si je prends des photos à l'intérieur ?

— Pas le moins du monde.

Il ne voyait pas ce qu'il y avait de si intéressant dans le ranch, mais si tel était son désir, pourquoi la contrarier ?

— Entrez, je vous en prie !

- 7 -

Quand, à 10 heures du matin, un premier selfie de Rafe et de Mandee s'afficha sur l'écran de son téléphone, Gina sut qu'une journée éprouvante l'attendait. Attablés devant un plat de muffins, ils avaient l'air de prendre du bon temps.

— Tu devrais goûter la tartelette au citron.

Sarabeth désignait le plat appétissant que la serveuse du salon de thé venait de déposer devant elles. L'établissement était situé à deux pas de la boutique de mariage où les deux femmes étaient attendues. Gina s'efforça de chasser de son esprit l'image agaçante des deux comparses.

— Tu es sûre que c'est une bonne idée de se gaver de pâtisseries avant une séance d'essayage ?

— Tout à fait sûre.

Sarabeth s'interrompit pour engloutir une petite bouchée au café et invita sa fille à l'imiter.

— C'est le meilleur moyen de choisir une robe qui laisse suffisamment de place pour ne pas se priver à la réception.

L'argument était d'une logique implacable. Gina se coupa une fine tranche de forêt-noire et la déposa dans son assiette. Le contraste du chocolat amer et de la cerise confite lui fit fermer les yeux de plaisir.

— Tu devrais essayer le baba au rhum, lui recommanda sa mère. Le sirop est délicieux.

— Sommes-nous vraiment obligées de tout goûter ? soupira-t-elle, au bord de l'écœurement.

— Il le faut bien. Je veux choisir ce qu'il y a de meilleur pour mes invités.

Le portable de Gina résonna à nouveau. Elle avait enclenché une alerte pour les messages concernant la présence de Mandee au ranch Cortez-Williams. Cette journée était la première inscrite au calendrier. Elle voulait s'assurer que tout se déroulait pour le mieux.

Elle consulta son téléphone pour observer le nouveau cliché. Le petit déjeuner était terminé. Les deux protagonistes se trouvaient maintenant dans les écuries. Mandee était vêtue d'un tailleur-pantalon violet et d'une veste en tissu lamé. Elle était coiffée d'un stetson blanc et une boucle argentée scintillait à sa ceinture. Une tenue de pimbêche, habituée à attirer tous les regards.

— Non, je ne retiendrai pas le cake à la carotte.

Les paroles de Sarabeth ramenèrent Gina à la réalité. Elle reposa son téléphone sur la table.

— Alors, je vais faire l'impasse.

— Prends une bouchée ! insista sa mère. J'ai besoin de connaître ton opinion.

— Comme tu voudras.

Déterminée à passer à la future mariée le moindre de ses caprices, Gina s'exécuta. Comme sa mère, elle prenait plaisir à ces préparatifs et, comme sa mère, elle ne voulait négliger aucun détail. Tout devait être parfait le jour de la cérémonie. Rien ne devait gâcher la fête. Après avoir testé toutes les spécialités de la maison, elles arrêtèrent leur choix sur une pièce montée glacée au chocolat blanc, accompagnée d'un coulis de framboise.

Alors qu'elles longeaient le pâté de maisons en direction de la boutique de mariage, la jeune femme jeta un coup d'œil discret à son portable. La vidéo qu'elle y découvrit l'agaça au plus haut point. Une balade en forêt, dans un cadre très romantique. Rafe semblait parfaitement à l'aise sur la selle de son cheval. Un sourire éblouissant éclairait son visage. Était-il tombé sous le charme de la starlette qui l'accompagnait ? Était-il heureux qu'elle ait remporté les enchères ? En tout cas, il ne semblait pas s'ennuyer. Gina serra les dents. Elle regrettait de ne pas avoir misé plus haut pour remporter la partie.

— As-tu pensé à une couleur particulière pour ta robe de demoiselle d'honneur ? demanda Sarabeth en poussant la porte du magasin.

Gina sursauta.

— Eh bien, je… je ne sais pas encore. Et toi, qu'as-tu décidé pour ton bouquet ?

— Avec une robe ivoire, j'ai pensé à des fleurs jaune pâle avec des tiges d'asparagus.

— Bonne idée.

Une vendeuse prénommée Mary s'avança pour les accueillir.

— Bonjour, mesdames. Nous vous attendions.

Les deux femmes pénétrèrent dans un espace clair et aéré, au sol recouvert d'une épaisse moquette. Des portants chargés de robes blanches étaient alignés contre les murs. De vastes salons d'essayage occupaient l'arrière de la boutique.

— J'ai un croquis à vous montrer, déclara leur hôtesse en les invitant à s'asseoir autour d'une table basse. Installez-vous, je vous en prie !

Les yeux de Sarabeth brillaient d'excitation.

— Je suis impatiente de voir ce que vous avez préparé.

La jeune femme déposa son carton à dessin devant elle.

— Un modèle sobre et très original, reprit Mary. Avec le décolleté en cœur que nous avions évoqué.

Tout en parlant, elle déplaçait la pointe de son crayon sur le papier.

— Une manche tulipe croisée sur le milieu du bras. Nous pouvons en modifier la longueur, si vous le souhaitez.

— J'adore ! s'exclama Sarabeth avec un large sourire. Vous avez bien compris l'esprit de ce que je recherchais.

Gina se raidit en entendant la sonnerie de son téléphone. Elle plongea discrètement la main au fond de son sac. Au même instant, une jeune employée s'approchait pour leur présenter un plateau.

— Puis-je vous offrir un verre de chardonnay ?

— Excellente idée, dit Sarabeth.

— Avec plaisir, murmura Gina d'une voix blanche.

Elle appréhendait de découvrir les nouvelles images de la journée de Mandee au ranch Cortez-Williams. Cependant, la vendeuse ouvrait un livre d'échantillons de dentelles devant les yeux émerveillés de sa cliente.

— Je pensais à ce point, disait-elle. Ou bien à celui-ci. Lequel préférez-vous ?

Pendant que Sarabeth se penchait au-dessus de la table pour étudier les deux options, Gina baissa le regard sur son téléphone. Plusieurs photographies s'affichèrent à l'écran. Sur la première, on voyait les chevaux s'abreuver dans la rivière. Les cavaliers avaient mis pied à terre. Sur la suivante, Mandee montrait à l'objectif un bouquet de fleurs sauvages. Rafe les avait-il cueillies pour elle ?

— Les deux sont magnifiques ! s'émerveillait Sarabeth. Gina, je ne sais que choisir.

La jeune femme se redressa pour observer à son tour les morceaux de tissu.

— Je… Celui-ci me paraît plus travaillé.

Elle éprouvait les pires difficultés à se concentrer. Le

visage épanoui de Rafe et les sourires mielleux de la journaliste occupaient toutes ses pensées.

— Je suis d'accord, approuva Sarabeth.

Puis, se tournant vers Mary :

— Vous avez suffisamment d'éléments pour vous mettre au travail. J'ai hâte de revenir pour le premier essayage.

— Vous ne serez pas déçue, assura la vendeuse. Avez-vous encore un moment pour choisir les toilettes des demoiselles d'honneur ?

— Bien sûr, dit-elle.

Mary se dirigea vers le fond de la boutique et revint en poussant un petit portant devant elle.

— Nous avons sélectionné quelques modèles pour vous.

Elle décrocha un premier cintre et exposa la toilette aux regards de ses clientes.

— Celle-ci est en parfaite harmonie avec la robe de la mariée.

Sarabeth se cala confortablement dans son fauteuil.

— À toi de jouer, Gina ! Je suis prête pour le défilé.

La jeune femme but une gorgée de vin pour se donner du courage, puis elle se dirigea vers les salons d'essayage. Une heure durant, elle s'habilla et se déshabilla pour revêtir les toilettes que Mary lui proposait. Toutes suscitèrent l'admiration de sa mère, mais ce fut la dernière qui réunit tous les suffrages.

Il s'agissait d'une robe dos nu en mousseline vert pâle dont la taille très soulignée mettait en valeur sa ligne impeccable. Le jupon retombait délicatement juste au-dessus du genou. Gina avait déjà en tête les escarpins qui compléteraient la toilette.

— Elle est parfaite ! s'exclama Sarabeth.

— Je suis d'accord, approuva Mary. Et je peux vous proposer d'autres coloris.

— Celui-ci convient tout à fait.

Elle se leva, s'approcha de sa fille et lui déposa un baiser affectueux sur la joue.

— Il fait ressortir les éclats émeraude de tes yeux.

La jeune femme rassembla ses cheveux pour les relever au-dessus de sa tête.

— Je pourrais mettre mes boucles d'oreilles en jade. Ou peut-être des pierres un peu plus discrètes.

— Un collier, suggéra sa mère.

— Je pense avoir ce qu'il faut.

— À moins que nous allions faire un peu de shopping.

Sarabeth prit un air légèrement conspirateur.

— Il est d'usage d'offrir un cadeau aux demoiselles d'honneur.

— Maman, tu n'es pas obligée de…

— Oh ! mais je le veux !

— Quelque chose de délicat, glissa Mary. L'or jaune conviendra mieux que le platine.

— Avec des diamants, on ne peut pas se tromper.

— Maman, sois raisonnable !

— Je veux que tu gardes un souvenir inoubliable de cette journée, ma chérie.

— Je n'ai pas besoin d'un cadeau pour cela.

Un élan de tendresse, semblable à ceux qu'elle éprouvait petite fille, inonda le cœur de Gina. Les épreuves qu'elles avaient traversées, la séparation qui les avait éloignées pendant tant d'années, l'amertume, la rancœur, tout s'était envolé.

— Je t'aime, maman.

Sarabeth la serra tendrement contre sa poitrine.

— Je t'aime aussi, ma chérie.

Elle recula d'un pas pour mieux l'observer.

— Tu es vraiment splendide. Tous les hommes vont tomber à tes pieds.

Un sourire triste se dessina sur les lèvres de la jeune femme. Sa vie sentimentale était désertique. Elle n'avait même pas trouvé de cavalier pour l'accompagner à la cérémonie. Une fois de plus, le beau visage de Rafe s'imposa à son esprit. Le baiser qui occupait chacune de ses pensées avait-il revêtu pour lui une quelconque importance ? Quand elle découvrit sur son téléphone une photo de Mandee dans le restaurant de Rafe, son sang ne fit qu'un tour. Elle s'était engagée à couvrir tous les frais engagés lors des journées remportées aux enchères. Elle décida de saisir le prétexte pour s'immiscer dans leur tête-à-tête, car leur évidente complicité commençait à la mettre en rage.

Après avoir reconduit sa mère, elle prit résolument la direction du RCW. Il était tard. Mandee et Rafe étaient-ils sortis de table ? S'ils avaient quitté le restaurant, elle n'aurait aucun moyen de savoir comment ils avaient achevé la soirée. Arrivée à destination, elle marcha droit vers la réception.

— Bonsoir, fit l'hôtesse, installée derrière un petit comptoir. Je suis navrée, mais le service est terminé.

Sans répondre, Gina tendit le cou pour tenter de repérer des signes de la présence de Rafe.

— Vous aviez rendez-vous ? demanda encore l'employée.

— Je… je suis à la recherche de M. Cortez-Williams.

— Je ne suis pas sûre qu'il soit encore là. Pouvez-vous attendre ici un instant ? Je vais vérifier.

— Merci.

Gina patienta quelques minutes, envisagea de partir, puis décida de rester encore un peu. Elle était venue pour régler l'addition, rien de plus, rien de moins. Si Rafe était déjà parti, elle remercierait l'hôtesse pour son aide. S'il était toujours là en compagnie de Mandee, elle présenterait sa carte de crédit et s'éclipserait, la mort dans l'âme. L'idée que la journée au ranch avec la journaliste se fût transformée en un rendez-vous galant lui brisait le cœur.

— Gina ?

Rafe apparut sous l'arche de la salle à manger, aux côtés de son employée. Il paraissait surpris de la voir.

— Désolée de vous déranger, dit-elle en essayant de distinguer la silhouette de Mandee derrière lui. Vous êtes occupé ?

— Non. Qu'est-ce qui vous amène ?

Elle s'efforça de prendre une attitude désinvolte.

— La compagnie Edmond s'est engagée à régler tous les frais. Vous vous rappelez ?

Il la regarda sans comprendre.

— Vous voulez dire que vous êtes venue jusqu'ici juste pour faire un chèque ?

Elle acquiesça.

— Oui. J'essaie de… euh…

— Respecter le contrat.

— C'est ça. Je suis venue payer le repas de Mandee Meriweather. Je n'aime pas laisser les choses en suspens.

— Je vois.

Un silence embarrassé s'ensuivit. Comme l'hôtesse les regardait d'un air perplexe, Rafe fit un geste en direction de la salle à manger.

— Venez avec moi !

Elle hésita un instant, puis décida de lui emboîter le pas et le suivit en direction des cuisines où les commis achevaient le nettoyage de la vaisselle. Au fond de l'office, Rafe poussa une porte battante qui débouchait sur une montée d'escalier. Sans se retourner, il entreprit de grimper les marches. Arrivé à l'étage, il s'effaça pour l'inviter à pénétrer dans son bureau. La pièce était claire et accueillante, préservée de l'agitation qui régnait au rez-de-chaussée. Une table de travail en chêne clair était disposée au centre de la pièce. Deux fauteuils en cuir lui faisaient face. Un coin salon, sans doute réservé à l'accueil des visiteurs, était installé contre le mur du fond.

Il referma la porte derrière lui.

— Bienvenue dans ma tanière, Gina ! C'est ici que je me retire pour travailler au calme.

— Très agréable, dit-elle en balayant le décor du regard.

Il la regarda droit dans les yeux.

— Dites-moi ce qui vous amène. Je ne crois pas un instant que vous ayez fait le déplacement pour régler une addition.

— C'est pourtant le cas.

Il secoua la tête.

— Vous m'intriguez. Pour quelle raison avez-vous misé sur moi, l'autre jour ? Dans quel but ?

Prise au dépourvu, elle lui donna l'explication qu'elle avait servie à son frère.

— J'ai fait mine de concourir pour relancer les enchères.

— Vraiment ?

— Ce n'était pas la seule raison, admit-elle après un temps. Mandee n'était pas censée participer. Aucun de nous ne l'était. Nous voulions lever des fonds à l'extérieur de notre communauté.

— Tout argent est bon à prendre, dit-il. Le sien comme celui des internautes.

L'argument était imparable. Elle préféra changer de sujet.

— Comment s'est passée votre journée ?

Il sourit malicieusement.

— Vous ne m'avez pas répondu franchement. Qu'attendiez-vous en augmentant la mise ?

— Je vous l'ai dit.

— Avouez que vous vouliez remporter cette journée au ranch avec moi !

Gina détourna le regard.

— Vous êtes bien sûr de vous. Vous pensez vraiment que toutes les femmes ne rêvent que de passer du temps en votre compagnie ?

— Toutes les femmes, non. Vous, oui.

— Je ne vois pas en quoi la visite de vos écuries pourrait m'intéresser. J'ai chez moi les plus beaux pur-sang de la région.

— Je pensais à quelque chose de plus romantique. Une balade au bord de la rivière ou un dîner en tête à tête.

Sa voix grave et sensuelle faisait naître des frissons jusque dans la nuque de Gina.

— J'ai une bonne nouvelle pour vous, reprit-il avec un air mystérieux.

— Ah oui ?

— Il y a un second prix.

Pouvait-il s'agir du baiser auquel tout son être aspirait ?

— Un second prix ? murmura-t-elle.

— Je veux bien recommencer. Les muffins au miel, la balade à cheval, le dîner et tout le reste.

Gina fronça les sourcils.

— Qu'est-ce que vous dites ?

— Vous faites à la chambre de commerce un chèque du montant de votre dernière enchère et je veux bien me prêter au jeu une nouvelle fois. Avec qui vous voudrez.

Elle comprit que leurs pensées avaient emprunté des chemins bien différents.

— Vous voulez dire que…

— Le but de ces enchères n'était-il pas de lever un maximum de fonds ?

— Oui, bien sûr…

Elle déployait des efforts surhumains pour dissimuler sa déception sans être sûre d'y parvenir. Sans doute devait-elle se rendre à l'évidence. Rafe n'éprouvait pas pour elle l'attirance qu'elle ressentait pour lui. Il la trouvait sympathique, il l'aimait bien, mais sans plus.

— Et si je vous demandais autre chose ? reprit-elle après un temps.

Le mariage de Sarabeth lui était revenu à l'esprit.

— Qu'est-ce qui vous ferait plaisir ? Un pique-nique, une baignade dans la rivière ?

— J'ai besoin d'une escorte.

— Une escorte pour aller où ?

— Au mariage de ma mère. Je n'ai pas encore de cavalier.

Rafe secoua la tête d'un air incrédule.

— Et vous voulez me payer pour ça ?

— Non ! Je veux abonder au fonds de la chambre de commerce, comme toutes les autres gagnantes. Mais j'exige en retour une expérience différente.

Un sourire amusé se dessina sur les lèvres de Rafe.

— Je ne savais pas que l'on pouvait choisir son prix.

— Je ne vois pas ce qui pourrait l'interdire.

La conversation commençait à agacer Gina. Devait-elle se mettre à genoux pour obtenir son accord ?

— Alors, vous acceptez ?

— Pour vous, Gina, je serais prêt à tout.

Il avait changé d'attitude et elle reconnaissait dans ses yeux la lueur sensuelle qui lui était devenue familière. Quand il leva une main vers son visage pour lui effleurer la joue, elle sut que ses prières allaient être exaucées.

— En dehors du mariage de votre mère, n'y a-t-il pas une autre expérience que vous souhaiteriez partager avec moi ?

— Je…

— Dites oui, princesse !

Sûr de son assentiment, il se pencha pour poser ses lèvres chaudes sur les siennes. Puis il glissa une main sur le creux de ses reins et l'attira contre lui. Le corps parcouru de frissons, Gina agrippa ses épaules et répondit ardemment à son baiser. Quand il délaissa sa bouche pour embrasser la base de son cou, elle rejeta la tête en arrière et gémit de plaisir.

— Attendez !

Sentant confusément qu'il desserrait son étreinte, elle ouvrit soudain les yeux. Rafe se dirigeait vers la porte. Après un instant de panique, elle l'entendit avec soulagement tourner la clé dans la serrure. En un instant, il la rejoignit au centre de la pièce. Un désir fou dévorait son regard. D'un geste déterminé, il la débarrassa de sa veste pour dégager ses épaules, laissa glisser ses mains le long de ses bras et lui prit les mains pour les porter à ses lèvres.

— Enfin, murmura-t-il, le souffle court. J'attendais ce moment depuis si longtemps…

Saisi d'un sentiment d'urgence irrépressible, il dégrafa les boutons de sa chemise pour offrir son torse aux caresses de la jeune femme. Comme elle passait les paumes sur ses muscles puissants, la chaleur de Rafe se diffusa dans ses veines et elle se plaqua contre sa poitrine. Quand elle sentit les doigts tremblants de Rafe s'aventurer entre ses cuisses pour atteindre le triangle soyeux de sa lingerie, elle abaissa les paupières. Leurs baisers se firent de plus en plus frénétiques. Enhardie, elle posa les lèvres sur son torse et décrivit avec sa langue des cercles autour de ses seins. Dans un geste impatient, il fit glisser son slip en dentelle sur le sol, releva sa robe jusqu'à la hauteur de ses hanches, la souleva de terre et la déposa sur son bureau. Emportée par une exaltation identique, Gina fit passer son vêtement au-dessus de sa tête et se retrouva nue devant lui. Troublé, Rafe recula d'un pas pour mieux se délecter du spectacle qui s'offrait à sa vue. Lentement, il tendit les mains vers son visage, releva ses cheveux sur le sommet de son crâne puis se pencha pour l'embrasser avec tendresse. Il suivit du doigt le contour des seins qui durcissaient à son contact, puis ses lèvres se posèrent, sensuelles et avides, sur les pointes roses dressées. Avec un art consommé, il sut l'exciter au point que l'embrasement de ses sens devienne presque douloureux. Succombant au désir provoqué par ses caresses, elle brûlait d'une ardeur mal contenue, le corps amolli, la raison troublée, la raison diluée par des ondes de feu. Elle gémit tandis qu'un spasme exquis la parcourait. Involontairement, son corps se tendit vers lui. Ne pouvant plus se satisfaire de ses caresses, elle défit les boutons de sa braguette et referma les cuisses autour de son bassin. Tout en elle exultait, dans l'attente de l'inévitable conclusion.

— Oh ! Gina…

Ses mains descendirent sur les hanches rondes de la jeune femme pour l'attirer plus près et il la pénétra lentement. Les yeux clos, il imprima à leur étreinte des mouvements langoureux et, très vite, la flamme qui les dévorait les entraîna dans une danse effrénée, presque sauvage. Elle s'accrochait à lui tandis qu'il l'emportait de plus en plus loin, avec une intensité qu'elle n'avait jamais éprouvée jusqu'alors. La passion parcourait son ventre, ses cuisses, embrasant jusqu'à la pointe de ses orteils et la racine de ses cheveux. Ses mamelons durs frôlaient la poitrine de Rafe, tandis qu'il accélérait encore le rythme de ses poussées. Complètement soumise à cet élan puissant qui la prenait avec une force redoutable, elle n'était plus consciente que des mains qui enserraient ses hanches pour la guider plus près du corps de son amant.

Le plaisir les emporta dans un déferlement d'extase,

jusqu'à l'instant prodigieux et divin où leurs deux cris résonnèrent à l'unisson. Ils restèrent un long moment enlacés, le corps frémissant, leurs cœurs battant à l'unisson.

— Waouh, marmonna Rafe en desserrant doucement son étreinte. Je n'avais pas prévu de…

Elle secoua la tête en souriant.

— Moi non plus.

Ni l'un ni l'autre n'avaient calculé ce moment d'abandon, mais ils l'avaient secrètement espéré. Encore étourdie, Gina attrapa sa robe et la passa rapidement au-dessus de sa tête pour couvrir sa nudité. Alors qu'elle glissait à terre, Rafe rajusta son pantalon. Comme si elle avait besoin d'accomplir des gestes du quotidien pour reprendre pied dans le monde réel, elle fouilla l'intérieur de son sac à main pour en extirper sa trousse à maquillage et appliqua une couche de rouge sur ses lèvres. Le geste familier l'aida à rassembler ses esprits et elle commença à s'inquiéter de ce que le personnel du restaurant allait penser de son long tête-à-tête avec Rafe à une heure aussi tardive.

Le spectacle de son torse nu et des reflets de sueur sur sa poitrine la ramena aussitôt à la pure extase qu'ils avaient partagée. Elle détourna le regard, se remémora la raison première de sa présence en ces lieux et sortit sa carte bancaire de son sac.

— Je dois régler ici ou à la réception ?

Il la regarda sans comprendre.

— Le dîner de Mandee, précisa-t-elle.

La confusion de Rafe se teinta d'indignation.

— Tu insistes vraiment pour payer l'addition ?

— C'était le marché. Edmond s'est engagé à couvrir tous les frais de ces journées au ranch.

— C'est mon restaurant, dit-il.

— Et tu as perdu beaucoup d'argent dans cette crise.

Elle lui mit sa carte de crédit sous le nez.

— Ne fais pas tant d'histoires !

Il secoua résolument la tête.

— Pas question !

Elle ne comprenait pas les raisons de son refus.

— Ne sois pas si fier !

— Et toi, ne sois pas aussi condescendante !

— Je ne suis pas condescendante. J'essaie simplement de respecter mes engagements.

— Je refuse, dit-il encore.

Le ton était sans réplique. Elle renonça à le convaincre.

— Comme tu voudras.

Elle rangea sa carte et se tourna vers la sortie.

— Attends ! Nous n'allons pas nous quitter comme ça !

La colère dans sa voix avait disparu, mais elle était résolue à partir. Cet épisode avec Rafe l'avait profondément troublée. Elle avait besoin de rentrer chez elle et de se réfugier entre les quatre murs de sa chambre pour remettre un peu d'ordre dans ses idées.

— Gina !

Ses pas résonnaient derrière elle mais elle dévala l'escalier sans se retourner.

- 8 -

Rafe regrettait sa maladresse. Ce qu'il avait pris pour de la charité de la part de Gina n'était en réalité qu'un désir de bien faire. C'était une femme de parole. En insistant pour régler sans tarder l'addition de Mandie, elle avait simplement voulu lui montrer qu'elle savait respecter ses engagements. L'incident n'était pas dramatique, mais il soulignait le fossé qui existait entre leurs milieux d'origine. Encore sous le charme de l'ardeur de leur étreinte passionnée, il espérait que leur différend resterait sans conséquence.

Ce matin-là, la plupart des entreprises ayant investi dans le festival étaient représentées à la chambre de commerce. Fidèle au poste, Lila venait de s'installer au pupitre. Elle achevait d'organiser ses notes, tandis que les derniers retardataires gagnaient leur place. Quand Rafe aperçut Gina à l'autre extrémité de la salle de conférences, il lui adressa un sourire. À sa consternation, il la vit détourner le regard.

Un bruit de chaise le fit soudain sursauter. Il leva les yeux pour voir Lorenzo prendre place à ses côtés.

— Salut, lui dit son frère en posant sa tasse de café sur la table.

Il chassa la jeune femme de ses pensées.

— Salut, frérot ! Comment vas-tu ?

— Tu es au courant ?

Les sourcils froncés de Lorenzo n'auguraient rien de bon.

— Que se passe-t-il ?

Rafe se préparait à entendre une mauvaise nouvelle. Un accident s'était-il produit au ranch de ses parents ?

— Billy Holmes a encore déversé des horreurs sur Internet. On dirait qu'il n'a pas fini de chercher des noises à Rusty.

Le soulagement de Rafe fit place à la confusion. Les motivations de Billy lui échappaient.

— On est sûr que c'est lui ?

— Tout semble l'indiquer.

— Qu'a-t-il publié, exactement ? Cela ne lui suffit pas d'avoir ruiné la moitié de la ville ?

— Des révélations sur le clan Edmond. On dirait qu'il n'a pas digéré d'être renié par son père.

— Toute cette histoire se résumerait à un simple besoin de reconnaissance ?

Lorenzo hocha lentement la tête.

— On dirait bien.

— Un conflit familial ne peut excuser les crimes qu'il a commis.

— Tu as raison. Il n'avait pas le droit de s'attaquer à des innocents. L'argent volé a mis tout le monde sur la paille. Le centre d'équithérapie de Valencia n'est pas loin de mettre la clé sous la porte.

Rafe jura entre ses dents. Que la survie d'une association caritative soit menacée par les agissements d'un malfrat était révoltant. Quel genre d'homme était Billy pour priver des enfants en difficulté d'une chance de guérison ? À quoi lui avait servi cet argent ? À équiper sa salle de bains de robinets en or ?

— Si je croise un jour ce salopard dans les rues de Royal, je te jure qu'il s'en souviendra.

Lila se redressa derrière son pupitre et approcha le micro de ses lèvres.

— Mesdames, messieurs, puis-je avoir votre attention ?

Le silence se fit aussitôt dans la salle. Tous étaient impatients de connaître les résultats des enchères. Rafe tourna à nouveau le regard en direction de Gina. Sa coiffure soignée contrastait avec le désordre laissé dans ses cheveux par leur étreinte affolée. Il avait encore la sensation de ses mèches soyeuses entre ses doigts. Elle paraissait beaucoup plus confiante que par le passé. Le succès de la journée organisée au ranch Élégance lui avait conféré une belle assurance.

— Je voudrais commencer par remercier chaleureusement notre amie Gina Edmond.

Une salve d'applaudissements accueillit les paroles de Lila. Rafe lui-même frappa bruyamment dans ses mains. Flattée, la jeune femme se leva pour remercier l'assistance.

— La collecte de fonds a atteint des sommes inespérées, poursuivit Lila. Nous sommes aujourd'hui en mesure de reverser aux entreprises quinze pour cent de l'argent investi dans le festival.

Un murmure désenchanté parcourut l'assemblée.

— C'est bien peu, murmura Lorenzo, déçu.

Rafe se tourna vers son frère, déterminé à défendre Gina.

— Quinze pour cent, c'est énorme au regard des sommes engagées.

— Une goutte d'eau dans l'océan. Cela ne suffira pas à renflouer le centre de Valencia.

Le sentiment de Lorenzo semblait largement partagé. Nombre d'entreprises étaient menacées de faillite et il était clair que les chiffres avancés par Lila ne parviendraient pas à les sauver du naufrage. Rafe comprenait leur inquiétude. Son restaurant avait pâti lui aussi des méfaits de Billy, mais le désir de leur venir en aide fut le plus fort. Il prit sa décision en une fraction de seconde et se leva de son siège.

— Je renonce à mes quinze pour cent ! lança-t-il d'une voix forte. Mon établissement se rétablira grâce à la fidélité de sa clientèle. Cela prendra du temps, mais je m'en sortirai. D'autres n'auront pas cette chance. Chaque année, ils comptent sur les recettes du festival pour redresser leurs finances.

Il espérait donner l'exemple et susciter d'autres élans de générosité, mais la foule l'écoutait avec une défiance manifeste.

— Je fais don des quinze pour cent destinés au RCW au centre d'équithérapie, ajouta-t-il avant de se rasseoir.

Il capta du coin de l'œil l'expression incrédule de Lorenzo.

— C'est très généreux de ta part, déclara Lila.

— Tu as perdu la tête ? lui murmura son frère à l'oreille.

— Valencia a besoin de ce coup de pouce.

— Ton restaurant aussi.

Rafe haussa les épaules.

— Nous avons quelques idées pour nous tirer d'affaire.

— Ne renonce pas à cet argent ! Tu le mérites autant que les autres.

— J'ai fait un mauvais investissement. J'accepte d'en assumer les conséquences.

Lorenzo ne parvenait pas à revenir de sa surprise.

— Tu es sûr de ne pas regretter ta décision ?

— Sûr et certain.

— Valencia t'en sera éternellement reconnaissante.

— C'est une personne généreuse. Je suis heureux de lui venir en aide.

Cependant, les conversations avaient repris dans la salle. Lila avait quitté le pupitre et circulait entre les participants pour répondre à leurs questions. Rafe osa un nouveau regard en direction de Gina. Elle était entourée d'entrepreneurs qui la couvraient de louanges. Ce n'était que justice. Elle méritait largement leurs remerciements.

Gina était préoccupée par le comportement irrationnel de Rafe. Elle redoutait que son initiative ne mette en péril l'avenir de son restaurant. Pire, elle craignait que la conclusion désastreuse de leur dernier tête-à-tête ne fût à l'origine de sa décision. Après la réunion à la chambre de commerce, elle était retournée à son bureau. Incapable de se concentrer sur son travail, elle avait finalement décidé d'aller le trouver au restaurant. Elle voulait lui parler et lui faire entendre raison.

Quand elle arriva au RCW, il venait d'en partir. Sans hésiter, elle prit la direction de son domicile. Elle n'était jamais allée chez lui auparavant, mais elle connaissait son adresse. Il habitait un quartier résidentiel, dont les maisons jouissaient d'une vue imprenable sur Pine Valley. Un environnement très calme, et des jardins très domestiqués, bien éloignés de la nature sauvage, des champs et des forêts qui entouraient le ranch de la famille Cortez-Williams.

S'armant de courage, elle frappa à la porte et recula d'un pas pour attendre.

— Gina ?

Il était clairement surpris par son apparition.

— Pourquoi as-tu fait ça ?

— Fait quoi ?

— Tu le sais très bien. Cet argent, tu en avais besoin.

Il redressa fièrement les épaules.

— L'état de mes finances ne te regarde pas.

— Je ne peux pas m'empêcher de m'inquiéter pour toi. Et je me sens responsable de ta décision.

— Tu n'as rien à voir avec ma décision.

Elle secoua la tête, déterminée à lui faire entendre son point de vue.

— Tu t'es senti offensé, l'autre soir, quand j'ai insisté pour rembourser les…

Il leva une main pour lui intimer le silence.

— Nous n'allons pas poursuivre cette discussion sur le pas de la porte.

Quand il l'invita à entrer, elle n'hésita pas à le suivre. Royal était une petite ville où les rumeurs se répandaient comme des traînées de poudre. Mieux valait se montrer discret.

— Je suis propriétaire du restaurant, Gina. Tu n'avais pas besoin de sortir ta carte bancaire.

L'argument ne suffit pas à la convaincre.

— Je crois que la raison est plus profonde. Pour une raison que j'ignore, tu refuses de recevoir l'argent de ma famille. Aujourd'hui, tu as renoncé à des milliers de dollars. Tu ne peux pas te le permettre.

— La manière dont je gère mes affaires ne regarde que moi.

— Prends cet argent, Rafe !

— Je n'en ai pas besoin.

Elle leva les yeux au ciel.

— Tu viens de contracter une deuxième hypothèque, lui dit-elle encore. C'est de notoriété publique. Ton entreprise est en danger.

— C'est mon problème, et c'est à moi seul d'y apporter une solution.

— C'est de l'orgueil mal placé. Les fonds levés par les enchères appartiennent à tous les citoyens de Royal. À toi, comme à tous les autres.

Il redressa fièrement le menton.

— Personne ne m'a obligé à investir dans le festival.

J'ai pris un risque et je l'assume. Je n'ai pas besoin de cet argent.

Face à un tel entêtement, Gina renonça à se battre. Elle laissa tomber son sac à main sur l'un des fauteuils de l'entrée et avança en direction du salon. La pièce était spacieuse. De larges baies ouvraient sur la vallée. Le mobilier confortable était un peu austère aux yeux de la jeune femme.

— Cette décoration ne te ressemble pas, dit-elle.

— Tu ne connais rien de moi.

Il la précéda dans la cuisine.

— Je peux t'offrir un café ?

— Avec plaisir.

Elle ouvrit de grands yeux en découvrant sur la table un assortiment impressionnant de pâtisseries.

— Tu prépares une fête ?

Une odeur alléchante de banane et de noix de coco flottait dans la pièce.

— Non, je n'attends personne.

— Ne me dis pas que tu vas ingurgiter tous ces gâteaux à toi tout seul !

— Non, je vais seulement les goûter. D'ailleurs, si tu veux m'aider…

Elle le regarda sans comprendre.

— C'est la mère de mon chef qui les a préparés.

— Tu as décidé d'ouvrir un salon de thé ?

— Pas exactement.

Il l'invita à s'asseoir et plaça une assiette, des couverts et une tasse de café devant elle. La table était baignée de la lumière ocre de la fin d'après-midi.

— Je m'apprêtais justement à entamer la dégustation. Je dois sélectionner les meilleures réalisations. Ton avis sera le bienvenu.

— Décidément ! soupira la jeune femme. Ma ligne ne sortira pas indemne de cette semaine un peu trop gourmande. Je me suis livrée au même exercice il y a quelques jours avec ma mère pour choisir son gâteau de mariage.

Rafe l'écoutait tout en déposant dans leurs deux assiettes une tranche de cake à la banane.

— Cela ne pouvait pas mieux tomber. Je vais profiter de ton expérience.

— Si je continue sur cette lancée, je serai obligée de changer tout le contenu de ma garde-robe.

Il sourit.

— Vous avez trouvé ce que vous recherchiez ?

— Une pièce montée glacée au chocolat blanc, accompagnée d'un coulis de framboise. Un régal pour les yeux autant que pour le palais.

Rafe porta à sa bouche un morceau de cake et Gina l'imita.

— Qu'en penses-tu ? demanda-t-il après un temps.

— Pas tout à fait aussi élaboré que le gâteau de ma mère, répondit-elle, mais tout à fait délicieux.

Les saveurs sucrées de la banane étaient équilibrées par l'acidité des fruits rouges à l'intérieur et la garniture de miel s'attardait délicieusement sur la langue.

— Vraiment original, murmura-t-elle après une nouvelle bouchée.

— N'est-ce pas ?

Après avoir savouré une bonne dizaine de desserts, Gina reposa sa fourchette.

— Je déclare forfait, dit-elle. Mon estomac n'en supportera pas davantage. Mais tu pourras féliciter la cuisinière. Elle est bourrée de talents.

— Je suis heureux de te l'entendre dire. Parce que c'est

précisément sur ses talents que je compte pour renflouer les caisses du RCW.

Elle l'interrogea du regard.

— Tu vas proposer ces pâtisseries dans ton restaurant ?

— Oui. Je suis persuadé qu'un élargissement de notre menu nous amènera une nouvelle clientèle.

Gina tenta de dissimuler ses réserves. Même si elle s'était régalée de toutes les mignardises que Rafe lui avait proposées, elle doutait de voir le chiffre d'affaires de son établissement monter en flèche grâce à une nouvelle carte de desserts.

— La mère de J.J. pourra utiliser les fourneaux pendant les heures creuses de la matinée, poursuivait Rafe avec enthousiasme. Aucun nouvel investissement ne sera nécessaire.

Gina réfléchit un instant. Le projet présentait en effet quelques avantages. En tout cas, il était sans risque.

— C'est une bonne idée. Et une manière intelligente de rentabiliser votre équipement.

— Reste à le faire savoir. L'établissement est réputé pour sa carte de viandes. Nous devons trouver le moyen d'attirer les amateurs de pâtisseries. Je dois avouer que la publicité n'est pas mon fort.

— Je pourrais vous aider, suggéra-t-elle timidement. Utiliser mes réseaux, appeler mes contacts.

Rafe fut touché par sa proposition. S'il rechignait à accepter l'argent de sa famille, il accueillait son aide avec plaisir.

— C'est très gentil à toi. Merci, Gina.

Il repoussa sa chaise et se leva de table.

— Ces sucreries ont dû te donner soif. Que dirais-tu d'un bon rafraîchissement ?

Installés sur les chaises longues de la terrasse, ils

sirotaient leurs boissons tout en contemplant les derniers rayons du soleil. La brise du soir commençait à refroidir l'atmosphère. Comme Gina se levait pour avancer jusqu'à la rambarde, Rafe admira les boucles brunes qui retombaient en cascade sur ses épaules nues. La cambrure de ses reins exalta son imagination. Comme il s'apprêtait à l'inviter à partager son dîner, la sonnerie d'un téléphone rompit malencontreusement le silence.

Elle se détourna de la balustrade et lui sourit en passant devant lui.

— Je vais répondre, dit-elle. C'est peut-être important.

Déçu, il s'attarda un instant sur la terrasse avant de regagner le salon.

— Attends ! disait-elle. Pas si vite ! Je ne sais pas si je dois accepter.

Elle couvrit son portable de la main pour dévoiler à Rafe l'identité de son interlocuteur.

— C'est Matias.

— Matias ? Qu'est-ce qui lui arrive ?

Gina fronça les sourcils.

— Bien sûr, mais je…

Elle s'interrompit un instant.

— Le règlement des enchères ne prévoyait qu'une journée, protesta-t-elle d'un air embarrassé.

Rafe se rapprocha, prêt à lui arracher le téléphone. Que pouvait bien vouloir son frère ?

— Oui, je comprends, reprit Gina. Je vais m'en occuper.

Elle marqua une pause.

— Sans tarder, je te promets.

Elle éclata de rire et mit fin à l'appel.

— Que se passe-t-il ? demanda Rafe avec impatience.

— On dirait que ton frère passe du bon temps avec Anastasia.

— Avec qui ?

— Tu sais bien, la personne qui a remporté la journée au ranch avec lui.

— Oh ! C'est aujourd'hui ?

— Oui.

— Et alors ? Il y a un problème ?

Gina secoua la tête avec un sourire malicieux.

— Au contraire.

Elle composa un numéro sur le clavier de son téléphone.

— Passez-moi le service des réservations, je vous prie.

Rafe l'observait sans comprendre.

— Bonsoir. Je voudrais modifier la date d'une réservation, si c'est encore possible. Le billet est au nom d'Anastasia Kovell. Oui, c'est cela. Le vol de retour était prévu pour demain. Je voudrais le reporter à jeudi.

Elle attendit un instant la réponse à sa requête.

— Un vol direct ? C'est parfait. Bonne soirée, merci.

Rafe la regarda un long moment en silence, tandis que les questions se bousculaient dans son esprit.

— J'ai l'impression que ton frère ne s'ennuie pas, dit-elle.

— Avec Anastasia ?

Pour lui, un tel prénom ne pouvait appartenir qu'à une vieille dame aux cheveux gris.

— Ils prennent l'apéritif au RCW à l'heure qu'il est.

— Que t'a-t-il demandé de faire ?

— De retarder le départ d'Anastasia. Apparemment, ils se trouvent bien ensemble.

— Ah…

Il sortit son propre téléphone et envoya un texto à son frère.

— Je lui ai demandé une photo, expliqua-t-il.

— Tu n'aurais peut-être pas dû.

— Pourquoi ?

— Parce que maintenant, il sait que nous sommes ensemble.

— Et alors ? Nous ne faisons rien de mal.

La réponse de Matias ne se fit pas attendre. Le portrait d'une ravissante blonde s'afficha sur l'appareil de Rafe.

— Je comprends, murmura-t-il.

Gina se rapprocha pour voir le cliché.

— En effet, tout s'explique.

Il sentit le contact de son épaule, entraperçut son regard captivant, sa bouche rose et légèrement entrouverte. Incapable de résister, il referma les bras autour d'elle et l'attira contre lui pour mieux dévorer ses lèvres. Revenue de sa surprise, Gina se détendit pour savourer langoureusement ce plaisir des sens que lui seul pouvait lui donner. Les yeux clos, elle sentit ses lèvres frémir sous sa langue experte, tandis que son corps se fondait contre le sien.

Quand il la souleva de terre, elle n'émit aucune objection. Plus légère qu'une plume, elle se laissa porter à travers le salon, en haut de l'escalier et dans le long couloir qui conduisait à la chambre. Le soleil avait disparu à l'horizon, laissant derrière lui la douce pénombre du crépuscule. Saisi d'un sentiment d'urgence, Rafe la déposa à côté du lit. Une main plongée dans la masse de sa chevelure, il lui fit pencher la tête en arrière et, de l'autre, ouvrit la fermeture Éclair de sa robe. Puis il emprisonna ses deux seins dans ses paumes et en goûta les bouts durcis par le désir.

— J'ai pensé à toi tant de fois dans cette pièce, murmura-t-il d'une voix rauque.

Ses mains tremblantes communiquèrent son impatience à la jeune femme. Elle défit les boutons de sa chemise et la fit glisser sur le sol. Ses doigts fins glissèrent sur sa peau, caressèrent son torse solide, jouèrent avec les boucles soyeuses de sa toison brune, puis s'aventurèrent plus bas et achevèrent de le dénuder. Libéré de ses vêtements, il la souleva à nouveau avant de la déposer sur le lit. Il brûlait de la voir entièrement nue, de sentir sa peau brûlante contre la sienne, mais le spectacle délicat de sa lingerie le convainquit d'attendre. Il effleura la soie lisse de son soutien-gorge, embrassa sa bouche et son cou, repoussa la jolie bretelle sur son épaule et l'embrassa là aussi.

Les mains resserrées sur les draps, la tête rejetée en arrière et le dos cambré à l'extrême pour mieux lui offrir sa poitrine, elle gémissait son nom. Folle de désir, elle sentit ses doigts glisser sous son slip et le faire descendre le long de ses jambes. Comme s'il voulait ralentir le temps pour profiter pleinement du moment présent, Rafe la repoussa pour mieux se délecter de sa beauté. Il berça son visage entre ses paumes, sourit en voyant ses joues rougies et ses lèvres gonflées.

Quand les jambes de Gina s'enroulèrent autour de son bassin, il resta immobile aussi longtemps qu'il le put. Mais lorsqu'il la sentit osciller contre son sexe, il épousa fidèlement ses mouvements. Un besoin primitif guidait ses gestes, la sueur scintillait sur sa peau, ses poumons se remplissaient d'oxygène et son cœur battait furieusement pour répondre à ses exigences. Désireux de la combler un peu plus, il fit descendre ses lèvres le long de son cou et agaça la peau sensible de sa gorge. Elle ne pensait plus qu'à lui, à la bouche exigeante qui écrasait la sienne et explorait sa nudité, à la virilité arrogante dressée au plus profond de son être.

— Rafe !

Le cri presque douloureux avait jailli de sa gorge à l'instant où elle atteignait l'orgasme. Haletant, il répandit en elle le jet brûlant de sa jouissance puis il la serra contre lui, embrassant fiévreusement la racine de ses cheveux et sa tempe. Comme sa respiration s'apaisait, il roula sur le côté pour la libérer du poids de son corps et ils plongèrent ensemble dans une douce somnolence.

La nuit avait envahi la pièce lorsque Gina rouvrit les yeux. Elle se redressa sur son avant-bras et cligna pour le distinguer dans l'obscurité.

— Bonjour, dit-elle.

Il sourit.

— Bonjour, Gina.

— On dirait que l'histoire se répète, murmura-t-elle à son oreille. Je viens te voir pour parler affaires et je finis dans tes bras.

— Parler affaires est ennuyeux. Je préfère occuper mon temps autrement avec toi.

— Les gens vont finir par se douter de quelque chose.

— Les gens ? Quelles gens ?

— Tes employés au restaurant, tes voisins…

Il haussa les épaules avec désinvolture.

— Personnellement, je m'en moque. Je suis tellement heureux avec toi que j'ai envie de le crier au monde entier.

Elle lui sourit tristement.

— Pour moi, ce n'est pas aussi simple. Mes frères et mon père surveillent de près mes fréquentations.

— Ils ont sans doute peur que la jolie princesse ne se fasse enlever par un bandit de grand chemin.

Il caressa tendrement son visage.

— Je comprends ta situation, Gina. Tu peux compter sur ma discrétion.

— Merci.

Elle glissa la tête dans le creux de son bras et se blottit contre lui. Heureux, Rafe abaissa les paupières et se laissa à nouveau emporter dans le sommeil.

- 9 -

Gina somnolait dans les bras de Rafe quand une pensée traversa son esprit.

— Oh non !

Elle se redressa.

— Qu'y a-t-il ? demanda-t-il en s'asseyant à son tour.

— J'ai oublié l'hôtel.

Elle balança les jambes sur le côté du lit.

— Il faut que je prolonge le séjour d'Anastasia au Bellamy.

Il enroula un bras autour de sa taille pour la retenir.

— Matias est assez grand pour s'en occuper.

— L'hôtel n'acceptera pas de modifier la réservation sans mon accord.

Il la tira gentiment pour l'obliger à se rallonger.

— Je refuse de te laisser partir.

— J'en ai pour une minute.

Il se pencha lentement pour déposer un baiser sur ses lèvres.

— C'est promis ?

— Promis.

Mais comme elle se levait, il l'imita.

— Tu n'es pas obligé de m'accompagner. Je vais juste chercher mon téléphone.

Elle hésitait à enfiler sa robe pour se rendre dans le salon.

— C'est moi qui vais le chercher, déclara-t-il en se dirigeant vers la porte. Tu peux te recoucher.

— Tu as vraiment peur que je ne revienne pas.

— Non. J'essaie juste de me comporter en gentleman.

Amusée, elle se laissa retomber sur le matelas, remonta le drap au-dessus d'elle et balaya la chambre du regard. La tête de lit en cuir blanc trônait au milieu d'un mur de pierres apparentes. Deux fauteuils club bleu acier étaient disposés sur un tapis aux motifs géométriques. Un tableau était accroché entre les deux fenêtres. Très vite, elle reconnut sur la toile le ranch de la famille Cortez-Williams, la rivière et le moulin à vent. Dans un coin de la pièce, une savante composition de plantes grasses entourait un palmier miniature.

Rafe reparut près du lit et lui tendit son téléphone.

— C'est toi qui as choisi la décoration ? demanda-t-elle en saisissant l'appareil.

— Oui.

Il regarda autour de lui.

— Pourquoi ? Ça te plaît ?

Il la rejoignit sous les draps tandis qu'elle observait les appliques murales et les lignes épurées des tables de chevet.

— Je m'attendais à autre chose de la part d'un ancien rancher.

— Oh ! je vois, tu pensais trouver des bois de cerf au-dessus du lit ?

— Quelque chose comme ça.

Elle baissa les yeux sur son téléphone pour y découvrir un message d'Anastasia.

— On dirait qu'elle est enchantée par son séjour à Royal.

— Qui ?

— Anastasia.

— Matias a dû sortir le grand jeu.

Elle se rendit sur le site de l'hôtel, entra le mot de passe de la Compagnie Edmond et prolongea la réservation de la jeune femme. Sa mission accomplie, elle se retourna vers son amant et le trouva lui aussi concentré sur l'écran de son portable.

— Tu travailles ?

— J'ai juste envoyé un texto à J.J. au sujet des pâtisseries de sa mère. Il est impatient de les inscrire au menu.

— C'est tout ?

Elle ne le croyait pas.

— J'ai aussi réglé quelques affaires courantes, admit-il.

— Un vrai bourreau de travail !

— Tu sais, quand tu gères ta propre entreprise, tu es toujours sur le qui-vive.

Au poste qu'elle occupait, Gina était loin de ressentir une telle pression. Jamais aucune obligation ne l'avait contrainte à annuler une partie de tennis ou un déjeuner en ville.

— À quoi penses-tu ? demanda Rafe.

— Je réfléchis, répondit-elle évasivement.

— À quoi ?

— À mon propre travail.

Il posa son téléphone sur la table de chevet et se colla tout contre elle.

— Tu as envie d'en parler ?

— Je n'ai pas grand-chose à en dire, soupira-t-elle. Ma position est enviable. Qui n'aimerait pas avoir un grand bureau, un salaire confortable et un minimum de responsabilités ? J'assiste aux réunions, je lis attentivement les rapports des experts, mais personne ne se soucie jamais de mes opinions.

L'aveu de son impuissance l'embarrassait.

— Tu voudrais avoir une part plus active dans la marche de la compagnie ?

— Exactement. Mais mon père ne voit en moi qu'une potiche suffisamment docile pour lui donner sa voix au conseil d'administration. Il écoute attentivement les propositions de mes frères, mais mon avis ne compte pas.

— Quel gâchis ! Je suis sûr qu'il pourrait utiliser tes compétences.

— Quand je suis rentrée de l'université, j'avais une foule de projets en tête. Il n'y a jamais prêté aucune attention.

— Tu dois apprendre à imposer tes opinions.

— Facile à dire ! Voilà des mois que j'essaie en vain de lui soumettre une idée. Il me regarde comme si je débarquais de la planète Mars. Et mes frères ne valent pas mieux.

Il se pencha pour l'embrasser sur le front.

— Pauvre Gina ! Toute seule au milieu de tous ces hommes…

Elle leva vers lui un regard de reproche.

— Ne te moque pas ! Ce n'est pas drôle.

— Je ne me moque pas. Quelle est donc cette idée que tu veux exposer à ton père ?

— Le méthane.

Rafe plissa le front.

— Le méthane ?

— Il existe de nouvelles façons de l'extraire dans les puits de pétrole pour le convertir en énergie. Des méthodes peu coûteuses, qui ne nuisent pas à l'environnement.

— Tu lui en as parlé ?

Elle secoua la tête d'un air résigné.

— Il n'écoute même pas mes suggestions commerciales. Alors, tu penses, des idées aussi techniques…

Il réfléchit un instant.

— Tu dois lui présenter les choses du point de vue de l'image de marque, dit-il après un temps.

— Comment cela ?

— Eh bien, à une époque où tout le monde ne parle que d'écologie, l'utilisation de procédés respectueux de la nature sera forcément favorable à la réputation de l'entreprise.

Le raisonnement était frappé au coin du bon sens.

— Pas bête. Mon père est très sensible à ce genre d'arguments. Tu es intelligent.

— Et toi, tu es très sexy.

— Voilà qui est totalement hors sujet ! soupira-t-elle.

— Absolument pas.

Il roula sur le côté pour l'attirer contre lui. Très vite, elle se laissa distraire par la virtuosité de ses caresses. Très vite, elle oublia la Compagnie Edmond pour se laisser emporter dans le vertige de son étreinte.

Rafe ne comptait guère sur l'aide de Gina pour faire de la publicité autour de la nouvelle activité de son restaurant. Il la savait très occupée à convaincre sa famille des avantages de l'extraction du méthane et très investie dans l'organisation du mariage de sa mère. C'était sans importance. Le projet du RCW prenait forme de toute façon. Conscients de l'urgence de la situation, les membres du personnel s'étaient mobilisés avec enthousiasme. Estimant qu'étoffer le menu ne suffirait pas à renflouer les caisses, ils avaient décidé de proposer à la vente des corbeilles de pâtisserie à l'extérieur de l'établissement. Janelle, l'une des serveuses, étudiait l'art graphique à l'université. Elle avait dessiné un superbe logo. Le père de Samuel était par chance grossiste en produits d'emballage. Il avait soumis à l'équipe divers modèles de paniers. La mère de J.J. avait dressé une liste de tous les aliments contenus dans ses recettes et contacté tous les fournisseurs de la ville pour obtenir les meilleurs prix. Rafe n'avait plus qu'à se soucier de la commercialisation des produits.

Il était sur le point d'appeler Lila lorsque son chef cuisinier frappa à la porte de son bureau.

— Salut, J.J. Un problème à l'office ?

— Non, non, tout va bien. Je voulais seulement vous dire que Matias était là.

— A-t-il demandé à me voir ?

L'employé secoua la tête.

— Il est en charmante compagnie. Il vient de commander deux martinis April Rain.

Impatient de rencontrer la fameuse Anastasia, Rafe se leva immédiatement de sa chaise. Il dévala en hâte l'escalier et traversa les cuisines pour se rendre dans la salle à manger. Le couple était installé dans un coin tranquille de la pièce. Leur petite table ronde était éclairée par la flamme vacillante d'un chandelier en cuivre.

— Salut, Matias.

L'intéressé ne parut pas surpris de le voir.

— Anastasia, voici mon frère !

Offrant sa main à la jeune femme, Rafe fut ébloui par l'éclat de ses yeux bleus. Elle avait un visage de poupée, encadré de longs cheveux blonds. Son sourire découvrit des dents régulières et parfaitement blanches.

— Enchantée, dit-elle.

Ses doigts étaient longs et minces, et un bracelet serti de pierres blanches scintillait à son poignet. Tout en elle exprimait la délicatesse et la distinction.

— Matias m'a beaucoup parlé de vous, dit-elle d'une voix douce.

— En bien, j'espère.

— En bien, rassurez-vous ! Il m'a aussi chanté les louanges de votre restaurant.

Un sourire radieux éclairait le visage de Matias. Il était visiblement fier de se montrer en si charmante compagnie.

— Vous êtes originaire de Boston ? demanda Rafe, croyant déceler un léger accent dans sa voix.

— Je suis née et j'ai été élevée à Brookline.

— Et vous enchérissez sur un vulgaire paysan ?

Elle était bien trop raffinée pour se satisfaire d'un simple cow-boy.

— J'ai toujours été rebelle, répondit-elle en posant la main sur celle de Matias.

Rafe s'écarta pour laisser le passage à la serveuse qui apportait leur apéritif.

— Bon appétit ! lança-t-il.

— Merci, dit Anastasia.

— Peux-tu repasser plus tard ? demanda Matias.

— Bien sûr. À tout à l'heure.

Il traversa la salle à manger, tout en s'arrêtant çà et là pour échanger avec ses clients. Comme il atteignait l'extrémité de la pièce, il distingua la silhouette de Gina près de la réception. Le cœur battant, il prit congé des occupants de la dernière table et avança jusqu'à elle.

— Bonjour, dit-elle.

— Bonjour, Gina.

Il était heureux comme un adolescent retrouvant l'élue de son cœur.

— J'ai passé quelques appels pour toi, annonça-t-elle fièrement. Lila m'a fourni une liste de grossistes en pâtisserie. Ils sont tous enthousiasmés par les nouveaux produits que tu proposes.

— Tu as trouvé le temps de faire tout ça ?

Il ne cherchait pas à dissimuler sa surprise.

— Je te l'avais promis et je respecte toujours mes engagements.

— Je sais, mais je pensais que tu avais d'autres chats à fouetter. Ton travail à la compagnie, le mariage de ta mère...

— Je suis capable de faire plusieurs choses à la fois. Je suis même passée essayer ma robe de demoiselle d'honneur aujourd'hui. Après les excès alimentaires de ces derniers jours, je craignais de ne plus entrer dedans.

Il lui sourit malicieusement.

— C'est que nous avons dépensé ensemble quelques calories…

Il s'interrompit soudain, craignant d'avoir été entendu par des oreilles indiscrètes.

— Allons dans mon bureau !

Ne pouvant décemment lui prendre la main, il se contenta de lui ouvrir le chemin. Arrivé à l'étage, il l'invita à s'asseoir dans un des fauteuils disposés près de la fenêtre.

— Je peux t'offrir quelque chose à boire ? Un cocktail ou peut-être un verre de vin ?

— Un verre de vin, avec plaisir.

Elle s'installa et étala quelques feuillets sur la table basse tandis qu'il appelait la réception avant de la rejoindre.

— Ce sont les fiches des grossistes dont je te parlais, expliqua-t-elle. Pour chaque fournisseur, tu trouveras le nom du propriétaire, du commercial, le numéro de téléphone, et l'adresse e-mail. J'ai également mené une petite enquête auprès d'eux pour connaître leur réaction aux slogans publicitaires que j'ai imaginés.

— Des slogans publicitaires ?

La somme de travail accomplie en si peu de temps le sidérait.

— Tu as fait tout ça ? Pour moi ?

— Je te l'avais promis, rappelle-toi !

Sa réaction la mettait mal à l'aise. Il paraissait plus contrarié que satisfait.

— Je suis juste étonné de tant d'efficacité.

— On croirait entendre mon père !

Il perçut un fil d'agacement dans sa voix.

— Ton père ?

— Il est toujours surpris de constater que je sais lacer mes chaussures.

— Que veux-tu dire ?

— Il me croit incapable d'accomplir les tâches les plus rudimentaires.

— Ce n'est pas ce que je voulais dire. Ton travail va nous être précieux. Nous avions réfléchi au conditionnement, trouvé un logo et tu arrives avec des slogans. C'est exactement ce qu'il nous manquait. Merci.

Comme il se rapprochait pour l'embrasser, un coup frappé à la porte l'arrêta dans son geste. Une jeune femme pénétra dans la pièce avec un plateau.

— Je te présente Janelle, fit Rafe tandis qu'elle déposait leurs verres de vin sur la table. C'est elle qui a conçu notre logo.

— J'ai essayé de mettre en application mes cours de design graphique, glissa modestement l'intéressée.

Cependant, Rafe avait affiché sa réalisation sur l'écran de son ordinateur. Par un subtil changement d'orthographe, elle avait habilement baptisé leur nouvelle activité « Cortez-Williams Sweethouse ».

— Venez jeter un coup d'œil !

Les deux femmes le rejoignirent devant l'appareil.

— C'est magnifique, s'exclama Gina en souriant à Janelle. Vous avez beaucoup de talent.

— Merci, mais ce n'est pas grand-chose. J'ai simplement transformé Steakhouse en Sweethouse.

— Il fallait y penser, souligna Rafe. Je crois que nous sommes prêts pour nous lancer dans l'aventure.

Gina s'arma de courage pour entrer dans le bureau de son père. Situé au dernier étage de l'immeuble de la compagnie, il semblait régner sur la ville entière.

— C'est ridicule ! gronda-t-il avant qu'elle ait eu le temps d'ouvrir la bouche.

Elle était habituée à ses sautes d'humeur et avait depuis longtemps cessé de se laisser impressionner.

— Papa, j'ai quelque chose d'important à…

— Tu as vu ça ? demanda-t-il en élevant encore la voix.

Ses yeux exorbités fulminaient de rage.

— Vu quoi ?

Il fit pivoter son écran pour lui montrer l'objet de sa colère.

— Aujourd'hui, hier, avant-hier… Il ne s'arrêtera donc jamais ?

Gina se concentra un instant sur le nouveau chapelet d'horreurs publiées par Billy sur les réseaux sociaux. Il se montrait chaque jour plus calomnieux et plus virulent.

— On ne peut donc rien faire pour l'empêcher de nuire ? demanda-t-elle.

Rusty secoua la tête avec désespoir.

— La police en est incapable.

Ross venait de pénétrer dans le bureau à son tour. Il faisait défiler les accusations de Billy sur son téléphone.

— Il est impossible à localiser, expliqua-t-il. Il passe de pays en pays à bord d'un jet privé. À l'heure où nous parlons, il est probablement à l'autre bout du monde.

— Le détective privé que j'ai engagé n'a pas obtenu de meilleurs résultats, déclara Rusty.

— J'ai ici les coordonnées de la meilleure agence de New York. Nous devrions recourir à ses services.

Gina n'était pas convaincue que le fait de retrouver Billy résoudrait tous les problèmes. Certes, il finirait derrière les barreaux et l'argent volé serait sans doute restitué.

Mais l'affaire avait laissé dans la famille des cicatrices indélébiles.

— Tu as raison, soupira le vieil homme. Il faut mettre toutes les chances de notre côté.

— Je m'en occupe, promit Ross en se tournant vers la porte.

Gina profita de l'occasion pour lui emboîter le pas et échapper à l'humeur massacrante de son père.

— Je peux te parler ? demanda-t-elle en suivant son frère dans le couloir.

— Bien sûr, répondit-il en glissant son téléphone dans la poche de sa veste. C'est au sujet du mariage ?

Gina secoua négativement la tête.

— Oh ! je croyais que tu travaillais aux préparatifs avec maman.

— Oui, en effet. Le grand jour approche. Nous essayons de veiller au moindre détail. Tu as essayé ton smoking ?

Il l'invita à le suivre dans son bureau.

— Oui, ne t'inquiète pas ! Je serai tiré à quatre épingles pour escorter maman jusqu'à l'autel. Elle m'a dit que vous aviez choisi la pièce montée.

— Oui, répondit Gina en refermant la porte derrière elle. Mais ce n'est pas de cela que je voulais te parler.

— De quoi, alors ?

Il prit place à la table réservée aux réunions et repoussa une pile de dossiers sur le côté. Gina s'installa près de lui et tourna sa chaise pour mieux lui faire face.

— Ross…

Il la regarda attentivement.

— Oui, petite sœur…

— Tu sais que je travaille pour la compagnie, n'est-ce pas ?

— Eh bien, je ne vois pas comment je pourrais l'ignorer.

Tu occupes un bureau de l'autre côté du couloir et nous te versons un salaire chaque mois.

— Le problème, vois-tu, c'est que je suis lasse de faire de la figuration.

Il la considéra avec défiance.

— Que veux-tu dire ?

Quand son téléphone se mit à vibrer au fond de sa poche, il leva la main pour s'en saisir. Elle sut instantanément qu'elle avait perdu son attention.

— Je t'écoute, dit-il en portant l'appareil à son oreille.

Elle bondit pour l'arrêter dans son geste.

— Je veux que tu m'écoutes vraiment.

Il posa son appareil sur la table.

— D'accord. Je t'écoute.

— Je voulais aborder avec toi et avec papa la question du méthane.

— Le méthane ? Et pourquoi donc ?

— Tu sais qu'il existe désormais de nouvelles méthodes d'extraction, n'est-ce pas ?

— En effet.

— Nous aurions tout intérêt à les utiliser.

Ross cligna des yeux en silence.

— J'ai rédigé un rapport complet sur la question. Je veux que tu me soutiennes quand je le soumettrai à papa.

Il mit quelques instants à revenir de sa surprise.

— Tu veux dire que tu as étudié les avantages de l'extraction du méthane pour la compagnie ?

— Absolument.

— J'ignorais que tu avais un diplôme d'ingénieur.

Elle s'attendait à son scepticisme et s'était préparée à ses sarcasmes.

— Je sais lire, Ross. Les traités des experts sont limpides.

Il fronça les sourcils.

— Je croyais que tu travaillais au service marketing… La technologie est un domaine de spécialistes.

— Ne sois pas condescendant, s'il te plaît !

Comme la sonnerie de son téléphone les interrompait une nouvelle fois, sans réfléchir, il tendit la main pour s'en saisir.

— Laisse-le sonner ! dit-elle. Je n'ai pas terminé.

— Comme tu voudras.

— Papa ne semble pas s'intéresser au sujet pour l'instant, mais dans quelques années les entreprises respectueuses de l'environnement auront la faveur du public et des autorités. La transition écologique sera au cœur des préoccupations.

— Tu as raison sur ce point, concéda-t-il.

— Alors, pour une fois, prête un peu d'attention à mes propositions ! J'ai travaillé d'arrache-pied pour rédiger ce rapport. Promets-moi de le lire et de m'accorder ton soutien !

Un long silence s'installa dans la pièce. Aux yeux de Ross, Gina sortait clairement du rôle qui lui était assigné. Mais jamais il ne l'avait vue aussi sûre de son fait et aussi déterminée à faire entendre son point de vue.

— D'accord, lâcha-t-il, de guerre lasse. Je le lirai attentivement.

— Et ?

— Et tu pourras compter sur moi pour convaincre papa. Si je partage tes conclusions, bien sûr.

Un sourire de gratitude éclaira le visage de la jeune femme.

— Maintenant, tu m'autorises à consulter mes appels ?

— Oui. Merci, Ross.

Elle quitta le bureau de son frère, le cœur gonflé d'espoir.

- 10 -

Rafe restait sans nouvelles de Gina depuis quelques jours. Invité à dîner par Matias et Anastasia, il décida de lui proposer de se joindre à eux.

— Allô ?

Il perçut un bruit de circulation sur la ligne.

— Bonjour, Gina. Où es-tu ?

— J'arrive devant l'immeuble de la compagnie.

Il jeta un coup d'œil à sa montre. Il était à peine 9 heures.

— Tu travailles si tôt un dimanche matin ?

— Un rapport à terminer avec Ross. Il a bien voulu m'apporter son soutien.

— Vraiment ? Je suis ravi de l'apprendre.

— Oui, c'est une très bonne nouvelle.

— Mon frère à moi continue à filer le parfait amour avec Anastasia.

— Anastasia ? Elle est toujours à Royal ?

— Oui et ils m'ont invité à dîner ce soir. Je pensais que tu pourrais nous rejoindre.

— Ce soir ?

Elle n'hésita pas longtemps avant d'accepter.

— C'est une excellente idée. J'ai besoin d'un peu de distraction.

— Je passe te chercher chez toi vers 19 heures ?

Un silence embarrassé s'installa sur la ligne.

— Est-ce un problème ?

Était-elle réticente à l'idée qu'il se présente au manoir ?

— Euh, non, répondit-elle après un temps. Je t'attendrai.

Le SUV de Rafe franchit avec un peu d'avance le porche du ranch Élégance. Privée de la foule joyeuse qui l'avait envahie lors de la journée d'enchères, la résidence paraissait terriblement imposante. Légèrement intimidé, le visiteur se présenta devant la double porte en bois sombre. Un domestique en livrée apparut sur le seuil.

— Monsieur ?

Rafe avait soigné son apparence. Son costume gris rehaussé d'une cravate bordeaux lui conférait une allure très respectable.

— Je viens chercher Gina, dit-il.

Le vieil homme recula d'un pas.

— Entrez, je vous prie.

Pour la deuxième fois, il foula le sol marbré du grand hall.

— Votre nom, monsieur ?

— Rafe Cortez-Williams.

— Je vais prévenir Mlle Edmond de votre arrivée. Vous pouvez attendre ici, ou dans la bibliothèque, si vous préférez.

— J'attendrai ici. Je vous remercie.

Comme le vieil homme entamait la montée du grand escalier, Ross apparut dans le hall, un verre de bourbon à la main.

— Rafe ? Quelle surprise !

Il le rejoignit, curieux. Manifestement, Gina ne l'avait pas informé de son rendez-vous.

— Tu es ici pour…

— Pour affaires, mentit Rafe. Gina et moi dînons avec une gagnante des enchères.

— Gina et toi ?

Les sourcils froncés, il porta son verre à sa bouche.

— Tu as étonné tout le monde en renonçant à ta part de financement. C'est beaucoup d'argent.

— Valencia en fera bon usage.

— C'est très généreux de ta part. J'imagine que ton restaurant a subi lui aussi les conséquences de la crise.

— Je ne suis pas inquiet, assura-t-il.

— Comment vas-tu faire pour redresser ta trésorerie ?

La question de Ross était indiscrète. En quoi l'état de ses finances pouvait-il l'intéresser ? L'apparition opportune de Gina dispensa Rafe de lui répondre. Le spectacle qu'il découvrit en haut des marches lui coupa le souffle. La jeune femme était vêtue d'une robe en taffetas rouge et brillant dont le décolleté bordé de perles ivoire plongeait gracieusement entre ses seins. Les brides de ses chaussures, entrecroisées autour de ses cous-de-pied, mettaient en valeur la finesse de ses chevilles. Elle était d'une beauté stupéfiante.

— Quelle élégance, petite sœur ! Où allez-vous exactement ?

— Au Bellamy, répondit Rafe, sans quitter Gina du regard.

Elle lui adressa un sourire éblouissant avant de descendre l'escalier.

— Au restaurant, j'espère, glissa malicieusement Ross. Pas à l'hôtel…

— Très drôle ! rétorqua l'intéressée. Nous avons rendez-vous avec Matias et la personne qui a remporté une journée au ranch avec lui. Elle est originaire de Boston.

— Je vois, vous essayez d'impressionner les gens de la ville.

— Exactement, répondit-elle en espérant mettre un terme à la conversation.

Elle passa le bras sous celui de Rafe.

— Prêt ?

— Absolument. Au revoir, Ross.

Comme ils avançaient en direction de la sortie, Rafe sentit peser sur ses épaules le regard perçant du frère de Gina.

— Tu es fantastique, déclara-t-il en lui ouvrant la porte du SUV.

Elle dut saisir la poignée pour se hisser sur le marchepied. L'espace d'un instant, il regretta de ne pas avoir une voiture de sport digne de sa passagère.

— Tu es bien installée ? demanda-t-il alors qu'elle attachait sa ceinture.

— Très bien, pourquoi ?

— Le siège est un peu haut.

— Ne t'inquiète pas ! Je suis capable de m'adapter à toutes les situations.

Il ne put s'empêcher de sourire.

— Je sais.

Les deux couples furent conduits jusqu'à une table nappée de lin blanc, tout près d'une immense baie vitrée qui donnait sur les jardins de l'hôtel. La grâce avec laquelle Anastasia se déplaçait suscita l'admiration de Gina.

— Vous avez une démarche et un port de danseuse, observa-t-elle en prenant place en face de la jeune femme.

— J'ai suivi des cours pendant des années. Trois séances hebdomadaires de ballet classique. J'aurais aimé passer à un style plus moderne, mais mes parents étaient très conservateurs.

Elle haussa légèrement les épaules.

— Danse et piano font partie de l'éducation d'une jeune fille de bonne famille.

— Ah, les parents !

— Comme vous dites ! Je suis fille unique, malheureusement. Obligée de subir à moi seule l'autorité et la pression parentales. Vous avez des frères et sœurs ?

— Deux frères.

— Vous avez de la chance.

— Oui et non, soupira Gina. Nous passons de bons moments ensemble, mais il y a souvent des conflits entre nous.

Gina songea au rôle mineur auquel sa famille la reléguait souvent. Puis l'ambiance chaleureuse qui régnait au ranch des Cortez-Williams lui revint à l'esprit. Elle tourna le regard vers les deux frères attablés à ses côtés. Le lien chaleureux et indéfectible qui les unissait suscitait l'envie.

— Anastasia, fit soudain Rafe à l'attention de la jeune femme. Matias me dit que votre père enseigne à Harvard ?

Un léger malaise se peignit sur ses traits. Elle hésita un instant avant de répondre.

— Il n'enseigne plus depuis des années.

— Que fait-il alors ?

— Il préside un certain nombre de jurys et il accorde des bourses aux étudiants méritants par le biais de sa fondation.

Matias haussa un sourcil.

— Sa fondation ?

— La fondation des Beaux-Arts de Kovell.

— Tu ne m'en as jamais parlé.

Il paraissait froissé. L'institution était réputée pour la prospérité de ses membres. Elle réunissait les plus grandes fortunes du pays. Pourquoi Anastasia lui avait-elle dissimulé l'immense richesse de sa famille ?

— Je comprends de moins en moins ce que tu fais avec moi, fit-il d'un air dépité. À part les vastes collines et les couchers de soleil, je n'ai rien à t'offrir.

Témoins involontaires d'un dialogue très intime, Gina et Rafe échangèrent un regard embarrassé.

— Je ne demande rien, répondit la jeune femme. Je suis bien avec toi, loin des conventions et des règles étriquées de mon milieu. D'ailleurs, j'ai décidé de ne pas retourner à Boston.

— Que comptes-tu faire ?

— M'installer à Royal.

Ses trois compagnons de table ouvrirent de grands yeux.

— Je me sens bien ici, poursuivit-elle. Heureuse et enfin libre de mes faits et gestes.

Elle leva un regard indécis vers Matias.

— Je ne sais pas ce que deviendra notre relation. Et je ne veux pas que tu ressentes envers moi la moindre obligation. Mais quoi qu'il arrive, je resterai à Royal.

Elle se tourna vers Gina.

— Vous connaissez une bonne agence immobilière ?

Gina ouvrit la bouche, sans savoir que lui répondre.

— Ne sois pas ridicule ! s'emporta Matias. Tu ne peux pas prendre une telle décision sur un coup de tête.

— Je pensais que tu serais heureux d'apprendre que je restais, dit Anastasia sans parvenir à taire sa déception.

— C'est que…

Il n'avait pas encore digéré les révélations sur ses origines et semblait totalement désarçonné par le tour que prenait la conversation.

— J'aurais préféré que tu sois plus franche avec moi.

Rafe lança un regard noir à son frère.

— L'attitude d'Anastasia est compréhensible, dit-il. Quelle idiote irait crier sur tous les toits qu'elle appartient à une famille richissime ?

— Je ne voulais pas te le cacher, glissa Anastasia de sa voix douce. Je n'ai pas menti, je n'ai tout simplement pas…

— Apporté les relevés bancaires de la famille à un premier rendez-vous, acheva Rafe. Ne sois pas stupide, Matias !

L'intéressé secoua la tête et se décida enfin à sourire.

— Je suis désolé, dit-il. Je ne sais pas pourquoi j'ai réagi de cette façon.

Un serveur apparut à point nommé pour leur proposer les menus et le reste de la soirée se déroula dans un climat beaucoup plus détendu. Il était près de minuit quand les deux couples se séparèrent.

— Cette fille est géniale, déclara Gina en s'installant dans le SUV.

— Mon frère est un veinard, approuva Rafe en tournant la clé de contact.

Comme il sortait son véhicule du parking pour l'engager sur la rue principale, elle étouffa un bâillement.

— Fatiguée ?

— Un peu, oui. Mais j'ai passé une très bonne soirée.

— Que veux-tu faire maintenant ?

Les intonations rauques de sa voix en disaient long sur ses attentes.

— Tu veux que je te ramène chez toi ? demanda-t-il galamment.

Elle contempla son profil dans la faible lueur des lampadaires.

— Et toi, qu'est-ce que tu veux ?

Il jeta un coup d'œil sur le côté et laissa errer le regard sur ses jambes.

— Ce que je veux, c'est enlever cette jolie robe pour te voir toute nue sur mon lit.

Une vague d'anticipation réchauffa le creux de ses reins.

— J'ai hâte ! soupira-t-elle.

Le jour du mariage de Sarabeth, Rafe se rendit seul à Mustang Point. Gina avait voyagé la veille avec sa mère et le reste de la famille dans un avion privé. Il s'était réservé une chambre à l'hôtel Trinity Grand Bayside, à quelques minutes de la marina où le yacht qui accueillerait la noce était amarré.

Lorsqu'il pénétra dans l'établissement, son frère Lorenzo et sa belle-sœur le rejoignirent près du bureau de la réception.

— Vous êtes bien installés ? leur demanda-t-il en les embrassant chaleureusement.

— Parfaitement bien, répondit Valencia. Avec une belle vue sur la mer depuis notre chambre. Nous étions sur le point de déjeuner. Tu te joins à nous ?

— Avec plaisir. Où est Matias ? Il n'est pas avec vous ?

— Il a préféré venir directement de Boston, dit Lorenzo. Il devrait arriver d'un moment à l'autre.

— Boston ?

— Tu n'es pas au courant ?

— De quoi ?

Rafe avait passé la semaine à préparer la promotion de ses paniers de pâtisserie avec ses employés. Il n'avait pas quitté le restaurant.

— Il a été invité à rencontrer les parents d'Anastasia.

— Les parents ? Déjà ?

— Allons nous mettre à table ! suggéra Valencia. Je meurs de faim.

— Bien sûr, ma chérie.

La salle à manger de l'hôtel jouissait d'une vue imprenable sur la baie de la Trinité et son immense plage. Des cerfs-volants coloraient le ciel bleu azur et des enfants couraient sur le sable. Leurs cris joyeux étaient étouffés par l'épaisse baie vitrée qui donnait sur une terrasse bordée de palmiers.

Comme il prenait place, Rafe aperçut la famille de Gina à l'autre extrémité de la pièce. Ross lui adressa un signe de tête bien peu amical. Avait-il quelque chose à lui reprocher ?

— Nous arrivons juste à temps pour nous mettre à table ! s'exclama Matias en rejoignant ses frères.

Lorenzo se leva pour céder sa place à Anastasia.

— Comment s'est passée cette visite à Boston ? demanda Rafe, incapable de réprimer sa curiosité.

— Le père d'Anastasia me déteste.

— Il ne te déteste pas, s'empressa de corriger la jeune femme.

— Qui pourrait lui en vouloir ? glissa Lorenzo.

Sa réflexion lui valut un regard noir de la part de sa femme. Valencia était d'une nature paisible et ne supportait aucune forme d'agressivité. Les chamailleries constantes des frères Williams ne l'amusaient guère.

— Si j'avais une fille de la classe d'Anastasia, poursuivit son mari sans se soucier d'elle, je ferais tout pour l'éloigner des cow-boys de ton espèce.

— Ma mère l'a beaucoup apprécié, glissa Anastasia. Elle trouvera les arguments pour convaincre papa.

— Je comprends ses réticences, admit Matias de bon cœur. Il espérait sans doute marier sa princesse à un banquier ou à un politicien. Vous avez déjà commandé ? Il est tard et j'ai une faim de loup.

Au même instant, ils virent arriver un serveur qui poussait un chariot dans leur direction.

— L'apéritif de bienvenue offert par la maison, dit-il en disposant au centre de la table un assortiment de tapas, des verres de thé glacé et d'autres de tequila.

Il distribua ensuite les menus et prit patiemment les commandes de la tablée.

— Il va falloir que tu changes ta garde-robe, reprit Rafe, trop heureux de continuer à taquiner son petit frère. Et que tu remplaces tes santiags par des mocassins vernis. J'espère que tu as l'intention de t'inscrire à l'université et au club de golf. Je suis sûr que tu vas adorer les parties de bridge.

Tout en parlant, il jetait des coups d'œil vers la table des Edmond en se demandant si Rusty avait ce genre d'aspirations pour les soupirants de Gina.

— J'hésite entre un doctorat en littérature et une grande école de commerce, plaisanta Matias de bonne grâce.

— Qu'en pensez-vous, Anastasia ?

Elle secoua la tête et sourit.

— Je suis courtisée depuis des années par des bellâtres en queue-de-pie. Pour être sincère, je préfère les gardiens de troupeaux.

Valencia couva Lorenzo d'un regard amoureux.

— Vous avez raison. Je ne connais rien de mieux qu'une soirée au coin du feu avec un Cortez-Williams.

— Et toi ? fit Lorenzo à l'attention de Rafe. Tu es ici en solo ?

L'intéressé fit un signe de tête en direction du fond de la salle.

— Je suis le cavalier de Gina Edmond.

Ses deux frères le considérèrent avec surprise.

— Tu es sérieux ?

— Absolument. Elle a fait un don à la chambre de commerce. Et plutôt que d'exiger une journée au ranch avec moi, elle m'a demandé d'être son escorte au mariage de sa mère.

— Curieuse transaction, observa Lorenzo. Décidément, ces gens riches croient pouvoir tout acheter avec leur argent.

Comme à son habitude, Valencia s'efforça de dissiper le malaise qui s'installait autour de la table.

— Rafe, je voudrais encore te remercier pour ta générosité. Grâce à toi, nous avons pu acheter trois juments et accueillir dix nouveaux enfants au centre d'équithérapie.

Tandis que la conversation reprenait avec bonne humeur, Gina se présenta devant eux.

— Bonjour à tous, dit-elle en posant une main sur le dossier de la chaise de Rafe.

Tous lui répondirent chaleureusement.

— Merci d'avoir fait le voyage, reprit-elle. Enchantée de vous revoir, Anastasia.

— Tout se passe bien ? lui demanda Rafe.

— Eh bien, nous avons eu quelques soucis avec la pièce montée et les fleurs, mais tout est arrangé.

Leurs regards s'accrochèrent l'un à l'autre, puis elle reporta son attention sur le groupe.

— Je dois vous laisser. Ma mère m'attend sur le yacht. Elle est aussi nerveuse qu'une jeune fille se préparant pour son premier bal.

Puis, se tournant à nouveau vers Rafe :

— On se retrouve à la marina pour la cérémonie ?

— Avec plaisir, dit-il en réfrénant l'envie de la serrer dans ses bras.

Elle lui sourit en retour.

— À ce soir !

Tous gardèrent le silence tandis qu'elle s'éloignait puis tous les regards convergèrent vers le pauvre Rafe.

— Qu'y a-t-il ? demanda-t-il avec embarras.

— Oh rien ! répondit Lorenzo. Sauf que tu avais l'air un peu idiot en la regardant.

— On aurait dit un chien bavant d'admiration devant sa maîtresse, renchérit Matias.

— Gina est une femme charmante, glissa prestement Valencia.

— Je suis d'accord, approuva Rafe. Et elle a accompli un travail formidable en organisant les enchères.

Soucieux de se soustraire à l'attention, il baissa les yeux sur l'assortiment de tapas.

— Je croyais que vous étiez affamés. Qu'est-ce que vous attendez pour vous servir ?

- 11 -

Le yacht Azure Moon se balançait mollement entre ses amarres. Gina aidait Sarabeth à parfaire sa toilette dans la cabine du capitaine. Trente minutes seulement les séparaient du début de la cérémonie. Tout avait été mûrement réfléchi. La proue du navire accueillerait la célébration du mariage. Le dîner serait servi dans la salle de réception et le bal se tiendrait sur le pont inférieur. Un bar était installé près de la piscine.

Les deux femmes avaient passé une partie de l'après-midi au spa du Grand Hôtel. Hammam, gommages, massages, modelages, enveloppements, elles avaient profité avec bonheur de tous les soins de l'établissement. Maintenant à l'abri des regards dans la cabine luxueuse du navire, elles s'affairaient aux derniers préparatifs. Les yeux rivés au miroir, Sarabeth regardait la coiffeuse fixer un peigne de perles dans ses cheveux. Elle avait opté pour un chignon bas bouclé très romantique, qui mettait en valeur les longues boucles de diamants suspendues à ses oreilles.

Gina portait le collier offert par Sarabeth quelques jours plus tôt. Ses cheveux noirs étaient tirés en arrière dans un style beaucoup plus sobre que celui choisi par sa mère. Les escarpins des deux femmes reposaient sur la moquette près de l'entrée, prêts à être enfilés au dernier moment. Une longue soirée les attendait. Inutile de se fatiguer les pieds et les chevilles.

Un coup léger retentit à la porte de la cabine. Gina alla ouvrir, tandis que la coiffeuse apportait une touche finale à son travail en laquant les cheveux de Sarabeth. Ross apparut sur le seuil.

— Tu as une minute ? murmura-t-il à l'oreille de sa sœur.

Asher se tenait derrière lui dans le couloir étroit.

— Maintenant ? s'étonna Gina.

— C'est important.

Ils arboraient tous les deux un air si préoccupé qu'elle s'empressa de les rejoindre.

— Que se passe-t-il ? demanda-t-elle en refermant la porte derrière elle.

— C'est Billy.

— Billy ?

Qui se souciait de Billy Holmes vingt minutes avant la cérémonie de mariage ?

— L'agence de détectives vient d'envoyer à papa une nouvelle plutôt alarmante.

Gina fronça les sourcils.

— Mais encore ?

La voix de Sarabeth s'éleva soudain dans la cabine.

— Avec qui parles-tu, ma chérie ?

— Je suis avec mes frères, maman.

— Dis à Ross qu'il me faut encore quelques minutes !

— Prends ton temps ! répondit ce dernier à travers la cloison. Nous ne sommes pas en retard.

— Alors, de quoi s'agit-il ? s'inquiéta la jeune femme.

— Ils ont tracé une partie de l'argent sur des comptes offshore aux îles Caïmans, à Singapour et au Belize, expliqua Asher.

— Eh bien, c'est plutôt une bonne nouvelle.

Pourquoi devraient-ils s'alarmer de cette découverte ?

— Se sachant repéré, Billy pourrait commettre un acte désespéré, glissa Ross.

— Il y a plus inquiétant, renchérit Asher.

Le regard de Gina passait de l'un à l'autre avec angoisse.

— Il pourrait mettre ses menaces de chantage à exécution, reprit l'aîné de la famille.

— Auprès de notre père ?

— Auprès de nous tous.

— Personnellement, je n'ai rien à craindre, affirma-t-elle.

— Tu en es bien sûre ?

Gina les considéra d'un air incrédule.

— Vous pensez vraiment que j'ai quelque chose à me reprocher ?

— Billy est dangereux. Il peut faire feu de tout bois.

Elle secoua la tête.

— Il ne trouvera rien sur moi. Aucune vidéo compromettante. Aucune déclaration injurieuse. Pas la moindre trace d'évasion fiscale.

— Bien, murmura Asher.

Elle songea un instant à sa relation avec Rafe, mais se tranquillisa très vite. Leur aventure n'avait rien de coupable. Elle se demandait d'ailleurs pourquoi elle mettait tant de soin à la dissimuler.

La porte de la cabine s'entrouvrit et Sarabeth apparut sur le seuil.

— Je suis prête, fit-elle d'une voix tremblante.

Ses deux garçons lui sourirent tendrement.

— Tu es magnifique ! fit Ross.

— Éblouissante ! s'exclama son frère. Je dois vous laisser. On m'attend sur le pont.

Il disparut à l'extrémité du couloir.

— Les fleurs ! s'inquiéta Gina.

Au même instant, la coiffeuse apparaissait avec les

bouquets et les plaçait entre les mains des deux femmes. Ross recula pour les laisser passer.

— En scène, mesdames ! Vous allez faire tourner toutes les têtes.

Les invités étaient regroupés sous le chapiteau installé à la proue du navire. Rafe se tenait discrètement près de la balustrade décorée de roses blanches. Quand l'orchestre joua les premières notes de la marche nuptiale, les conversations cessèrent et un silence ému parcourut la foule. Sarabeth apparut au bras de Ross. Les demoiselles d'honneur avançaient dans leur sillage. Rafe observa un instant la mariée, mais son regard glissa très vite sur la silhouette de Gina. C'était de loin la plus belle femme qu'il eût jamais vue et il avait hâte de l'inviter à danser pour la serrer dans ses bras.

La cérémonie fut brève. Selon la tradition, Brett et Sarabeth se jurèrent amour, fidélité et respect mutuel, puis ils s'embrassèrent sous un tonnerre d'applaudissements. Le cortège se dirigea ensuite vers la salle de restaurant. Assis près de Gina à la table des mariés, Rafe échangea poliment avec les autres convives. Le dîner lui sembla durer une éternité. Il n'avait qu'une hâte : se retrouver en tête à tête avec la femme qui occupait toutes ses pensées.

Quand enfin la foule se regroupa sur le pont inférieur, Brett conduisit son épouse sur la piste de danse et ils ouvrirent le bal. Rafe serra aussitôt la main de Gina.

— Vous dansez, mademoiselle ?

— Avec plaisir, cher monsieur.

Il posa une main sur sa taille, une autre sur son épaule, et l'entraîna dans une valse viennoise.

— Tu es splendide, murmura-t-il à son oreille. Mais je suppose que tu le sais.

— Tu aimes ma robe ? demanda-t-elle.

— J'aime surtout ce qu'il y a dessous.

Elle s'écarta et le gratifia d'une petite moue boudeuse.

— J'aime aussi ta robe, s'empressa-t-il d'ajouter.

— J'ai dû en essayer une trentaine.

— Tu as fait un excellent choix. La fête est magnifique et Sarabeth a l'air aux anges.

Gina tourna le regard en direction de sa mère.

— Je suis heureuse pour elle. Elle le mérite vraiment.

Il fit lentement remonter sa main jusqu'à sa nuque.

— Tu m'as manqué, dit-il.

— Tu m'as manqué aussi. Mais je n'ai pas eu une seconde à moi. Cette semaine a été une véritable course contre la montre.

— Je suis content qu'elle soit terminée. Nous allons enfin pouvoir nous retrouver.

— J'ai encore quelques devoirs à accomplir. Dans un moment, je devrai t'abandonner pour aider à distribuer le gâteau.

— La fameuse pièce montée glacée au chocolat blanc et accompagnée d'un coulis de framboise ?

Elle ouvrit de grands yeux.

— Je ne pensais pas que tu t'en souviendrais.

— Je me souviens de tout ce que tu me dis, Gina. Absolument tout.

Quand l'orchestre se tut, la silhouette de Ross se dressa soudain devant eux. Il saisit le coude de la jeune femme d'un geste très possessif.

— Gina ?

Rafe recula à contrecœur pour libérer sa cavalière et se tint en retrait tandis que le frère et la sœur s'éloignaient sur la piste.

— Belle soirée, n'est-ce pas ?

Lorenzo venait d'apparaître à ses côtés.

— En effet.

Incapable de dissimuler sa frustration, il refusa le verre de bourbon que son frère lui tendait et continua de fixer Gina.

— On dirait que c'est sérieux entre vous…

— Ce ne sont pas tes affaires.

Lorenzo ne se laissa pas décourager.

— Tu couches avec elle ?

— Oui.

— Est-ce que son frère le sait ?

— Non.

— Je n'aurais jamais cru voir ce jour arriver.

Rafe fronça les sourcils.

— De quoi parles-tu ?

— Un rapprochement entre nos deux familles.

— Tu penses qu'ils sont trop bien pour nous ?

La question lui trottait dans la tête depuis sa première nuit passée avec Gina.

— C'est tout le contraire. Je pense que nous sommes trop bien pour eux.

Sur ces mots, il lui donna une tape amicale dans le dos.

— Fais attention à toi, frérot ! Je ne suis pas sûr que le clan Edmond apprécie beaucoup votre aventure.

— Chéri ?

Valencia venait de s'interposer entre les deux hommes.

— Tu ne m'as pas encore invitée à danser !

Lorenzo passa immédiatement un bras autour de sa taille.

— Je ne sais pas danser la valse. J'attendais un slow pour le faire.

Rafe prit les deux verres des mains de son frère pour le libérer et s'éloigna pour les poser sur le bar. La fête battait son plein quand arriva le moment du traditionnel lancer de bouquet. La musique cessa et les danseurs se rangèrent sur le côté pour laisser place aux jeunes femmes célibataires de l'assemblée. Au son d'un roulement de tambour assourdissant, Sarabeth se plaça au centre de la piste pour lancer derrière elle l'assemblage de fleurs jaunes choisi avec tant de soin. Volontairement placée en bout de ligne, Gina fit un pas en arrière en voyant arriver sur elle le projectile, qui vint atterrir sur sa poitrine. Par réflexe, elle referma les mains autour du bouquet. Un sourire se peignit sur les lèvres de Rafe au spectacle de ses joues rosies par l'embarras. Il ignorait que, à quelques mètres de là, Ross l'observait d'un regard soupçonneux.

— J'ai mis un certain temps à comprendre, fit ce dernier en s'approchant de lui.

Cependant, les convives se pressaient autour de Gina pour la féliciter.

— Comprendre quoi ? s'étonna Ross.

— La raison pour laquelle tu refusais d'accepter l'argent de la chambre de commerce.

— Je n'en avais pas besoin.

— C'est un mensonge.

Rafe haussa nonchalamment les épaules.

— Tu peux penser ce que tu veux.

— Pourquoi se contenter des restes quand on peut obtenir la poule aux œufs d'or ?

— Que veux-tu dire ?

Ross fit un signe de tête en direction de Gina.

— Tu t'es habilement introduit dans sa vie. Maintenant qu'elle vient d'attraper le bouquet, tu dois penser que la consécration de votre union devant l'autel ne tardera plus.

Rafe inspira une longue bouffée d'air pour se contraindre au silence.

— Ce ne sera pas aussi simple, reprit son interlocuteur d'un ton acide. Tu peux compter sur moi pour te mettre des bâtons dans les roues.

— Retire ce que tu viens de dire !

Il n'arrivait pas à croire qu'on l'accusait de courtiser Gina pour son argent.

— Je ne m'attendais pas à une autre réaction de ta part. Ce n'est jamais agréable de se faire prendre avec les doigts dans le pot de confiture.

Dans d'autres circonstances, Rafe aurait lancé son poing sur la mine arrogante de son accusateur.

— Disparais de ma vue si tu veux éviter le scandale !

Avec un sourire suffisant, Ross fit volte-face avant de se noyer dans la foule. Soupçonné de desseins qu'il ne nourrissait pas, Rafe venait tout juste de reprendre ses esprits quand la silhouette d'Asher se dressa à ses côtés.

— Notre famille traverse une période difficile.

Les deux frères s'étaient-ils donné le mot ? Ne voyaient-ils en lui qu'un arriviste sans scrupule ?

— Gina traverse une période difficile, poursuivit Asher. Tu devrais garder cela à l'esprit quand tu essaieras d'abuser de sa confiance.

— Je ne…

Une fois encore, il crispa les mâchoires pour s'obliger à se taire. Rien de ce qu'il pourrait dire ne parviendrait à convaincre le clan Edmond de son honnêteté. Comme son frère l'avait fait un instant plus tôt, Asher l'abandonna à ses ruminations. Revenu de son indignation et bien décidé à ne pas se laisser décourager par les accusations infondées des deux frères, Rafe se mit à nouveau en quête de Gina. Un seul regard posé sur elle le rasséréna. Elle bavardait joyeusement avec trois autres femmes près du bar. Il avança dans leur direction.

— On ne sait jamais, disait l'une de ses amies.

— C'est ton tour maintenant, affirmait une autre.

— Non, vraiment, il n'y a personne dans ma vie, protestait Gina en secouant la tête.

— La tradition est la tradition, asséna la troisième. C'est toi qui as attrapé le bouquet.

— Pour moi, ce n'est qu'une superstition.

Quand elle comprit que Rafe se tenait à portée de voix, un vif sentiment de culpabilité se peignit sur ses traits. Ne venait-elle pas de nier l'importance de leur relation ? Les femmes qui l'entouraient remarquèrent aussitôt son changement d'attitude et tous les regards se tournèrent vers le nouveau venu.

— Tu es sûre de ne rien nous cacher ? s'enquit l'une d'elles.

Gina sentit le rouge monter à ses joues.

— Il… C'est juste Rafe…

— Un ami, simplement ?

— Un associé en affaires, déclara l'intéressé en venant au secours de sa bien-aimée.

Il essaya de lui sourire, mais le cœur n'y était pas. Incapable de dissimuler sa déception, il se détourna du petit groupe.

— Rafe ! cria Gina pour le retenir.

Il accéléra le pas et traversa la salle en laissant la foule se refermer sur son passage. Puis il sortit sur le pont, emprunta la passerelle la plus proche et s'éloigna sur le quai. Comment avait-il pu se laisser aveugler de la sorte ? Il passait de bons moments avec Gina, mais leur histoire était condamnée d'avance. Le soupçonnait-elle, elle aussi, de n'en vouloir qu'à sa fortune ?

L'hôtel était tout proche, mais il n'avait pas envie d'y retourner. Sans savoir où se diriger, il ôta sa veste, desserra sa cravate et erra comme une âme en peine le long des boutiques et des cafés de la marina. Regrettant amèrement ses paroles, Gina avait abandonné ses amies pour courir à sa poursuite, mais elle ne l'avait pas retrouvé. Elle le cherchait encore dans les recoins de la salle de bal quand la voix de sa mère la ramena soudain à la réalité.

— Ah, te voilà enfin, ma chérie !

Elle l'invitait à la rejoindre près du chariot où la pièce montée avait été dressée.

— Pitié, murmura la jeune femme pour elle-même.

Cela prendrait une éternité de distribuer les parts de gâteau à tous les convives, et elle n'avait qu'une idée en tête : retrouver Rafe et implorer son pardon. Perplexe devant son manque d'enthousiasme, Sarabeth s'impatienta.

— Qu'est-ce que tu attends, ma chérie ? J'ai besoin de toi.

Tout était en place pour le dernier acte du mariage. Les deux mariés prendraient ensuite congé de leurs invités, avant de s'envoler pour leur lune de miel en Floride. Rappelée à son devoir, Gina rejoignit sa mère et plaqua un sourire poli sur ses lèvres à la demande du photographe. Après une interminable séance de photos, les serveurs s'affairèrent enfin autour de la pièce montée. La distribution terminée, l'assemblée fut invitée à se rassembler sur le pont pour assister au départ des mariés. Sarabeth descendit la passerelle au bras de son époux et, sous une avalanche d'acclamations et d'applaudissements, elle s'engouffra dans la limousine qui les attendait sur le quai. La fête touchait à sa fin. Les invités quittaient le navire, et le parking se vidait peu à peu. Accoudée à la balustrade de la coursive, Gina observait les mouvements de la foule, sans parvenir à repérer celui qu'elle cherchait désespérément. Ross, Charlotte et leur fils Ben se tenaient à quelques mètres d'elle.

— Vous n'avez pas vu Rafe ? leur demanda-t-elle avec inquiétude.

— Non, répondit son frère. Pourquoi ?

Elle n'avait aucune envie de lui raconter l'incident qui les avait séparés.

— C'est mon cavalier, répondit-elle. Il devrait être auprès de moi.

— Si tu as besoin de quoi que ce soit, je suis là, petite sœur.

— Non, je voulais juste…

Une silhouette se dressa soudain devant eux. Horrifiée, Gina reconnut Billy Holmes. Il portait un smoking impeccable mais ses cheveux étaient en bataille et une haine effroyable étincelait dans ses yeux.

— Regardez qui est là ! fit-il d'une voix traînante. Ma sœur et mon frère bien-aimés.

Ross exhorta aussitôt les deux femmes à regagner l'intérieur du yacht avec l'enfant.

— Pas si vite ! siffla Billy d'un ton menaçant.

Pétrifiée, Gina s'immobilisa tandis que Charlotte disparaissait avec son fils.

— Tu n'as rien à faire ici, grogna Ross.

— Je n'aurais manqué la fête pour rien au monde, déclara Billy. C'est un grand jour pour la famille.

Asher apparut à cet instant.

— Ce n'est pas ta famille, Billy.

Gina percevait la tension qui habitait ses deux frères. Tous deux évaluaient sa capacité de nuisance et se tenaient prêts à le neutraliser.

— J'en ai été chassé, aboya l'intrus en retour. Mais c'est bien ma famille. Par le sang.

Il éleva soudain la voix en direction de la foule.

— La fête est terminée ! Tout le monde descend du navire. Seuls les Edmond sont désormais autorisés à bord. Ceci…

Il fixa successivement Ross, Gina, puis Asher.

— … est une affaire de famille.

Les invités levèrent des regards inquiets vers la coursive et se hâtèrent de descendre la passerelle. Alors que la foule se raréfiait, Ross et Asher échangeaient des regards de connivence. Ils étaient visiblement sur le point de passer à l'attaque.

— À votre place, j'y réfléchirais à deux fois, déclara Billy en tapotant ostensiblement la poche intérieure de sa veste. Je ne suis pas venu les mains vides.

Gina pouvait sentir son sang se glacer dans ses veines.

— Qu'est-ce que tu veux ? demanda Ross.

En se présentant en public à visage découvert, Billy prenait de grands risques. Sa photo faisait la une de tous les journaux. Quelques invités l'avaient sans doute reconnu. Avaient-ils eu la bonne idée d'alerter la police ? Remontant la passerelle à contre-courant, la silhouette de Rusty se dessina en contrebas. Le vieil homme eut tôt fait de les rejoindre.

— Papa ? fit Gina avec étonnement.

Elle le croyait depuis longtemps rentré à Royal.

— On dirait que le clan est au complet, constata Billy d'un air satisfait.

— Pourquoi es-tu venu ? demanda Rusty. L'argent que tu as volé ne te suffit pas ?

L'intéressé secoua la tête avec dépit.

— Tu n'as toujours rien compris, dit-il d'un ton aigre. Je me fous de l'argent.

— Alors, pourquoi l'as-tu volé ?

— Pour te frapper là où ça fait mal !

Gina jetait des coups d'œil fébriles en direction du quai. La foule s'était dispersée, mais aucun policier n'était visible à proximité du yacht.

— Rends l'argent que tu as volé ! exigea Rusty avec

colère. Ensuite, nous pourrons parler, nous rapprocher du procureur et conclure un accord.

Billy n'avait pas l'intention d'abdiquer aussi facilement.

— Tout paraît si simple à t'entendre !

— Je suis prêt à faire des concessions.

— Tu renoncerais à porter plainte contre moi ?

— Absolument.

— Et pourquoi le ferais-tu ?

Les épaules de Rusty s'affaissèrent.

— Tu sais très bien pourquoi, murmura-t-il d'une voix plus douce.

— Parce que je suis ton fils.

Billy le défia du regard.

— C'est vrai, concéda Rusty.

L'aveu stupéfia tout le monde, y compris l'intéressé.

— Je ne peux pas le nier, reprit le vieil homme en jaugeant Billy de la tête aux pieds. Tes yeux, ton allure, ta détermination. À n'en pas douter, tu es un Edmond.

— Papa ? glissa soudain Ross avec inquiétude. Tu es sûr de…

— Ne t'avise pas d'intervenir !

La colère de Billy se tourna vers son frère.

— C'est à moi qu'il s'adresse. Pas à toi. Vous trois, vous avez tout. Le nom, la compagnie, l'argent, le prestige. Et moi, qu'est-ce que j'ai eu ?

Loin de s'apaiser, sa rage enflait de minute en minute. Rusty l'interrogea à nouveau.

— Tu n'es pas décidé à rendre cet argent, n'est-ce pas ?

— Pour quoi faire ? Sauver votre réputation ?

— T'épargner une longue peine de prison, déclara Ross.

Billy ferma les yeux et il parut vaciller sur ses jambes.

— Je te demande pardon, mon garçon. J'aurais dû te reconnaître depuis longtemps.

Gina n'avait jamais entendu son père prononcer des excuses.

— Tu es mon fils, Billy, ma chair et mon sang. J'aurais dû t'accueillir au cœur de notre famille.

— Le cœur de notre famille ? répéta la jeune femme, incrédule. Mais cette famille n'a pas de cœur.

Les trois hommes se tournèrent dans sa direction, comme s'ils se rappelaient soudain sa présence.

— Je suis une femme adulte, une femme instruite et intelligente, poursuivit-elle d'une voix tremblante. Mais je suis traitée comme une petite chienne de salon, dressée pour faire la belle devant les associés et les clients de ces messieurs. Qui s'est un jour soucié de mes aspirations ?

Rusty ouvrit la bouche pour lui répondre, mais sa mâchoire retomba en silence.

— Et moi, tu ne m'as laissé aucun choix, se plaignit Ross à son tour. Je n'ai jamais voulu me consacrer à la compagnie. Je rêvais d'une autre vie.

— Si au moins tu nous faisais confiance ! renchérit Asher. Tu as été le premier à douter quand la justice s'est acharnée contre moi.

Le vieil homme fixait un point invisible devant lui. Ses yeux étaient dévorés par le remords.

— Je suis désolé pour vous tous, murmura-t-il après un long silence. Vous êtes ce que j'ai de plus cher au monde. Et toi, Billy…

Les regards se tournèrent vers la place occupée par l'intéressé un instant plus tôt. Nulle trace de lui sur le pont. Peu après, un bruit de moteur déchirait le silence de la nuit et des pneus crissaient sur la chaussée, tandis qu'une voiture de sport rouge sortait du parking en zigzaguant. Billy avait pris la fuite.

— Je ne comprends pas, fit Gina comme en se parlant à elle-même. Que voulait-il ?

— La reconnaissance de son père ? suggéra Ross. Il croit peut-être l'avoir obtenue.

— Il redoutait surtout de finir derrière les barreaux, déclara Asher.

— Tu as dit que tu l'aiderais à s'en sortir ? demanda Ross en se tournant vers son père. Après tout ce qu'il nous a fait ?

— Il fait partie de notre famille, répondit Rusty. Je lui trouverai au moins un bon avocat.

— Il a volé des millions de dollars, lui rappela Asher, indigné.

— C'est ma faute. J'ai commis des erreurs et je dois les réparer.

Les paroles de son père firent écho aux pensées de Gina. Réparer. Par sa maladresse, elle avait mis en péril sa relation avec Rafe. Parviendrait-elle à obtenir son pardon ?

— Je suis épuisée, soupira-t-elle soudain. Je vais récupérer mes affaires et rentrer à l'hôtel.

Comme elle longeait la coursive en direction de la cabine du capitaine, une voix profonde et familière la fit sursauter.

— Gina ?

Une silhouette se détacha sur le pont.

— Rafe ? C'est toi ?

Elle fit un pas dans sa direction.

— Je te croyais parti depuis longtemps.

— J'ai vu arriver Billy et j'ai entendu votre discussion. Je suis resté pour vous venir en aide au cas où il s'aviserait de commettre un acte stupide.

— Il avait un revolver dans la poche de sa veste.

— Et il était désespéré.

Elle frissonna rétrospectivement et sentit ses genoux

se dérober sous elle. Comme Rafe avançait la main pour la soutenir, elle s'agrippa à ses avant-bras.

— La vie de famille n'est pas une chose simple, dit-il. Mais j'ignorais à quel point la vôtre était compliquée.

— Chacun de nous a dit ce soir ce qu'il avait sur le cœur.

— La vérité vaut mieux que les non-dits. Je suis certain que vous vous en porterez mieux.

Gina sourit tristement. Si une lueur d'espoir brillait désormais dans son camp, il en allait tout autrement de la relation qu'elle entretenait avec l'homme qui se tenait devant elle.

— Tout à l'heure, j'ai… Enfin, je ne voudrais pas que tu penses…

— Que je pense quoi ?

— Que tu ne comptes pas pour moi.

— Tes frères me soupçonnent d'en avoir après ton argent.

La déclaration était si choquante qu'elle en resta muette.

— Tu sais que ce n'est pas vrai, n'est-ce pas ?

Il posait sur elle un regard suppliant.

— Bien sûr que je le sais, affirma-t-elle avec conviction.

— Nous ne devons laisser planer aucun doute sur la question.

Il marqua une pause avant de lui livrer le fruit de ses réflexions.

— Seul un contrat de mariage rédigé en bonne et due forme pourra attester mon honnêteté.

Elle le regarda sans comprendre.

— Qu'est-ce que tu dis ?

Il leva la main pour caresser tendrement ses cheveux.

— Quand j'ai quitté la salle de bal tout à l'heure, j'étais dans une colère noire. Il m'a fallu un bon moment pour me calmer. Et puis, soudain, j'ai eu peur. Peur de t'avoir perdue, de ne plus jamais te serrer dans mes bras, de ne plus jamais te faire l'amour.

Elle l'écoutait sans oser croire à l'espoir que faisaient naître ses paroles.

— Alors, j'ai pris une décision, reprit-il. Celle de partager ma vie avec toi. Je t'aime, Gina. Je ne veux plus jamais retomber dans la solitude que j'ai éprouvée aujourd'hui.

— Je t'aime aussi, murmura-t-elle, la gorge serrée par l'émotion.

Il la serra avec force contre lui.

— Il n'y a pas beaucoup de choix dans les boutiques de la marina, chuchota-t-il à son oreille. Mais j'ai tout de même trouvé quelque chose.

Il sortit une petite boîte de sa poche. Le cœur battant, elle s'écarta pour découvrir le bijou tapi au fond de l'écrin. Une bague de platine stylisée, incrustée d'un saphir.

— Je t'offrirai quelque chose de plus beau. Tu choisiras. Mais j'étais pressé de conclure l'affaire.

— Elle est magnifique, murmura-t-elle

— Veux-tu m'épouser, Gina ?

Elle hocha la tête, les yeux embués de larmes.

— Oui. Je t'aime, Rafe. Je t'aime tellement !

Épilogue

Le mariage de Gina et Rafe ne ressemblait en rien à la cérémonie mondaine organisée pour l'union de Sarabeth et Brett Harston. Le ranch Cortez-Williams offrait un cadre très éloigné du yacht amarré dans la baie de la Trinité. Le feuillage automnal des grands chênes offrait aux invités installés dans la cour une fraîcheur agréable. Vêtu de son plus beau smoking, Rafe bavardait joyeusement avec ses frères à proximité de l'arche décorée de voiles en mousseline et de roses blanches, tandis que sa promise patientait à l'intérieur de la ferme, en compagnie de son père et de ses deux demoiselles d'honneur, Valencia et Anastasia.

Rusty était transformé. Il semblait enfin en paix avec lui-même.

— Tu as repris contact avec la mère de Billy ? lui demanda Gina, curieuse de comprendre les raisons de sa métamorphose.

— Je n'ai aucune envie de parler d'Antoinette aujourd'hui.

Il posa un regard fier et admiratif sur la robe de sa fille. Sur les conseils de ses amies, elle avait opté pour une coupe sirène qui exaltait sa féminité. Un délicat motif en dentelle couvrait le corsage et la jupe prolongée par une traîne élégante. Son col halter lacé derrière la nuque découvrait gracieusement ses épaules, et le décolleté audacieux dans son dos descendait jusqu'à la taille.

Son bouquet était un assemblage de fleurs sauvages

cueillies de bon matin dans la campagne. Elle portait des chaussures blanches à talons plats, idéales pour marcher sur le terrain irrégulier du ranch. Ses cheveux étaient réunis en un chignon savamment décoiffé.

— Comment a-t-elle réagi ? insista-t-elle.

— Nous avons eu une longue conversation et elle a accepté mes excuses.

Depuis l'épisode dramatique du retour de Billy, Rusty semblait déterminé à écrire une nouvelle page de sa vie. Son comportement hautain avait cédé la place à une attitude plus humble et beaucoup plus chaleureuse.

— C'est un grand jour pour toi, ma chérie. J'espère que tous tes vœux seront exaucés.

— Vraiment ?

— Je le souhaite de tout mon cœur.

Une lueur malicieuse traversa le regard de la jeune femme.

— Même les propositions quc je t'ai soumises pour la compagnie ?

— Le moment est vraiment mal choisi. Je refuse de parler affaires aujourd'hui.

— Tu n'as pas le droit de dire non à la mariée.

— C'est précisément pourquoi nous n'aborderons pas le sujet.

— Tu as lu le rapport ?

Les haut-parleurs installés dans la cour égrenèrent soudain les premières notes de la marche nuptiale. Les invités se levèrent de leurs chaises.

— Le grand moment est arrivé, dit Rusty.

— Tu l'as lu ? demanda-t-elle encore.

— Oui, je l'ai lu.

Il prit sa main et la posa dans le creux de son coude.

— Avance, Gina ! Rafe va commencer à croire que tu as des doutes.

Elle fit un premier pas et marcha docilement à ses côtés en direction de la cour.

— Je n'ai aucun doute.

— Tu as raison. Rafe est un homme bien.

— Il m'a obligée à rédiger un contrat de mariage.

— Je sais. Il me l'a montré. Il n'est clairement pas intéressé par l'argent de notre famille.

— Il l'a signé, mais pas moi. Et je ne le ferai pas.

Rusty souriait tout en remontant l'allée aménagée au milieu des chaises des invités.

— Tu es la mariée la plus bavarde que je connaisse.

— Et tu en as connu un certain nombre, ironisa-t-elle d'un ton espiègle.

Elle aperçut alors la silhouette de Rafe, derrière le premier rang des invités. Quand leurs regards se croisèrent, il la salua d'un air admiratif et elle lui adressa un sourire éblouissant. Sans le quitter des yeux, indifférente à la présence des amis et parents qui l'acclamaient sur son passage, elle avança dans sa direction.

Finalement, Rusty caressa tendrement sa joue, puis il prit sa main pour la placer dans celle de son fiancé. Réunis sous l'arche de mariage, ils prononcèrent leurs vœux, échangèrent leurs alliances et écoutèrent religieusement l'officier d'état civil les déclarer mari et femme. Sous un tonnerre d'applaudissements et une pluie de pétales de roses, ils se rapprochèrent pour échanger un long baiser.

J.J. avait joint ses talents culinaires à ceux des parents de Rafe pour la préparation d'un gigantesque barbecue. La mère du cuisinier avait confectionné un somptueux gâteau à l'orange et au chocolat épicé. Diego et son groupe de musiciens s'étaient chargés du matériel de sonorisation. Très vite, la cérémonie se transforma en une fête joyeuse qui entraîna les invités jusqu'au milieu de la nuit.

Lorsque Gina trouva enfin un moment pour s'asseoir et se reposer, Lila la rejoignit.

— Tu as entendu la bonne nouvelle ?

Elle s'installa à sa table et lui tendit un verre de thé glacé.

— On dit que Rafe Cortez-Williams m'a épousée, plaisanta joyeusement la jeune femme.

Lila lui sourit et porta sa boisson à ses lèvres.

— Je voulais dire que la police avait récupéré la plus grande partie de l'argent du festival. Toutes les entreprises de la ville sont tirées d'affaire.

— Et Billy ? Sait-on ce qu'il est devenu ?

Sa voiture avait fait une embardée lors de sa fuite, avant de glisser dans les eaux profondes de la baie. Le corps du chauffard n'avait pas été retrouvé.

— Aucun signe de lui. Alors soit il a été dévoré par les requins, soit il coule des jours heureux sur une plage des Maldives.

— Je préférerais la seconde hypothèse.

Gina ne pouvait se résoudre à lui souhaiter un sort funeste. N'avait-il pas été, comme tant d'autres, une pauvre victime des agissements de son père ? Son regard se porta sur le vieil homme allongé dans l'herbe à quelques mètres de là. Il jouait avec Ben, son petit-fils.

— Quelqu'un aurait envoyé un million de dollars à Antoinette, poursuivit Lila.

— Tu penses que c'est Billy ?

Elle avait envie de croire à la rédemption de son demi-frère.

— Possible. À moins que ce soit Rusty.

Elle continua à observer son père comme si elle découvrait en lui un autre homme, jusqu'au moment où Valencia vint s'affaler à ses côtés. La jolie demoiselle d'honneur semblait un peu éméchée. Elle avait les pieds nus et se promenait avec ses sandales à la main.

— Combien d'enfants feras-tu avec Rafe ? demanda-t-elle de but en blanc.

La question prit Gina par surprise.

— Je ne sais pas. Nous venons à peine de nous marier.

— Tu as l'air tellement intéressée par le petit Ben…

— C'est mon père que je regardais. J'ai du mal à reconnaître en lui l'image du tyran qu'il nous a toujours montrée.

— Oh…

Valencia semblait déçue par sa réponse.

— Qu'y a-t-il ? s'étonna Gina.

La jeune femme posa fièrement une main sur son ventre.

— J'attends un bébé, murmura-t-elle sur le ton de la confidence.

Gina poussa un cri de joie.

— Quelle nouvelle merveilleuse ! Tita va être aux anges.

— C'est fantastique ! s'exclama Lila.

Les parents de Rafe attendaient impatiemment d'accueillir de nouveaux enfants au sein de la famille. Ce n'était un secret pour personne.

— Lorenzo a hâte de l'annoncer à ses parents. Nous attendions que votre mariage soit passé. Si tu savais comme je suis heureuse ! Tu devrais y penser, Gina.

— Oui, bien sûr, mais rien ne presse.

— Tu ne veux pas rejoindre le club ? demanda Lila d'un air mystérieux.

— Le club ?

Lila rougit en hochant lentement la tête.

— Tu veux dire que… toi aussi ?

— Oui, moi aussi. Mais c'est encore un secret. Je l'ai appris à Zach hier soir.

Gina et Valencia scellèrent leurs lèvres d'un geste de la main.

— Nous ne dirons rien, c'est promis.

Voyant Rafe avancer dans leur direction, les trois femmes se turent subitement.

— Je dérange ? De quoi parliez-vous ?

— Bébés, avoua Valencia.

Il attrapa la main de Gina pour l'aider à se lever et passa un bras autour de sa taille.

— Je veux bien me joindre à la conversation.

Il consulta sa montre du regard.

— Nous sommes mariés depuis plusieurs heures, maintenant. Nous devrions peut-être passer à l'action.

— Voilà un homme qui ne perd pas de temps ! s'exclama joyeusement Lila.

Lorenzo et Zach venaient de se joindre au petit groupe.

— Rafe a l'air plutôt pressé d'agrandir la famille, déclara Valencia à l'attention de son époux.

Les yeux de l'intéressé s'éclairèrent.

— Tu leur as dit ?

Elle acquiesça avec un sourire.

— Dit quoi ? demanda Rafe.

Lorenzo redressa fièrement les épaules.

— Tu ferais bien de me féliciter, frérot. Je serai papa avant toi.

— Ça alors, tu me surprendras toujours !

Ravi, Rafe serra son frère dans ses bras. Une joyeuse conversation s'ensuivit jusqu'au moment où Zach s'éclaircit la gorge pour attirer l'attention. Tous les regards se braquèrent sur son visage.

— Nous ne voulions pas être en reste, fit-il en montrant du doigt le ventre de Lila. Nous avons décidé nous aussi d'agrandir le club des juniors de la chambre de commerce.

Zach et Lila s'embrassèrent sous une salve d'applaudissements.

— Curieux, fit Rafe après un temps. Je sens dans l'air comme une sorte de défi.

— Minute ! s'écria Gina en levant les deux mains. Nous n'avons même pas abordé le sujet.

— C'est que... ces choses-là ne se font pas en bavardant...

Sans lui laisser le temps de deviner ses intentions, il la souleva de terre et traversa la foule pour l'emporter d'un pas décidé à l'intérieur de la ferme.

Vous avez aimé *Dans les bras de Rafe Cortez* ?
Retrouvez sur Harlequin.fr les autres tomes à propos du scandale de la Soirée dans la Baie !

1. *Le fils du play-boy*
2. *Une liaison incandescente*
3. *Enivrante liaison*
4. *Une femme à son image*
5. *Amoureuse d'un Texan*
6. *Par une nuit de tornade*
7. *Indomptable play-boy*
8. *Dans les bras de Rafe Cortez*

ZURI DAY

Impossible liaison

Traduction française de
HÉLÈNE ARNAUD

PASSIONS

HARLEQUIN

Titre original :
INCONVENIENT ATTRACTION

Parfois, l'amour arrive lorsque l'on ne s'y attend pas.

Nous ne le contrôlons pas, et nous ne pouvons pas le diriger.

Il est impossible d'anticiper les réactions de notre cœur, quand on se laisse emporter par une attirance imprévue…

- 1 -

Le génie des nouvelles technologies et magnat de la finance Cayden Barker sentait que sa journée allait de mal en pis. Il n'avait rien vu venir… Par « rien », il fallait entendre la voiture qui venait de faucher sa nouvelle Porsche coupé sport et l'avait envoyée faire la toupie au milieu du carrefour, jusqu'à ce qu'un lampadaire arrête brutalement sa course. Cayden fut secoué comme un prunier et retourné dans tous les sens, mais la colère oblitéra un instant toute sensation de douleur. Sans souci pour sa santé ou sa sécurité, il bondit de son véhicule et entreprit de faire l'inventaire des dégâts. L'aluminium placé le long des ailes de la voiture était à présent aussi fripé que les feuilles dont sa mère se servait autrefois pour recouvrir les restes du repas du dimanche. Pris d'un soudain vertige, Cayden s'appuya d'une main sur le capot pour éviter de tomber.

— Je suis tellement désolée ! Est-ce que vous allez bien ?

Il se retourna instinctivement, ce qui aggrava encore son malaise. Se stabilisant de son mieux contre la voiture, il indiqua d'un geste la tôle froissée qui habillait à présent sa Porsche. Un visage de femme, pourvu de grands et beaux yeux noisette rongés d'inquiétude, apparut dans son champ de vision.

— Ai-je l'air d'aller bien ?

Il pointa un doigt crispé vers le capot démoli, côté passager, la porte enfoncée et les bas de caisse en accordéon.

— Est-ce que *ça* a l'air d'aller bien ?

— La police et une ambulance sont en route, répondit-elle sans se soucier du véhicule. Vous devriez peut-être vous asseoir…

— Et vous devriez apprendre à regarder où vous allez, quand vous conduisez !

— Calmez-vous un peu, Cayden. Vous saignez.

Il ne remarqua pas qu'elle venait de l'appeler par son prénom. Sa main se porta d'elle-même à son front et, quand il la baissa, il vit du sang sur ses doigts. Puis, d'un seul coup, une autre teinte écarlate oblitéra tout le reste. Celle de la rage.

— Bon sang, qu'est-ce qui ne tourne pas rond, chez vous ?

— C'est à cause du soleil. La lumière m'a aveuglée…

— Si vous n'y voyez rien, ne prenez pas le volant !

— J'ai essayé de freiner.

Cayden contourna son bébé customisé, qu'il ne conduisait que depuis un petit mois, désormais défiguré sur le bas-côté ; aussi abîmé que son ego après le conseil de direction du matin. Le déjeuner prévu avec l'un de ses plus anciens mentors était sa seule perspective positive et, maintenant, il allait arriver en retard. Sa fureur se déchaîna comme un raz-de-marée. Il avait l'impression d'être habité par une tempête d'électricité et se sentait prêt à faire payer à cette conductrice imprudente toutes les frustrations accumulées depuis le matin.

Mais quelque chose l'en empêcha.

Ses yeux.

Les émotions qu'il lut dans ses yeux : de la crainte, du regret. Des larmes brillaient au coin de ses paupières. D'un seul coup, il se rendit compte de l'effet qu'il devait produire sur cette femme, à fulminer ainsi du haut de son mètre quatre-vingt-douze. Il prit une profonde inspiration pour se calmer et recula d'un pas, lui laissant un peu plus d'espace pour respirer.

— Je suis désolée, répéta-t-elle.

Elle regarda la voiture de rêve de Cayden, dont la facture avait atteint les six chiffres, puis son vieux tacot qui s'en sortait avec une simple calandre pliée et un feu cassé.

— Mon assurance risque de ne pas couvrir…

Cayden balaya son inquiétude d'un geste. Il était heureux d'avoir écouté les conseils de Jake Eddington, son meilleur ami, et d'avoir souscrit le contrat le plus complet proposé par son assureur. Dans son mouvement, il aperçut sa montre et se rappela qu'un homme d'affaires pressé l'attendait au restaurant, à quelques rues de là. D'après les quelques textos qu'ils avaient échangés, Cayden n'avait pas intérêt à manquer leur rendez-vous. Alors que les sirènes commençaient à résonner au loin, il fouilla dans la poche de sa veste de costume et en tira une carte de visite.

— Je dois y aller, dit-il en la tendant à la femme. Avez-vous de quoi me laisser vos coordonnées ?

— Oui, mais…

Elle jeta un regard inquiet autour d'elle.

— N'allez-vous pas attendre l'arrivée des secours et de la police ? Quelqu'un devrait s'occuper de votre blessure et nous avons un constat à faire.

— Vous savez ce qui s'est passé, non ? Tant que vous dites la vérité à ces policiers, nous ne devrions pas avoir de problèmes.

La femme hésita encore un instant, puis s'approcha de sa voiture. Penchée à l'intérieur, elle récupéra son sac et le rejoignit, le nez plongé dans ses affaires. Au lieu de la carte de visite qu'il s'attendait à recevoir en échange de la sienne, elle sortit un stylo et griffonna quelques mots sur un ticket de caisse de fast-food.

— Je viens de commencer un nouveau travail et je n'ai pas encore de cartes de visite, expliqua-t-elle. Mais voici mon nom, mon numéro de téléphone et…

Elle tira un petit morceau de papier de son portefeuille.

— … les coordonnées de mon assurance.

Cayden prit le ticket qu'elle lui tendait et lut :

— Avery Gray.

— Oui. C'est moi.

Il leva les yeux une nouvelle fois et examina son visage avec plus d'attention. Il y avait bien quelque chose de vaguement familier chez elle, mais étant donné le nombre de personnes qu'il croisait chaque jour, ça n'avait rien d'étonnant. Il passait le plus clair de son temps dans les rues huppées de la Pointe du Sable, une agglomération de moins de dix mille habitants située au nord de Chicago, ce qui voulait dire qu'il aurait pu sans peine croiser une femme ressemblant à celle-ci. D'ailleurs, il n'oubliait jamais un beau visage, même dans les moments pénibles comme celui-ci. Avery était jolie. Ses traits réguliers avaient quelque chose d'apaisant. Ils le poussaient à s'attarder ici, à côté de l'épave de sa voiture, alors qu'il aurait dû appeler un Uber depuis déjà cinq bonnes minutes.

Soudain, l'éclat d'un gyrophare le rappela à la réalité. Il vit des infirmiers descendre d'une ambulance. Plus loin, le conducteur de la dépanneuse alluma ses feux de détresse et bondit de la cabine.

— Ma compagnie d'assurances s'occupera de ça, dit-il. La prochaine fois, ralentissez et essayez de regarder où vous allez, OK ?

— Je vous le promets.

Une femme en uniforme de secouriste s'approcha de lui à grands pas, sans quitter son front des yeux.

— C'est une vilaine plaie que vous avez là, dit-elle. Sentez-vous d'autres blessures ?

— Je vais bien, répondit Cayden en reculant d'un pas. Assurez-vous que cette demoiselle n'a rien.

Puis il se tourna vers la dépanneuse et s'éloigna sans attendre de réponse. Il échangea quelques mots avec le conducteur tout en commandant une voiture. Quand son Uber se gara le long du trottoir, quelques minutes plus tard, la police n'était pas encore arrivée pour le constat. Mais Cayden ne pouvait pas se permettre d'attendre plus longtemps.

Une fois installé sur la banquette, en route pour le restaurant, il envoya un texto à son assureur pour lui décrire l'accident et demander un véhicule de prêt. Puis il jeta un coup d'œil au rétroviseur. Sa plaie était inquiétante, bien plus profonde qu'il l'avait cru. Il s'essuya le visage avec un mouchoir imbibé de gel désinfectant et couvrit la manchette tachée de sang de sa chemise avec celle, plus longue, de sa veste anthracite sur mesure. Malgré tous ses efforts, il n'avait plus grand-chose du play-boy soigné que l'on avait l'habitude de voir en première page des magazines. Quelques minutes plus tard, l'accueil de son mentor confirma ses inquiétudes.

— On dirait que tu viens de te battre avec un molosse… et que le molosse a gagné, dit-il en le saluant.

— Ce n'est pas loin de la vérité, monsieur Masters, répondit Cayden. En fait, c'était un combat de voitures : ma Porsche contre un tas de ferraille datant du siècle dernier.

Bob Masters gloussa.

— Chevrolet ?

— Buick.

— Dans ce cas, je suppose que des condoléances pour ta voiture sont de mise, dit-il avant de se rasseoir et d'indiquer à Cayden un siège en face de lui, dans la petite alcôve intime qu'ils avaient réservée. Je doute que l'on puisse la réparer, si le choc a été aussi violent que tu le dis.

— Hélas, vous avez sans doute raison.

Cayden s'assit avec une grimace. Les contusions dues à l'accident commençaient à se faire sentir.

— Est-ce que ça va ?

— Oui, bien sûr.

— Es-tu certain de ne pas vouloir faire un tour aux urgences, pour faire examiner cette plaie au front et les autres blessures que tu pourrais avoir ? Dans ce genre d'accident, en général, on ne sent la douleur arriver qu'une fois le choc passé, et cette coupure, au-dessus de ton sourcil, n'a pas belle allure.

— Vous avez dit que ce rendez-vous était important.

— C'est vrai, mon garçon, mais pas plus important que ta santé.

— Je passerai voir maman en rentrant chez moi, pour qu'elle m'examine, promit Cayden.

— En parlant de Tami, comment va-t-elle ?

— Elle est toujours décidée à sauver le monde.

— Elle n'a pas quitté l'IMCOC ?

L'Illinois Medical Center of Chicago était l'hôpital où Tami, la mère de Cayden, avait travaillé pendant plus de vingt ans ; et l'endroit où elle avait rencontré Bob.

— Non, elle est au PDS Medical, maintenant.

— Ah bon ? Elle habite dans le coin ?

Cayden acquiesça.

— On lui a trouvé un appartement dans les Harold Washington Heights.

Bob haussa un sourcil étonné.

— Dans une propriété Kincaid ?

— J'ai essayé de la dissuader, mais elle a adoré l'aménagement et elle aime vivre près de son travail.

Le serveur arriva au même instant, prit leur commande et revint avec leurs apéritifs. Cayden supporta de bonne grâce cette attente. Il avait hâte que Bob plonge dans le vif du sujet et lui explique enfin pourquoi il était ici, calmement assis à table avec une migraine et des côtes douloureuses, en train de boire une limonade, alors qu'il aurait sans doute dû se rendre à l'hôpital. Enfin, les salades arrivèrent et un changement subtil dans la posture de Bob lui annonça que les choses sérieuses allaient enfin commencer. Le regard de son mentor se fit plus grave et il baissa la voix pour dire :

— Tu connais la Société, n'est-ce pas ?

Cayden se pencha en avant, intrigué.

— Bien entendu.

Toutes les personnalités importantes avaient entendu parler de la Société de Ma'at, SOMA pour les intimes, une fraternité ultra-exclusive qui rassemblait les pontes de la finance et de l'industrie du monde entier.

— Eh bien, ton nom a été mentionné lors d'une des dernières réunions.

Cayden ne put cacher une soudaine inquiétude.

— Détends-toi, mon garçon. Aucune raison de t'en faire : je t'apporte de bonnes nouvelles…

Le jeune homme lâcha un profond soupir, inconscient d'avoir retenu sa respiration.

— Je suis venu te dire qu'une place s'est libérée pour un nouveau membre.

— Mais cela n'arrive qu'une fois tous les cinq ans !

Bob acquiesça.

— En général, oui. Malheureusement, nous ne vivons plus dans une époque normale. Nous avons perdu plusieurs membres importants, l'année dernière. L'organisation doit s'ajuster à la réalité, tout comme le reste du monde, et a décidé à l'unanimité d'examiner plusieurs nouvelles candidatures de manière exceptionnelle. J'ai donc pensé que le moment était venu de proposer ton nom.

Cayden, qui s'était tendu de plus en plus par-dessus la table, se laissa retomber sur sa chaise d'un coup. Un mouvement peu sage, vu l'état de ses côtes. Il était néanmoins trop bouleversé pour sentir quoi que ce soit.

— Waouh, monsieur Masters... Quel honneur incroyable ! Je ne sais pas quoi dire.

— Ce sont tes actions, et pas tes paroles, qui t'ont rendu digne de cette nomination. La philanthropie, les services communautaires, les levées de fonds pour de bonnes causes comptent tout autant à nos yeux que la réussite et un rang social exemplaire. C'est grâce à tout cela que notre communauté peut espérer s'élever.

Cayden hocha la tête, mais ne répondit pas.

— Les membres de la Société disséminés dans le pays ont pour habitude d'organiser des galas de charité pour les grandes fêtes nationales. J'aimerais que tu en prévoies un pour le 4 Juillet, cette année, afin de prouver ta valeur aux yeux des autres.

— Moi ?

Bob lui adressa un sourire chaleureux et confiant.

— Je sais que tu en es capable.

— J'ai déjà assisté à ce genre d'événements, mais en mettre un sur pied comme ça, de but en blanc ? Je ne saurais pas par quoi commencer.

— C'est exactement pour ça que des mentors comme moi existent. Je suis prêt à te guider autant que nécessaire, mais je tiens à ce que ce soit ton bébé. Les tournois de golf, par exemple, ont toujours beaucoup de succès. Un tournoi à la Pointe me semble être une idée parfaite.

Cayden se détendit immédiatement. Le golf était dans ses cordes ; quant au country club sélect de la Pointe du Sable, la famille Eddington en était pratiquement propriétaire. Grâce à leur aide, il serait sans doute facile de réserver un parcours de dix-huit trous pour l'occasion.

— Je pense pouvoir organiser quelque chose de ce genre, dit-il au bout d'un instant.

— Non, pas juste « quelque chose », répliqua Bob. Si ce gala est en lien avec la Société, ce doit être le plus luxueux des événements estivaux de tout le Midwest.

— Très bien, je vais me pencher là-dessus.

— Parfait. Voilà pour le côté professionnel de ta nomination, reprit Bob. Passons maintenant à ta vie personnelle... Je dois te dire que la Société ne supporte pas le scandale : ce qui entache le nom d'un membre rejaillit sur toute la fraternité.

— Je comprends.

— Je l'espère car, à partir de maintenant, chaque instant de ta vie va devoir être parfait, respectable à cent pour cent.

— Je ferai tout ce que la Société me demandera et plus encore, monsieur. Je vous le jure.

— Et je te crois, mon garçon. Tu recevras bientôt une lettre. Après ça, commencera une période d'essai de quatre-vingt-dix jours, qui sera suivie par un vote lors de notre sommet national. En plus de rassembler plusieurs millions pour les causes humanitaires, ce gala du 4 Juillet sera pour toi comme une intronisation officieuse.

Ils furent de nouveau interrompus par l'arrivée du steak de Cayden. La viande était assaisonnée et cuite à la perfection, mais il fut incapable de la savourer. Plus tard, quand il passa chez sa mère, celle-ci lui confirma qu'il avait au moins de sévères contusions au niveau des côtes – mais sans doute rien de cassé. Elle lava sa plaie, la pansa et lui suggéra d'aller se faire poser quelques points de suture. Alors qu'il rentrait chez lui, il découvrit plusieurs appels manqués sur son téléphone et écouta le message qu'on lui avait laissé.

— Allô, Cayden, c'est Avery. Je sais que vous avez dit que votre assurance se chargerait de tout, mais je me sens très coupable et je tenais à m'assurer que vous alliez bien. Je suis restée sur place jusqu'à ce que l'on emporte votre voiture et j'ai parlé à la police. Vous devriez recevoir une copie de leur rapport dans quelques jours. J'espère que vous n'avez pas raté votre important déjeuner et que vous avez fait examiner votre coupure. Inutile de me rappeler : votre assurance a promis de me contacter. Prenez soin de vous, et ne vous en faites pas pour moi. Je promets de devenir la conductrice la plus prudente de toute la ville !

Cayden se surprit à sourire en entendant sa voix. Un message de la femme qui avait détruit sa magnifique voiture aurait dû l'exaspérer, au contraire, mais il se sentit étrangement mieux. C'était incompréhensible… Lorsqu'il se gara enfin dans son allée, il avait fini par attribuer sa bonne humeur à l'annonce de Bob et à sa chance inespérée de rejoindre l'un des clubs les plus fermés du monde. Au fond de lui, une petite voix lui murmurait que c'était faux et que sa joie était suscitée par cette femme, qui n'avait pas quitté ses pensées depuis l'accident. C'était absurde, évidemment. Comment aurait-il pu être heureux grâce à quelqu'un qui ne lui avait attiré que des problèmes ?

- 2 -

— Je n'arrive pas à croire qu'il ne m'ait pas reconnue !

Deux heures après son arrivée au PDS Medical et une heure après le début de la séance de chimiothérapie de sa sœur, Avery était encore hantée par sa rencontre avec Cayden.

— Vous ne vous êtes pas vus depuis le lycée, répondit Lisa. Le fait qu'il ne t'ait pas reconnue est sans doute une bonne chose, après tout ce qui s'est passé avec Brittany…

— En quoi est-ce que ça me concerne ?

Sa sœur aînée lui adressa un regard appuyé.

— Nous étions tous amis, à l'époque.

— Et il a commis un crime.

— Mais les affirmations de Brittany ont fini par être balayées, tu te souviens ?

Avery secoua la tête, peu convaincue.

— Je crois surtout que Cayden s'en est tiré grâce à ses liens avec la famille Eddington.

— C'est peut-être vrai…

— Ce qu'il a essayé de faire était atroce !

Lisa laissa retomber sa tête contre l'oreiller et se fendit d'un sourire las.

— Écoute, je n'essaie pas de le défendre. Brittany était mon amie aussi, je te signale. C'est grâce à moi que vous vous êtes tous rencontrés. Mais j'ai toujours eu l'impression que quelque chose clochait, dans cette histoire. Cayden est-il toujours aussi beau qu'il y a dix ans ?

Avery songea un instant à la manière dont son corps avait réagi quand Cayden avait émergé de sa voiture. Elle avait éprouvé le même émoi, la même vague de chaleur qu'autrefois, quand elle le voyait au lycée. Sa silhouette dégageait une aura de puissance lorsqu'il s'était avancé vers elle, les yeux rageurs. Son regard brûlant l'avait transpercée de part en part et, même dans la détresse du moment, cette image était restée gravée dans son esprit. Le simple fait de s'en souvenir alluma une flamme quelque part entre ses cuisses.

— Il est encore plus séduisant, admit-elle, avant de se rappeler qu'elle avait décidé de ne plus s'intéresser aux hommes pour le moment.

Lisa s'éclaircit la voix, puis reprit d'un ton plus ferme :

— Je me souviens de l'époque où Jake et lui avaient l'habitude de passer au restaurant. Ils attiraient les regards de toutes les femmes de la salle, quel que soit leur âge…

— Toutes, sauf toi.

Elle jeta un coup d'œil furtif à Avery.

— Je n'étais pas indifférente, mais il est beaucoup trop jeune pour moi.

— Brittany ne semblait pas de cet avis.

— Brittany aime tous les hommes qu'elle croise, sans distinction. Cayden était simplement attentionné et très mature pour son âge. Il agissait toujours en gentleman, n'oubliait jamais nos pourboires alors qu'il avait… quoi ? Dix-huit ans ? C'est pour ça que j'ai du mal à croire la version de Brittany. Quand j'ai appris qu'elle était revenue sur ses accusations et qu'elle avait quitté la ville sans même laisser un message derrière elle, j'ai essayé de l'appeler, plusieurs fois. Elle n'a jamais répondu et j'ai fini par considérer que notre amitié avait pris fin.

— Elle ne m'a jamais appelée non plus. Je n'arrive pas à croire qu'elle ait pu décider de se couper de tout le monde d'un seul coup, comme ça. Vous étiez tellement proches, toutes les deux ! Il paraît qu'elle s'est mariée à un type plutôt riche, après son déménagement à Boston.

— Oui, Frank m'a dit que les pages people du journal avaient publié sa photo. Tant mieux pour elle.

— On raconte même qu'il fait partie de la SOMA.

Lisa haussa les épaules et balaya cette remarque d'un geste indifférent.

Avery sourit et se leva pour s'étirer. Lisa n'avait jamais accordé d'importance au statut social, même si faire partie de l'élite acceptée dans la SOMA était le summum de la réussite pour bien des hommes. La jeune femme s'approcha un peu plus du lit d'hôpital où l'on avait installé sa sœur. La chimiothérapie semblait l'amaigrir de jour en jour… Avery passa doucement la main dans ses boucles de moins en moins épaisses pour les chasser de ses joues pâles.

— Tu dois être fatiguée.

Lisa acquiesça et ses paupières se fermèrent un instant.

— Je vais te laisser tranquille, reprit Avery. Je reviendrai quand tu auras fini.

Sa sœur aînée secoua la tête sans la regarder.

— Inutile. Frank m'a envoyé un texto. Il pourra passer me prendre.

— Il n'avait pas d'heures sup' à faire, ce soir ?

— Non. Il a vérifié son planning, et ce sera pour demain.

— Très bien.

Avery massa sa nuque douloureuse, tournant doucement la tête d'un côté et de l'autre.

— Tu devrais faire examiner ça.

— Mon cou ? Non. J'ai les vertèbres un peu raides, c'est tout. Rien de grave.

Elle se pencha et déposa un baiser sur la joue de sa sœur.

— Tiens bon, surtout. Je t'aime.

— Moi aussi.

Lorsque Avery, installée au volant de sa vieille voiture, passa le portail du parking de l'hôpital, elle songea un instant à suivre le conseil de sa sœur. Mais elle venait tout juste d'être embauchée et Maggie, sa nouvelle patronne, allait partir en congé maternité moins de trois semaines plus tard. Elle ne pouvait pas se permettre le moindre arrêt maladie pour le moment. Elle s'arrêta dans une pharmacie, acheta un gel anti-inflammatoire, rentra chez elle, se doucha et alla se coucher l'esprit tranquille.

Hélas, quand le réveil sonna le lendemain matin, elle se rendit compte qu'elle pouvait à peine bouger.

Parfait ! On ne peut pas rêver mieux…

Elle tâtonna sur la table de chevet à la recherche de son téléphone et appela sa patronne.

— Les grands esprits se rencontrent ! claironna Maggie d'une voix bien trop enjouée pour une matinée qui commençait si mal. J'étais sur le point de te téléphoner.

— On dirait que tu t'es levée tôt.

— Oui, le bébé m'a réveillée il y a deux heures. Il semblerait qu'elle soit décidée à sortir avec un peu d'avance. Je suis vraiment heureuse que tu n'aies pas été blessée dans cet accident, hier, parce que je suis au bureau et j'ai besoin de toi. *Pronto !*

— Oh…

— Je sais que tu n'es pas du matin.

— Non, c'est mon cou. J'avais un peu mal, hier, mais ce matin, j'arrive à peine à bouger la tête.

Un lourd silence tomba à l'autre bout de la ligne.

— Ne t'en fais pas, Maggie, s'empressa de reprendre Avery. Je serai là. Il faut juste que je passe me faire examiner. J'aurai peut-être besoin d'une minerve et de quelques médicaments pour tenir le coup. Ça devrait me prendre une heure ou deux, maximum.

— Je suis vraiment désolée, Avery, mais je ne peux pas attendre aussi longtemps. Le médecin m'a ordonné de me mettre en arrêt dès ce matin. Je suis juste passée au bureau pour prendre des affaires afin de boucler mes derniers dossiers depuis la maison. Je vais devoir garder le lit jusqu'à l'accouchement. Si tu ne penses pas pouvoir venir…

— Non. Ne t'en fais pas : je pars tout de suite.

Avery serra les dents, roula hors de son lit et se glissa sous la douche. Il lui avait fallu plus d'un an et un nombre incalculable d'entretiens pour décrocher un poste au country club de la Pointe. Ceux qui avaient assez de chance pour y être embauchés démissionnaient rarement et Avery n'avait aucune intention de laisser quelqu'un d'autre prendre sa place, même temporairement. C'était la première fois depuis des années qu'elle se sentait aussi bien dans sa peau. Si le club avait besoin d'une bonne organisatrice d'événements, Avery, elle, avait besoin de reprendre confiance en elle grâce à ce nouveau poste prestigieux.

Une heure plus tard, elle s'extirpa donc de sa Buick rouillée, passa la porte des employés et traversa le hall en faisant de son mieux pour marcher normalement malgré la raideur qu'elle ressentait, depuis la taille jusqu'à la racine des cheveux. En plus du torticolis, elle souffrait d'une atroce migraine et d'une tension dans le dos qui s'était réveillée sous la douche. Elle parvint néanmoins à monter jusqu'à son bureau et, pendant l'heure qui suivit, dut mémoriser tant d'informations qu'elle craignit que son crâne explose. Maggie et elle étaient sur le point de passer en revue l'agenda des rendez-vous à venir quand une contraction brutale força sa patronne à se laisser tomber sur la chaise la plus proche.

Avery se précipita pour l'aider.

— Oh ! mon Dieu ! Est-ce que ça va ?

— Je…

Halètement, soupir.

— … crois que…

Grimace.

— … je dois y aller.

— Ne te soucie pas du planning. Je vais m'en sortir, répondit Avery en tirant son téléphone de sa poche. Qui dois-je appeler pour venir te chercher ?

— Je peux… conduire, balbutia Maggie, les dents serrées.

Avery sut instinctivement que c'était une très mauvaise idée. Si sa patronne n'était plus en état de travailler, elle était encore moins capable de tenir le volant d'un engin pesant plus d'une tonne. Elle activa donc l'intercom.

— Charlotte, nous avons besoin de toi… maintenant !

Les quelques minutes qui suivirent s'écoulèrent dans une sorte de brouillard. On dut trouver un fauteuil roulant, puis dénicher un itinéraire de sortie qui épargnait à Maggie de devoir franchir la porte principale du club. Même dans un cas d'urgence comme celui-ci, les apparences devaient être préservées. Lorsque Maggie fut enfin assise le plus confortablement possible dans la voiture de Charlotte, Avery retourna dans le bâtiment avec l'impression d'être presque normale. Alors qu'elle faisait un crochet pour utiliser les toilettes, elle se souvint soudain que Charlotte avait mentionné un rendez-vous nouvellement fixé, pour 13 heures.

Lui avait-elle donné le nom de la personne concernée ?

Avery jeta un coup d'œil à sa montre. Ses yeux s'écarquillèrent. Il était 12 h 56 ! À ce stade, le nom du client importait peu. Elle n'avait plus qu'à s'arranger pour lui réserver un bon accueil, digne des standards exigeants du club. Elle sortit des toilettes en toute hâte, se lava les mains et redonna un peu de gonflant à ses boucles aplaties. Hélas, elle n'avait pas le temps de rafraîchir son maquillage.

12 h 59. Le rideau allait se lever et, pendant les trois prochains mois, Avery serait l'actrice principale de tous les événements organisés à la Pointe. Gardant cette pensée en tête, elle se tourna vivement et fut rappelée à l'ordre par sa nuque encore tendue. Elle ne pouvait pas s'en occuper pour le moment. Le devoir l'appelait. Comme la secrétaire était temporairement assignée à sa mission de chauffeur pour Maggie, Avery prit la direction de la salle d'attente pour accueillir son premier client. Au moment de passer l'angle du mur du couloir, elle troqua sa grimace de douleur contre un sourire qu'elle espéra convaincant. Elle se redressa, leva la tête avec confiance, puis s'avança.

— Bonjour, lança-t-elle dans le dos de l'homme musclé qui observait par l'immense baie vitrée l'étendue du jardin paysager dans lequel on avait installé le parcours médaillé, joyau du club.

Le client se retourna… et Avery comprit que les problèmes ne faisaient que commencer. Les yeux couleur noisette qu'elle avait vus s'enflammer de colère juste après l'accident, qui avaient hanté ses rêves et toute sa matinée, se posèrent une fois de plus sur elle. Toujours aussi perçants, ils étaient à présent teintés de surprise et d'une pointe de confusion.

— Avery ?

— Cayden Barker.

Elle camoufla tant bien que mal sa surprise derrière un petit gloussement et tendit la main.

— Je ne pensais pas que nous nous reverrions si vite.

— Que faites-vous ici ?

— Je travaille au club.

Elle jeta un bref coup d'œil au bandage qui recouvrait son front.

— Comment va votre blessure ?

Puisqu'il ne semblait toujours pas la reconnaître, autant s'en tenir à un vouvoiement poli : c'était ce que les clients du club attendaient de la part du personnel.

— Je me soigne.

Cayden fronça les sourcils et pinça les lèvres d'un air contrarié – une moue qu'Avery trouva ravissante. Et ce n'était absolument pas le genre de pensée qu'elle pouvait se permettre à l'égard d'un client !

— J'ai rendez-vous avec Maggie Sutton, dit-il. Êtes-vous sa nouvelle secrétaire ?

La jeune femme décida de ne pas relever cette remarque, qui ressemblait à une sorte d'insulte larvée.

— Je suis la nouvelle directrice adjointe de l'événementiel de la Pointe. Mme Sutton, la directrice, a eu une urgence médicale qui l'empêche de vous recevoir ce matin.

— J'espère qu'elle va se remettre.

— Oh oui… Dans trois mois, environ.

Cayden haussa un sourcil surpris.

— Je vous expliquerai tout dans mon bureau. Veuillez m'excuser un instant.

Elle s'approcha de la charmante réceptionniste du club, Vanessa, qui faisait de son mieux pour avoir l'air de *ne pas* s'intéresser à Cayden. Hélas pour elle, son sourire et ses battements de cils la trahissaient. Pourquoi donc son petit manège agaçait-il tant Avery ? Elle se moquait complètement de savoir si Vanessa flirtait ou non avec Cayden !

À moins que…

— J'attends quelqu'un de l'agence d'intérim, dit-elle. Si la personne arrive avant la fin de mon rendez-vous, pouvez-vous la faire patienter ici ?

— Bien sûr.

— Merci.

Elle se retourna vers Cayden et sourit de plus belle.

— Êtes-vous prêt à me suivre ?

— Je suis là, non ?

Elle perçut une pointe de déception dans sa voix mais l'ignora. Après tout, elle devait faire son travail, rien de plus. Hélas, sous son masque aussi inébranlable qu'un glacier d'Alaska, elle sentait ses nerfs tressaillir. Sa tête lui faisait toujours souffrir le martyre et son torticolis descendait progressivement pour coloniser son dos. Pire encore, elle était aussi choquée que lui, mais elle ne pouvait pas se permettre de trahir le moindre inconfort ou de lui montrer à quel point sa présence la troublait.

— C'est par ici, dit-elle en traversant le hall pour emprunter un couloir tapissé d'une épaisse moquette.

Elle s'efforça de marcher comme un être humain normal, et pas comme une figurante tout droit sortie de *The Walking Dead*. Arrivée devant la double porte du service événementiel, elle précéda Cayden dans son bureau, plus petit et moins spectaculaire que celui de Maggie, mais qui offrait tout de même une vue splendide sur les pelouses du club.

— Comment allez-vous ? demanda soudain Cayden, dans son dos.

Avery se retourna d'un bloc pour lui répondre. Elle n'avait pas le choix : son cou refusait de lui obéir.

— Je vais bien. Pourquoi cette question ?

— Vous vous déplacez avec un peu de raideur, ce qui n'est pas surprenant après notre accident. Même au volant de votre tank, vous avez dû…

— Ha ! lâcha-t-elle avant d'agripper sa nuque. Aïe ! Ne me faites pas rire.

Elle récupéra sa tablette sur le bureau, puis s'approcha de la seconde table installée dans un coin de la pièce et fit signe à Cayden de choisir l'une des deux chaises.

— Je ne suis pas sûre que vous soyez au courant, mais Maggie attend son deuxième enfant, expliqua-t-elle enfin. L'accouchement semble vouloir se déclencher en avance et elle a dû quitter le club en urgence ce matin. C'est pourquoi je la remplace pour ce rendez-vous. C'est également moi qui me chargerai d'organiser l'événement que vous souhaitez mettre sur pied au club.

— Bon sang, on dirait que je ne vais pas réussir à me débarrasser de vous…

Avery ne put s'empêcher de redresser le menton, agacée par son arrogance.

— Je plaisante ! s'empressa-t-il d'ajouter. Pardonnez-moi, c'était de mauvais goût.

— Je suis convaincue qu'il y a toujours un fond de vrai dans tout ce que nous disons, répondit-elle en soutenant froidement son regard. J'admets que nous ne nous sommes pas rencontrés dans des circonstances idéales, hier, et je comprends votre hostilité à mon égard, mais je ne voudrais pas que notre relation ternisse votre opinion du club. Je ne souhaite pas non plus vous imposer une ambiance de travail que vous trouveriez déplaisante. Si vous préférez collaborer avec l'un de mes collègues, cela peut s'arranger.

Elle avait prononcé ces mots avec confiance et conviction, sans savoir si une telle chose était *réellement* possible. Elle serait cependant intraitable sur un point : il était hors de question de laisser qui que ce soit lui manquer de respect.

Cayden la dévisagea un moment, sans montrer la moindre émotion. Son regard intense la rendit plus nerveuse encore et elle eut du mal à se retenir de se tortiller sur sa chaise.

— Je crois que c'est à moi de m'excuser, cette fois, finit-il par dire. Ma semaine a été plutôt stressante. Tous ces derniers mois l'ont été, en fait. Mais vous ne méritez pas de subir mes sarcasmes.

Elle se contenta de hocher la tête, sans répondre.

— Reprenons tout de zéro, dit-il après un instant en lui tendant la main. Bonjour, je suis Cayden Barker.

Avery observa ses longs doigts fins et ses ongles manucurés. Elle avait déjà remarqué ses pieds assez grands, la veille, chaussés de souliers noirs italiens. Ne disait-on pas que les hommes avec de grandes mains et de grands pieds avaient aussi… ?

— J'ai beaucoup pensé à vous, hier soir, dit-il soudain, interrompant le fil de ses pensées.

Même dans une conversation aussi banale, sa voix avait des accents sexy. Ce dernier commentaire fit immédiatement naître de nouvelles images indécentes. Elle sentit ses tétons se tendre sous ses vêtements et croisa nerveusement les bras.

— Oh ?

Cayden dut prendre son geste pour une réaction défensive, car il poursuivit très vite :

— Je veux juste dire que vous m'avez paru familière, et je n'arrive pas à savoir où nous aurions bien pu nous rencontrer.

Elle se redressa, mal à l'aise, et décida de l'éclairer sans pour autant trop en dire :

— Au lycée de PDS. Nous y avons étudié ensemble.

Elle l'observa ensuite en silence, se préparant à affronter sa réaction. Allait-il reconnaître en elle l'Avery d'autrefois, plus mince et teinte en blond Beyonce ? Allait-il lier ce souvenir à l'affaire Brittany ? Si jamais elle mentionnait sa grande sœur Lisa, il ferait sans aucun doute la connexion. De toute manière, tôt ou tard, le sujet arriverait sur le tapis. Mieux valait s'en débarrasser tout de suite… Néanmoins, elle préférait qu'il l'aborde en premier.

— Le lycée ? Waouh ! C'était il y a une éternité.

— Nous nous sommes très peu fréquentés, précisa-t-elle. Nous avons quelques années d'écart.

— Ah, d'accord. Je comprends mieux pourquoi j'avais du mal à me souvenir de toi. D'ailleurs, je suis sûr que j'aurais des difficultés à reconnaître beaucoup d'amis de cette époque. J'ai gardé peu de liens avec mes camarades de classe.

— Es-tu allé à l'université, ensuite ?

Cayden acquiesça et étendit ses jambes devant lui – ses longues jambes musclées et sensuelles. D'un seul coup, il parut plus tranquille, moins stressé.

— Je suis rentré à Northwestern et j'ai obtenu un diplôme en informatique.

— Travailles-tu toujours dans ce domaine ?

Elle connaissait déjà la réponse, mais posa tout de même la question.

— Oui, je n'ai pas quitté Eddington Enterprise depuis mes premiers petits boulots, à quinze ans.

— Tu es un collègue de ton ami Jake Eddington…

Il plissa les paupières d'un air soudain méfiant.

— Tu as l'air d'en savoir long sur moi.

— Tous ceux qui t'ont connu au lycée savent que Jake et toi étiez inséparables. Vous étiez les meilleurs amis du monde. Je crois que je ne vous ai jamais vus l'un sans l'autre. Comment va-t-il ?

— Bien.

— Et tu es venu ici pour organiser un événement au nom de l'entreprise ?

— Non, même si la famille Eddington sera conviée. Je cherche à mettre sur pied un tournoi de golf pour soutenir une œuvre caritative.

— As-tu déjà une idée de la date ?

— Les invités viendront de tout le pays, alors je pensais viser l'une des grandes fêtes nationales pour profiter des jours fériés.

— L'an prochain ?

Elle alluma sa tablette et ouvrit son agenda numérique.

— Oh non ! Cette année.

Avery redressa brusquement la tête et grimaça quand un éclair de douleur traversa sa nuque.

— Torticolis ? demanda Cayden en se levant pour s'approcher d'elle. Veux-tu que je t'aide à le faire passer ?

— Quoi ?

Elle se massa les cervicales, soudain gênée. Une tension qui n'avait rien à voir avec l'accident l'envahit. Elle n'avait pas fait l'amour depuis bien longtemps – et les performances médiocres de son dernier petit copain lui avaient laissé un goût amer…

— Comme j'ai été sportif pendant toutes mes études, j'ai appris à soulager les raideurs musculaires.

— Oh ! d'accord.

Non, ce n'était pas du tout un bon plan !

Il plaça néanmoins la main à la base de son cou. Ses longs doigts étaient aussi forts qu'elle l'avait imaginé. En quelques secondes, sa nuque commença à se détendre, et une humidité soudaine envahit une autre partie de son corps. Elle laissa tomber sa tête sur sa poitrine pour lui permettre de masser son cou.

— As-tu consulté un médecin ? demanda-t-il, debout derrière elle. Tu es très tendue.

— Non, pas encore, parvint-elle à répondre en se mordant la lèvre pour s'empêcher de gémir.

— Voilà, c'est bien. Essaie de te relaxer.

Ses mains malaxaient à présent ses épaules. Il chercha les nœuds et les pressa avec ses pouces. Une douleur aiguë la transperça, très vite remplacée par une détente inattendue qui lui arracha un soupir de soulagement. S'il était aussi doué au lit que pour les massages…

Avery se pencha brusquement en avant pour se libérer.

— Merci, dit-elle d'une voix plus essoufflée qu'elle l'aurait voulu. C'est beaucoup mieux.

Il revint s'asseoir avec un petit sourire entendu. Elle se leva et s'approcha du percolateur Keurig installé sur le long meuble d'archivage en bois, juste pour trouver quelque chose à faire.

— Es-tu certain que je ne peux pas te servir un café ou un thé ?

Ou moi, murmura une voix excitée à son oreille. De nouveau, elle dut lutter pour garder le contrôle.

— C'est bon.

Oh oui, très bon.

Cette fois, elle n'essaya même pas de se réprimander.

— D'après ta réaction, je devine que le planning de l'été est déjà complet, reprit-il.

— Le country club de la Pointe possède l'un des meilleurs parcours de golf du pays. Certains disent même qu'il est peut rivaliser avec Seminole, en Floride, ou Friar's Head, à New York. Tu imagines sans mal que l'été est une saison très active pour nous. Nous avons des événements prévus pour les trois ans à venir et je suis presque certaine que tous les jours fériés sont réservés.

Préparer une tasse de thé l'aida à retrouver son état normal. Elle revint vers la table enveloppée dans un parfum de menthe et bien décidée à garder les pieds sur terre.

— Le 4 Juillet ou Labor Day seraient parfaits pour les personnes que je compte inviter, expliqua-t-il. Serait-il possible de déplacer les événements prévus pour l'une de ces dates ? Si c'est une question de prix…

— Hélas, c'est bien souvent impossible : ces réservations sont faites très en avance.

— Rien n'est impossible.

Il avait parlé à mi-voix, presque pour lui-même. Avery leva le nez de sa tablette et surprit de nouveau ses yeux irrésistibles fixés sur elle. Malgré tous ses efforts, elle ne put empêcher son corps de réagir. Elle se plongea de nouveau dans son calendrier, à la recherche de la première date libre. Plus vite ce tournoi serait organisé – et passé ! –, plus vite elle pourrait chasser cette masse de muscles tentateurs de sa vie.

- 3 -

Plus tard ce soir-là, quand Cayden arrêta sa voiture de prêt devant le portail de l'immense propriété, humblement baptisée « le Domaine » et appartenant à la riche, puissante et influente famille Eddington, ses pensées s'attardaient encore sur son rendez-vous avec Avery Gray. Elle était charmante, c'était certain. Elle n'avait rien à voir avec les mannequins photoshoppés des magazines ou la jolie réceptionniste qui lui avait glissé son numéro de téléphone au moment de son départ. Non, Avery était plus intrigante, plus surprenante. Durant toute leur entrevue, elle était restée polie et extrêmement professionnelle. De toute évidence, en ce qui concernait l'événementiel, elle connaissait son affaire sur le bout des doigts. Malgré tout, elle lui avait paru distante, comme si elle avait cherché à lui cacher quelque chose. Une chose qu'il tenait à découvrir. Il y avait une certaine attraction entre eux, subtile mais indéniable. Avery l'avait sentie quand il lui avait massé la nuque ; tout comme il la sentait à présent, en pensant à elle.

Après une rapide vérification d'identité accomplie par un programme informatique, le portail s'ouvrit. Cayden avança au pas, le long de l'allée sinueuse qui montait jusqu'à la maison principale, au sommet d'une petite colline. Même après tant d'années, ce décor avait toujours le don de lui couper le souffle. Il avait visité la Pointe du Sable pour la première fois à l'âge de dix ans, puis s'était installé chez les Eddington à quinze ans et avait commencé à étudier au lycée PDS. En tant qu'athlète star des équipes de sport de l'école, il s'était rapidement fait un nom dans la ville. Il avait encore du mal à comprendre comment il avait pu ne pas reconnaître Avery immédiatement… Sans doute était-ce parce qu'elle était arrivée dans son établissement l'année de sa terminale – sans doute l'une des plus agitées des vingt-huit qu'il avait vécues jusqu'à présent. Cette année-là, et encore longtemps après, son attention avait été retenue ailleurs, par quelqu'un d'autre. Ce qui expliquait pourquoi il avait tenu ensuite à tourner la page sur son adolescence.

Sa voiture passa devant plusieurs petites maisons d'amis et les demeures de charme où vivaient Dwight et Maeve, les aînés de la fratrie. Cayden atteignit enfin la cour circulaire du manoir, poursuivit sa route jusqu'à l'entrée séparée de l'aile nord et se gara à côté du dernier jouet de Jake, une Rolls-Royce Dawn blanche qui venait de rejoindre sa collection. Si le garagiste n'arrivait pas à réparer sa Porsche, peut-être déciderait-il d'augmenter son budget de deux cent mille dollars pour s'offrir un de ces bijoux…

Après avoir rapidement examiné la Rolls-Royce, il grimpa les marches du perron. La porte était rarement fermée à clé. Néanmoins, il n'était pas sage d'entrer chez un célibataire sans s'annoncer. Cayden glissa donc la tête à l'intérieur et appela :

— Jake !

La pulsation sourde d'une basse résonnait le long du couloir, en provenance de l'arrière de la maison.

— Jake, tu es là ?

Ne recevant pas de réponse, il traversa l'immense salon au plafond cathédrale et s'approcha des portes-fenêtres qui donnaient sur le parc soigneusement entretenu. L'un des battants s'ouvrit dans un buzz électronique et Cayden sortit dans le patio à l'instant où son ami, dans sa tenue de tennis blanche, revenait en s'essuyant le front avec une serviette. Il la jeta sur l'une des chaises et se mit à applaudir.

— Bravo pour la SOMA, dit-il.

— Bon sang ! lâcha Cayden. Qui te l'a dit ?

Jake sourit, laissant apparaître deux fossettes sur son visage hâlé et des dents immaculées.

— Les nouvelles vont vite, dans cette ville, tu sais.

— Je croyais que ton avion n'arrivait que ce matin.

— En effet.

— Et tu sais déjà ? Depuis quand es-tu rentré, cinq minutes ?

Jake s'approcha du bar, ouvrit le mini-frigo et en sortit une bière. Il en tendit également une à Cayden qui l'accepta avant de le suivre pour s'installer sur l'un des tabourets hauts et de lever sa bouteille.

— Toutes mes félicitations pour ton entrée dans la Société, mon pote !

— Je n'y suis pas encore, lui rappela Cayden.

— Ça viendra.

— Ne me porte pas la poisse.

— Dans ce cas, félicitations pour ta nomination.

Ils trinquèrent et burent une longue gorgée. Puis Jake s'accouda au bar d'un air tranquille.

— Alors, qu'as-tu prévu pour ton intronisation ?

— Un tournoi de golf.

— Caritatif, bien sûr ?

— Ouaip.

— Quand ?

— Le 4 juillet, j'espère.

— À la Pointe ? Cette année ?

Cayden acquiesça et but une nouvelle gorgée de bière.

— Bonne chance pour y arriver ! Tu sais à quel point il est difficile de réserver le terrain…

— Quelqu'un y travaille pour moi, et je pense qu'on va y arriver.

— Et qui est ce faiseur de miracles ?

— Avery Gray.

Jake fronça les sourcils un instant.

— Je connais ce nom…

— Elle était avec nous à PDS.

— Dans notre classe ?

— Non. Trois ans de moins.

— Et elle travaille au service événements de la Pointe ? Qu'est-il arrivé à Maggie ?

— Elle est en congé maternité.

— Oh !

— J'ai dit à Avery que le tournoi allait attirer des membres de la SOMA venant de tout le pays.

Le téléphone de Cayden se mit soudain à sonner. Il examina l'écran et le montra à Jake.

— Quand on parle du loup…

Il se laissa glisser au bas du tabouret et décrocha.

— Allô ?

Il traversa le patio en écoutant la voix d'Avery et appuya sur le bouton qui ouvrait la porte-fenêtre. Une fois seul, il mit le haut-parleur.

— … mari est un membre de la Société de Ma'at. Quand je lui ai dit que le tournoi était organisé par la SOMA, elle a passé quelques coups de fil et vient de me rappeler. Je n'arrive pas à croire que le week-end se soit libéré aussi facilement !

— Je t'avais bien dit que rien n'est impossible, répondit Cayden en souriant de plus belle.

Comme un nigaud, auraient dit ses amis.

— En effet. Cette fois, tu avais raison. Comme je sais que ce tournoi est très important pour toi, j'ai tenu à t'appeler immédiatement.

— Tu sembles excitée aussi par ce projet.

— C'est vrai, admit-elle.

Cayden se rendit compte qu'il aimait entendre son excitation et se surprit à imaginer d'autres moyens de provoquer ça. Hélas, il ne pouvait pas se le permettre : leur relation était strictement professionnelle. Et quelqu'un allait devoir le dire à la créature qui se réveillait dans son caleçon !

Il contourna la piscine et s'assit dans l'un des quatre fauteuils bas qui entouraient le brasero.

— Alors, quelle est la prochaine étape ?

— Il y en a plusieurs, dit-elle. Nous devrions prendre rendez-vous le plus tôt possible pour en discuter.

— OK.

— Demain ?

— Il va falloir que je vérifie mon agenda, mais je crois que je suis libre.

— Pour l'instant, j'ai beaucoup de créneaux disponibles, et ce gala est l'une de mes priorités. Pourquoi ne pas vérifier tout de suite et me rappeler pour me donner un horaire ?

— Pas de problème. Je te téléphone dans l'heure, ou bien mon assistante Keri le fera.

— Parfait ! J'ai hâte d'avoir de tes nouvelles.

— Et j'ai hâte de te revoir.

Une fois de plus, Cayden sourit en raccrochant. Il y avait quelque chose qui le mettait à l'aise, chez cette femme. Il ne savait pas quoi. Jusqu'à présent, il n'avait jamais vraiment accordé d'importance à l'aspect émotionnel de ses liaisons. S'il appréciait quelqu'un et que c'était réciproque, il exprimait clairement ses envies, posait ses limites, trouvait un préservatif et se lançait dans le jeu. La plupart de ses flirts ne dépassaient pas ce stade. Une situation due en partie à sa première – et seule – relation sérieuse, qui avait commencé lors de sa dernière année de lycée et s'était poursuivie en pointillé pendant cinq ans. Sa copine était plus âgée. Il avait été naïf. La rupture lui avait brisé le cœur et avait failli étouffer sa carrière dans l'œuf. Depuis, il avait soigneusement évité toute attache, tout ce qui pouvait l'amener à baisser la garde. Peut-être qu'Avery accepterait une histoire d'un soir, une fois le gala passé… Il n'aurait pas été contre le fait de devenir sa priorité pendant quelques heures, le temps de découvrir si le reste de son corps était aussi doux que sa nuque.

Après avoir jeté un coup d'œil à son agenda et envoyé un texto à Keri, il la rappela.

— Bonsoir. Avery Gray à l'appareil.

— Avery, c'est Cayden. Penses-tu que l'on pourrait fixer un rendez-vous pour demain matin, 9 heures ?

— Parfait. Ça me laissera le temps de mettre nos projets en route avant la fin de la journée.

— Dans ce cas, à demain.

Cayden retourna auprès de Jake, le pas léger et dansant. Son ami n'avait pas bougé : il était toujours accoudé au bar. Son froncement de sourcils poussa Cayden à ralentir, puis à abandonner complètement son sourire satisfait.

— Qu'est-ce qui ne va pas, vieux ? demanda-t-il.

Jake massa un instant son menton obscurci par une barbe naissante, puis répondit, les yeux baissés :

— Je viens de me rappeler pourquoi le nom d'Avery Gray m'était familier. Elle a une grande sœur, Lisa, qui était dans la même classe que Dwight.

Cayden se détendit instantanément.

— Ne dis rien… Lisa sortait avec ton frère ?

Un hochement négatif de la tête lui répondit.

— Avery, alors ?

— Je ne pense pas que Dwight et elle se connaissaient. Mais Lisa, c'est une autre affaire.

Il leva les yeux et fixa Cayden sans ciller.

— Elle s'entendait très bien avec Brittany, à l'époque. En fait, elles étaient même meilleures amies.

— Tu te fiches de moi !

— Non, je suis sérieux.

Cayden se laissa tomber lourdement sur son propre tabouret.

— C'est impossible ! La femme qui va organiser le gala le plus important de ma vie est liée à celle qui a essayé de me détruire ?

Jake haussa les épaules.

— Avery n'a rien mentionné pendant votre rendez-vous ?

Cayden secoua lentement la tête, perplexe.

— Peut-être qu'elle ne sait rien.

— Ce que tu peux être naïf ! Tout le monde, à la Pointe, sait ce qui s'est passé. Lisa et elle sont *sœurs*. Elle est forcément au courant. Ce qui m'étonne, c'est qu'elle n'ait rien dit.

— Elle n'a sans doute pas envie de ressusciter le passé…

— J'espère pour toi que tu as raison, parce que la dernière chose dont tu as besoin en ce moment est bien un scandale qui pourrait compromettre ton présent et ton avenir.

Il tendit à Cayden une seconde bière, que celui-ci sirota lentement en songeant à cette révélation inattendue. Puis, quand ils eurent fini, Jake lui proposa de descendre dans le South Side de Chicago pour un bon barbecue bien gras, et Cayden accepta sans hésiter – bien que l'idée qu'Avery et Brittany s'était probablement connues au lycée lui avait coupé l'appétit. Il avait surtout besoin de réponses et d'informations. Il avait encore plus hâte d'être au lendemain pour revoir la nouvelle directrice événementielle du club.

- 4 -

Sur l'insistance de Lisa, Avery finit par accepter d'aller voir son médecin. Apparemment, elle souffrait d'un traumatisme cervical sévère, aggravé par les longues heures qu'elle avait passées au bureau sans traitement adéquat. La tension de ses ligaments étirés et de ses muscles froissés s'étendait à présent à ses épaules et à une bonne moitié de son dos. Le verdict avait été sans appel : elle devait porter une minerve pendant soixante-douze heures, au moins. Hélas, c'était impossible. L'appareil de plastique rembourré, tout droit sorti d'un film de science-fiction, qu'elle était à présent en train de retirer jurait abominablement avec le tailleur-pantalon et le rang de perles qu'elle avait choisi de porter pour son entretien. Les tâches qui l'attendaient aujourd'hui étaient trop importantes pour qu'elle prenne le risque de tout gâcher avec une apparence négligée. D'après Maggie, ce tournoi de golf devait avoir lieu à tout prix...

— Un événement organisé par la SOMA est un couronnement pour le club, avait murmuré sa patronne avec révérence durant leur dernière conversation téléphonique. Ces gens lèvent des millions par an pour de bonnes causes et font des donations énormes aux étudiants boursiers. D'après ce qu'on m'a dit, il est très difficile d'entrer dans cette organisation qui n'accueille que la crème de la crème.

Dans ce cas, pourquoi laissent-ils un criminel organiser un de leurs galas ? avait immédiatement songé Avery.

Mais, bien sûr, elle s'était gardée de poser cette question à Maggie.

L'une de ses collègues passa la porte des toilettes. Avery s'empressa de jeter un dernier coup d'œil au miroir. Son tailleur mettait ses atouts en valeur, tout en gommant la plupart de ses défauts. Son coiffeur avait également fait un travail extraordinaire : ses boucles étaient parfaites, ce matin. Elle pressa une main contre son estomac, qui se nouait chaque fois qu'elle pensait à Cayden. Elle avait encore le vertige quand elle repensait à sa voix sensuelle qui lui disait « à demain » au téléphone.

Elle secoua la tête pour se remettre les idées en place et regretta immédiatement ce mouvement. Un éclair de douleur traversa sa nuque et descendit le long de sa colonne vertébrale. Elle serra les dents, attendit que ses muscles se détendent de nouveau, puis ramassa sa minerve avant de tourner les talons. Le médecin lui avait aussi prescrit des cachets antidouleur, mais elle voulait garder l'esprit clair pour discuter avec Cayden. Elle se redressa et rejoignit son bureau, tout en s'encourageant silencieusement.

Lorsqu'elle s'assit enfin dans son fauteuil, elle s'était convaincue que tout allait bien se passer. Elle avait aussi décidé d'ignorer l'autre problème qui la gênait, à savoir ses liens avec Brittany. Si Cayden n'en avait pas parlé la veille, ce qui était compréhensible, elle allait suivre son exemple.

L'Interphone posé sur sa table sonna.

— Avery ? demanda la voix de son assistante.

— Oui, Charlotte.

— M. Barker est là pour son rendez-vous.

— Très bien. Veux-tu l'accompagner ? Merci.

En attendant, Avery but une gorgée de thé dans l'espoir de se calmer, s'examina encore une fois dans son petit miroir de poche, puis le rangea dans son sac.

La porte s'ouvrit. Elle se leva immédiatement et contourna le bureau pour accueillir Cayden. Son sourire fut sincère quand elle lui tendit la main.

— Bonjour, Cayden !

Hélas, il ne répondit pas, se contentant de froncer les sourcils. Avery recula instinctivement. Il paraissait contrarié. Où était passé le séducteur insouciant de la veille ?

— Ai-je fait quelque chose pour t'offenser ?

Question absurde, puisqu'il venait à peine d'arriver.

— Ou bien l'un de mes collègues ? La réceptionniste, peut-être ?

— Pourquoi ne m'as-tu pas dit que tu connaissais Brittany ?

Ah. Voilà. Le passé, qu'elle avait décidé d'ignorer, revenait pour la gifler de plein fouet. Elle soupira.

— Si nous devons vraiment avoir cette discussion, je pense que nous ferions mieux de nous asseoir.

Elle s'approcha de la table où ils s'étaient installés la veille, sans prendre la peine de vérifier s'il la suivait. Il finit par lui emboîter le pas avec une réticence évidente ; et uniquement après qu'elle se fut assise.

— Je suppose que je ne peux rien te proposer à boire.

— Seule la vérité m'intéresse.

Bon sang ! Il réagit comme si j'avais détourné ces fonds bancaires. Comme si c'était moi, *la voleuse !*

Quoi qu'il en soit, Avery refusait de se laisser intimider. Elle se cala au fond de sa chaise avec une nonchalance qu'elle était très loin de ressentir et croisa les jambes.

— J'ai connu Brittany, c'est vrai.

— Pourquoi ne pas en avoir parlé quand tu m'as dit que nous étions allés dans le même lycée ?

— J'avoue que je ne pensais pas vraiment à ce qui a

pu se passer il y a dix ans. Pas *trop*, en tout cas. Et ces histoires n'ont rien à voir avec l'organisation de ton tournoi.

Elle observa Cayden tandis qu'il réfléchissait à sa réponse. Elle pouvait presque voir les pensées défiler dans sa tête.

— Tu sais donc ce qui est arrivé, finit-il par murmurer. Tu sais que Brittany a essayé de me piéger.

Oh ! c'est donc ta version des faits ?

Elle se rappela que le country club de la Pointe avait besoin de ces clients soutenus par la prestigieuse SOMA, et que le gala dont elle avait la charge allait attirer l'attention de la presse internationale. Ce genre de publicité, ça n'avait pas de prix. Elle préféra donc garder son opinion sur Cayden pour elle-même.

— Je doute que quiconque, à PDS, n'ait pas été au courant de l'affaire…

Le regard qui l'examinait était perçant, oppressant, mais elle le soutint tout de même. Finalement, Cayden passa une main dans ses boucles soyeuses et soupira.

— J'imagine que je devrais te remercier de ne pas avoir abordé le sujet et de ne pas m'avoir jugé sans connaître tous les détails. Quand j'ai compris que tu avais volontairement évité de prononcer son nom, j'ai… Je ne sais pas. Ça m'a… Peu importe.

— Comme je viens de le dire : ça n'a rien à voir avec l'événement que nous allons mettre sur pied. Évoquer cette histoire aurait été déplacé de ma part.

Désireuse de mettre un point final à cette conversation gênante, Avery ramassa la tablette qu'elle avait posée sur la table et la ralluma.

— En parlant de ça, si nous discutions plutôt de l'organisation du tournoi de golf ? Planifier un rassemblement de cette ampleur peut prendre jusqu'à un an, et nous avons à peine plus de deux mois pour en venir à bout.

Sans attendre sa réponse, elle commença à lister les points à régler en priorité :

— Tu as dit que les invités viendraient de tout le pays, donc je suppose que l'événement se déroulera sur plusieurs jours ?

Cayden se pencha en avant, avec un air soudain très professionnel.

— Oui.

— Nous pourrions prévoir un repas formel le vendredi soir, un feu d'artifice à la fin du tournoi, le samedi, puis un brunch pour le dimanche midi. Est-ce que cela te conviendrait ?

— On dirait que ma matinée vient de s'illuminer.

Avery réprima un soupir de soulagement. En un éclair, l'atmosphère parut se détendre et Cayden sembla décidé à retrouver son masque serein de la veille. Il leur fallut moins d'une demi-heure pour s'accorder sur le planning du week-end.

— Je vais rentrer tout ça sur un PowerPoint pour que tu y retrouves le détail de chaque temps fort, ainsi que des options et des suggestions concernant le déroulé des activités. Par exemple, devons-nous prévoir un discours ou une conférence pour le vendredi ? Voudras-tu un groupe pour assurer la musique, un DJ, ou les deux ? Quant au tournoi du samedi, nous pouvons le prévoir en individuel ou par équipes…

— Qu'est-ce que les gens préfèrent, en général ?

— Faire des équipes peut être amusant, surtout lors d'un gala de charité. On pourrait former des groupes par régions, professions, ou en fonction de l'ancienneté des membres de la Société. Ça offre aussi l'occasion aux amis de discuter tout en se promenant sur le terrain.

— L'idée me plaît.

— Parfait. Étant donné que la journée sera sans doute chaude et fatigante, je te suggère une soirée informelle pour le samedi. Un menu gastronomique typique de Chicago, que l'on pourrait manger debout pour passer facilement d'un groupe à l'autre, ou quelque chose de ce genre. Il y a aussi la possibilité d'installer des tables de jeu sous des tentes, pour donner à la fête un esprit « casino »…

Très vite, la logistique de départ fut calée, et Avery demanda :

— Une dernière question, avant de te faire visiter nos installations : as-tu déjà décidé quel organisme caritatif sera mis à l'honneur lors de ce gala ?

— J'avoue que je n'ai pas encore eu le temps d'y penser.

— Je vais avoir besoin de cette information le plus tôt possible pour demander des prototypes d'invitations adaptés à la thématique. Nous devrons envoyer les cartons la semaine prochaine, au plus tard.

— C'est bien rapide…

— Quand les invités viennent de loin, nous aimons expédier les invitations trois mois à l'avance. Si on les fait partir la semaine prochaine, ça leur laissera deux mois et demi pour s'organiser.

— Merci, Avery. Tu es visiblement très douée pour ce travail et ça rend le mien beaucoup plus facile.

Ce compliment la toucha, tout comme le regard doux qui l'accompagnait.

— C'est un plaisir, répondit-elle. J'aime organiser des galas de charité et j'ai entendu de très bons échos au sujet de la SOMA. Sa présence ici sera un grand plus pour la réputation du club. Si tout se déroule comme prévu, nous nous partagerons les retombées positives.

Avery lui fit ensuite faire un tour des lieux. Bien qu'il soit membre du club depuis longtemps et ait déjà assisté à beaucoup d'événements, elle parvint à lui donner quelques informations qu'il ignorait encore. Il l'écouta attentivement, posant des questions pertinentes et complimentant à loisir les installations. Quand ils parvinrent à l'entrée, près du parking des clients, elle lui rappela une nouvelle fois la nécessité de choisir très vite l'organisme auquel les dons seraient destinés. Cette fois, il serra sans hésiter la main qu'elle lui tendait. La poigne ferme, associée à son regard pétillant et à son sourire sincère, éveilla un frisson au creux des cuisses de Cayden.

Il s'approcha du cabanon des voituriers avant de se retourner.

— Hé, Avery !

Elle s'arrêta, surprise.

— Oui ?

— Je voulais te demander comment va ton cou, mais je vois qu'il est toujours raide. Je peux te donner le numéro d'un excellent chiropracteur, si tu veux.

— Merci, mais je suis déjà allée voir un médecin.

Si leur entretien avait commencé sur une note tendue, il s'acheva bien mieux que ce qu'elle aurait pu espérer. Elle remonta dans son bureau, enfila de nouveau sa minerve, et se laissa aller à rêver aux moyens que Cayden Barker pourrait employer pour soulager ses douleurs…

- 5 -

Cayden quitta les luxueux bureaux d'Eddington Enterprise le cœur léger. L'année précédente, il avait créé un logiciel qui avait considérablement modifié le fonctionnement de l'entreprise et lui avait permis d'engranger de gros bénéfices. Ces derniers mois, il avait travaillé sur un prototype étendu du programme qui allait devenir essentiel pour toute personne travaillant dans la finance. Son invention, quand elle serait mise sur le marché, allait révolutionner l'industrie à l'échelle mondiale. D'après Dwight Eddington, vice-président de la firme familiale, le logiciel devait appartenir à la compagnie, puisqu'il avait été développé pour elle ; mais Cayden avait refusé catégoriquement. Il avait créé ce programme, l'avait proposé à Eddington Enterprise et avait ensuite développé l'extension sur son temps – et son argent. S'il avait fait part de ses projets à la compagnie, c'était par courtoisie plus que par nécessité. Hélas, Dwight n'en démordait pas et insistait sur le fait que sa décision augmenterait la compétition. Aujourd'hui, Jake et sa sœur Maeve, eux aussi vice-présidents, étaient revenus sur leur première position pour se ranger de son côté. Il venait donc de faire un pas de plus vers la commercialisation d'un produit qui pourrait le rendre très riche.

Il arriva dans le garage et chercha instinctivement des yeux sa luxueuse voiture bleu nuit, avant de se souvenir que l'assurance l'avait déclarée irréparable. Le Range Rover acheté deux ans plus tôt attendait dans son box, mais Cayden préférait profiter le plus possible du prêt compris dans son contrat tous risques pour essayer différents modèles. Il se glissa donc dans l'Audi Spyder blanc nacré qu'on lui avait confiée et activa le Bluetooth pour appeler sa mère.

— Bonjour, mon chéri ! Comment vas-tu ? dit-elle en décrochant.

— Je me sens mieux.

— Vraiment ? Je m'inquiétais pour toi. Tes côtes te font moins mal ? Et cette plaie au front ?

— Tout va bien.

— Ce qui signifie que tu n'as pas encore vu de médecin. Je t'ai pourtant dit qu'une entaille aussi profonde allait laisser une cicatrice, mon grand.

— Ça me rendra encore plus séduisant, non ?

Tami gloussa avant de répondre :

— On ne peut pas te faire entendre raison !

— Hé, maman, tu as prévu quoi pour le repas ?

— Pourquoi ? Tu veux venir ?

— Ça dépendra du menu…

— Tu mangeras ce que je te sers, répliqua sévèrement sa mère.

— Hmmm, j'en salive déjà. Je me mets en route.

Lorsque Cayden entra dans les Harold Washington Heights, il avait perdu son sourire. La résidence appartenait aux ennemis jurés de la famille Eddington, les Kincaid, mais il n'en voulait pas à sa mère d'avoir choisi d'y habiter.

Il se gara sur la place de parking réservée aux invités de Tami et remonta le trottoir jusqu'à son appartement du rez-de-chaussée. Un délicieux parfum d'oignons grillés l'accueillit sur le seuil.

— Bonsoir, mon chéri, dit-elle en tendant la joue pour recevoir un baiser.

— On sent ton repas dans toute l'allée. Ne t'étonne pas si des voisins viennent frapper pour demander leur part !

Il la suivit dans la cuisine et demanda :

— Alors, qu'est-ce qu'on mange ?

— Steak à l'oignon, purée de pommes de terre et petits pois, répondit Tami.

— Est-ce que je peux t'aider ?

Sa mère lui jeta un petit coup d'œil par-dessus son épaule et sourit.

— Tu peux couper le pain et préparer la salade, mais lave-toi les mains d'abord.

Durant les minutes qui suivirent, Cayden eut l'impression de retrouver le bon vieux temps, l'époque où il vivait seul avec sa mère, avant qu'elle épouse Harvey – mort l'année précédente. Ils préparèrent le repas ensemble, alternant entre silence tranquille et conversation joyeuse. Enfin, la table fut mise et ils s'installèrent devant leurs assiettes.

— Alors, comment se passe ton travail ? demanda Cayden après avoir avalé un tiers de son plat en quelques bouchées.

— Bien, pour le moment. Et toi ? Tout se passe bien ?

— Travailler pour les Eddington est toujours un défi !

Excité, il lui parla de son innovation et de sa frustration devant les hésitations de Dwight.

— Heureusement, j'ai une distraction…

— Oh ?

— J'ai été nominé pour entrer dans la SOMA.

— Cette fraternité de richards ?

— Une fraternité d'hommes d'affaires philanthropes, généreux, renommés et passionnés par les bonnes œuvres, maman. Celle-là même.

Ils éclatèrent de rire tous les deux.

— Ce genre de choses ne me ressemble pas du tout, mais si c'est ce que tu désires, alors je suis contente pour toi.

— On me demande d'organiser un gala de charité pour valider ma candidature. J'ai choisi de mettre sur pied un tournoi de golf au country club de la Pointe pour le 4 Juillet.

— Quel est l'organisme bénéficiaire ?

— Je ne me suis pas encore décidé. Je pensais soutenir l'accès à l'éducation des enfants défavorisés… D'un autre côté, j'aimerais que ce tournoi profite aux gens de cette ville.

— La plupart des habitants de la Pointe n'ont pas besoin d'aide, tu sais.

— C'est vrai.

— Mais si tu trouvais un moyen de relier les classes défavorisées et les activités de luxe offertes à la Pointe du Sable, ce serait un grand succès.

— Penses-tu à l'hôpital ?

— Je pense toujours à de nouveaux moyens d'aider les malades. Notre service de cancérologie est l'un des meilleurs du pays. Tu n'imagines pas à quel point la qualité des soins peut différer suivant les établissements. Un patient qui entre au PDS Medical a beaucoup plus de chances de s'en sortir que quelqu'un qui serait soigné dans une clinique moins bien financée. J'avoue que je suis très chanceuse d'y travailler, mais cette position me fait aussi prendre conscience des lacunes que l'on peut trouver ailleurs.

— Et comment pourrions-nous permettre à des patients dans le besoin de consulter les spécialistes du PDS ?

— Je connais quelques organisations qui aident les malades moins bien assurés. Certaines seraient ravies de proposer une liste de patients à notre service…

Cayden reposa sa serviette près de son assiette vide d'un geste ferme.

— Dans ce cas, c'est décidé. Les fonds levés pendant le tournoi seront attribués à l'une de ces associations.

Tami lui prit la main et sourit.

— Ce serait merveilleux, mon grand ! Je vais contacter quelques anciens collègues qui travaillent dans des hôpitaux publics pour leur ouvrir les portes du PDS et leur offrir un accès à nos équipements. Je suis sûre qu'il existe des gens plus qualifiés que moi pour mettre un tel programme sur pied, mais je te promets de tout faire pour t'aider.

— Ton implication serait très précieuse pour moi.

— Dans ce cas, ce sera un honneur, Cayden. Je suis tellement fière de toi !

— Ce n'est rien, maman, répondit-il en achevant son thé glacé. C'est comme ça qu'on fonctionne, chez les richards…

Le lendemain, Cayden appela Avery.

— J'ai choisi mon œuvre de charité pour le gala, annonça-t-il. Le centre médical de la Pointe du Sable.

— OK, se contenta-t-elle de répondre.

— Je sais ce que tu penses. Tu es convaincue que les gens qui entrent au PDS n'ont pas besoin de notre argent. Mon idée permettrait à des établissements plus modestes de transférer des patients défavorisés dans des services équipés des dernières technologies et gérés par des spécialistes reconnus.

— Waouh… Décrit comme ça, ton projet a tout d'une grande œuvre de charité. Une telle initiative pourrait sauver des vies. C'est vraiment une idée brillante.

— Je ne peux pas m'attribuer tout le crédit de cette idée. Ma mère est infirmière. C'est elle qui y a pensé.

— Dans ce cas, je félicite ta mère. J'avoue que c'est un sujet qui me touche de très près : ma sœur Lisa a un cancer et elle lutte de toutes ses forces pour en guérir…

— Navré de l'apprendre, Avery. Va-t-elle mieux ?

— Oui, grâce au service de pointe que tu as mentionné, répondit-elle.

— Elle a été traitée au PDS Medical ?

— Elle y est toujours. On lui a proposé un cocktail de chimiothérapie et de soins holistiques. Encore cinq séances et, avec un peu de chance, elle sera en rémission.

— Bonne nouvelle !

— En effet, murmura Avery avant de retrouver son ton professionnel : J'ai donc ton feu vert pour préparer les cartons d'invitation ?

— Il faut d'abord que je m'assure d'avoir le soutien de mon mentor, qui en parlera au conseil local de la Société. Je lui expliquerai que nous avons besoin d'une réponse très rapide. On devrait en savoir plus dans un jour ou deux.

— Parfait. En attendant, je vais lancer notre graphiste sur le projet. Elle pourra déjà réaliser la maquette et nous insérerons les informations concernant l'organisme bénéficiaire au dernier moment.

Cayden était sincèrement impressionné.

— Tu es nouvelle à la Pointe, mais tu as clairement l'habitude de ce genre de choses, dit-il. Puis-je te demander où tu travaillais avant ?

— Bien sûr : j'organisais les événements spéciaux pour le Chalet du Lac, sur…

— Lake Shore Drive. J'y suis déjà allé une ou deux fois, sans doute pour assister à l'un des galas que tu as organisés.

— Probablement.

Il y eut un petit silence et Cayden eut soudain envie de prolonger leur conversation. Hélas, Avery reprit :

— Je suis désolée, mais j'ai un double appel. Je t'enverrai la maquette des invitations dès qu'elle sera prête.

Sur ce, elle raccrocha.

Cayden envisagea d'appeler son assistante sur la ligne interne pour lui demander un café, mais il se ravisa et se rendit lui-même dans la salle de pause pour choisir une boisson un peu plus gourmande. Il opta pour un mocha latte et, ignorant la petite voix sévère qui lui rappelait sa mère, attrapa un donut au glaçage luisant de sucre.

« Tu sais quelle est la meilleure partie d'un donut ? » lui aurait demandé Tami, toujours soucieuse de la santé de son grand fils.

Il s'imagina répondre en chœur avec elle : « Le trou ! »

Cette pensée le fit sourire et il mordit à pleines dents dans sa pâtisserie délicieusement déraisonnable avant de faire passer sa bouchée avec une bonne gorgée de café.

Quelques minutes plus tard, il se trouvait de nouveau dans son bureau, plongé dans son travail – lire son courrier, ses e-mails et les derniers rapports déposés là par Keri. De temps à autre, son esprit se laissait distraire par le tournoi de golf et la femme qui le préparait pour lui. Quelque chose s'échauffa au creux de ses reins… Soudain, on frappa à sa porte et, pour la première fois sans doute, il fut ravi que l'on vienne l'interrompre.

— Quoi de neuf, Jake ? demanda-t-il en voyant son ami entrer dans la pièce.

— Toi, vieux. La présentation de ton logiciel était extraordinaire. Tu as même impressionné Derrick, et laisse-moi te dire que ce n'est pas rien !

— Ton père a lu mon PowerPoint ?

— Pas encore. Je lui ai juste fait un résumé. Je suis sûr qu'il te contactera bientôt.

— Bonne nouvelle ! Ton père a toujours été là pour moi.

Jake acquiesça.

— Pour nous tous, dit-il, avant de changer de sujet. Alors, comment ça se passe, avec la sœur de Lisa ?

— Pour l'instant, l'organisation du gala avance bien. Je n'ai encore jamais vu de projet se mettre en place aussi facilement.

— Et lui as-tu parlé de sa relation avec Brittany ?

— Ouaip.

Cayden lui résuma leur conversation en quelques mots.

— Elle pense que le passé doit rester là où il est, et je suis d'accord avec elle, acheva-t-il.

— Ta voix vient de changer… Est-ce qu'elle te plaît ?

— Pas vraiment.

— Détends-toi, vieux. Je sais très bien ce que tu penses d'elle. Je suis sûr que tu la ramèneras chez toi dès la fin du dernier cocktail.

— Certainement pas ! Je suis un gentleman.

Jake lui adressa un regard sceptique.

— Je ne ferai pas le premier pas, en tout cas, rectifia Cayden.

Son ami éclata de rire et lui donna un coup amical sur l'épaule.

— Là, je te reconnais !

Cayden avait répondu sur le ton de la plaisanterie, mais il se rendit soudain compte qu'il avait rarement été plus sincère.

- 6 -

Avery aimait manger, mais elle devait bien admettre que le nouveau régime qu'elle avait adopté depuis quelques semaines méritait bien de renoncer à un ou deux hamburgers… Non seulement le tailleur crème qu'elle portait aujourd'hui la serrait moins qu'avant, mais elle se sentait aussi plus jolie, plus confiante. Tant mieux, car la perspective de déjeuner avec son coup de cœur – son *client* – dans moins de cinq minutes la rendait nerveuse. Perdue dans ses pensées, elle entra dans le hall et se retrouva soudain face au beau visage de Cayden.

Était-il possible de rougir, pour une Noire ?

Les joues en feu, Avery sut que son corps faisait tout pour y parvenir, en tout cas. Elle camoufla son malaise derrière un sourire et tendit la main à son client, qui la serra immédiatement.

— Bonjour, Cayden. Je suis contente de te revoir.

— Une invitation à manger, ça ne se refuse pas, surtout dans un restaurant géré par l'un des meilleurs chefs de la région. Il t'a suffi de mentionner le mot « déjeuner » pour t'assurer que je libère du temps sur mon planning.

— Nous venons d'embaucher un nouveau cuisinier, que tous les restaurants du monde se disputent. Maggie m'a assuré que lui seul pourrait faire honneur à ton gala. Je l'ai déniché en Suisse et l'ai fait venir hier.

— Tu as amené un chef *européen* ici ?

Avery éclata de rire et lui adressa un petit regard complice.

— Rien n'est trop beau pour la SOMA.

— Ah, répondit Cayden avec une grimace, une main plaquée sur le cœur. Je croyais que tu allais dire : « pour toi ».

Avery ne sut que répondre. Ils continuèrent à discuter du nouveau chef en se rendant ensemble dans le restaurant, situé dans le bâtiment principal du club. Lamar Princeton était particulièrement connu pour sa façon très inventive de s'approprier des plats traditionnels.

Avery s'arrêta à la porte, le temps que Cayden l'ouvre pour elle.

— J'espère que tu as faim, dit-elle. J'ai demandé à Lamar de nous préparer une assiette de dégustation de ses plus grands succès, pour que tu choisisses le menu du gala.

— C'est parfait : je meurs de faim.

Il plaça une main au bas de son dos pour l'escorter dans la salle – geste courtois, rendu beaucoup plus érotique par ses dernières paroles et le regard vorace qui les avait accompagnées.

L'hôtesse leva les yeux lorsqu'ils s'approchèrent de son comptoir. Son sourire, d'abord simplement poli, s'élargit en voyant Cayden derrière Avery.

— Bonjour, mademoiselle Gray, dit-elle à cette dernière, sans quitter son compagnon des yeux.

— Bonjour.

Elle pencha un peu la tête sur le côté pour dévisager Cayden avec de grands yeux sensuels.

— Bonjour, monsieur.

— Bonjour.

Avery, choquée d'avoir été si vite ignorée, refusa de faire plaisir à cette jeune femme si impolie en lui offrant ce qu'elle semblait attendre – à savoir, des présentations formelles. L'hôtesse n'insista heureusement pas et, armée de deux menus, contourna le comptoir.

— Nous n'avons pas besoin de table, l'informa Avery.

Sans attendre de réponse, elle traversa la salle du restaurant et s'engagea dans un couloir qui desservait plusieurs salons privés. Les portes s'ornaient de plaques argentées portant des noms inspirés du golf. Backswing. Fairway. Eagle. Grand Slam…

Elle finit par se retourner vers Cayden, intriguée.

— On t'accueille toujours ainsi, partout où tu vas ?

— Comment ? demanda-t-il, d'un air sincèrement surpris.

— Comme un dieu descendu sur terre.

— C'est une hôtesse. Elle est payée pour se montrer amicale.

« Amicale », disait-il… Avery aurait plutôt pensé à « énamourée ». Mais elle préféra ne pas en faire la remarque et se concentra sur les raisons de leur présence.

— J'ai décidé d'éviter de trop attirer l'attention en organisant la dégustation dans un salon plutôt que dans la grande salle. Si les autres clients voyaient ce qu'on va nous servir, cela pourrait poser un problème.

— Ce Lamar est donc si doué que ça ?

— Je n'ai encore jamais goûté sa cuisine, mais on ne m'en a dit que du bien.

Ils atteignirent une porte sur laquelle une plaque lustrée indiquait *ACE*. Avery voulut ouvrir, mais Cayden fut plus rapide et referma la main sur la poignée.

— Avec ta permission, dit-il.

— Merci.

À l'intérieur du salon, une table pour deux avait été dressée près de la fenêtre ouvrant sur l'une des nombreuses cours du club. Des azalées, des ancolies, des achillées, des lys d'un jour et des pivoines étalaient leurs couleurs autour d'une fontaine ; et partout on apercevait des papillons qui voletaient d'une corolle à l'autre. La pièce était aussi somptueuse que le jardin. Sur la nappe de lin blanc avaient été disposés des couverts en argent lustrés et de la faïence Bernardaud. Une carafe de cristal remplie d'eau fraîche parfumée au concombre et au citron attendait près d'un petit bouquet, au centre de la table. Plus loin, une boisson pétillante était gardée au frais dans un seau à glaçons sur pied. Bien que la salle fût abondamment éclairée par le soleil et le lustre allumé, Avery trouva cet aménagement bien trop romantique à son goût. Était-ce son imagination, ou bien l'espace était-il soudain plus petit, plus chaleureux et plus cosy ? Elle n'avait pas eu cette impression en choisissant ce salon, la veille…

Tandis qu'ils s'approchaient de la table, le chef Lamar Princeton entra sans prévenir, portant un plateau recouvert d'une cloche argentée.

— Bonjour ! lança-t-il.

Sa voix était clairement aussi imposante que sa présence. Il était grand – au moins un mètre quatre-vingts – et musclé, avec de longues dreadlocks attachées par un lien de cuir dans sa nuque. Il portait un jean noir, une blouse blanche boutonnée, un petit anneau à l'oreille, et leur adressa un sourire solaire. Il déposa son plateau sur la table dans un geste théâtral, puis prit la main d'Avery et l'embrassa en la saluant.

— Mademoiselle Gray.

Elle sourit, amusée par ce petit numéro, et se fendit d'un semblant de révérence.

— Chef Princeton, dit-elle.

Le cuisinier se tourna ensuite vers Cayden et lui tendit la main.

— Lamar Princeton, enchanté.

Venait-il de parler d'une voix plus grave ? Non, Avery devait avoir rêvé.

Cayden lui serra la main et se présenta à son tour.

Étrangement, leur salut parut guindé, tendu. Avery réprima un petit rire. *Qu'avons-nous là ? Un accès de rivalité masculine ?* Sans doute était-ce une affaire de testostérone…

Elle voulut s'asseoir et Lamar se précipita pour tirer sa chaise.

— Vous êtes ravissante, aujourd'hui, mademoiselle Gray. J'aime beaucoup votre coiffure.

Il l'avait donc remarquée ? Impressionnant. Elle effleura du bout des doigts le lissage au fer que Touché avait suggéré et fut ravie d'avoir écouté ses conseils au salon. Celui-ci l'avait même convaincue d'adopter des faux cils.

En face d'elle, Cayden pinçait les lèvres.

— Dites-nous un peu ce qui se cache sous cette cloche. Ça sent vraiment très bon, lança-t-elle pour détendre l'atmosphère.

— Je suis ravi que vous posiez la question, mademoiselle Gray.

— Appelez-moi Avery, chef Princeton.

— Uniquement si vous acceptez de m'appeler Lamar…

Elle n'en croyait pas ses yeux. Cet homme *flirtait* avec elle, c'était évident. Bien sûr, il restait subtil, pour ne pas lui manquer de respect, mais Avery savait reconnaître les signes de la séduction quand elle les voyait. D'ailleurs, les sourcils à présent froncés de Cayden semblaient indiquer qu'il avait aussi remarqué le petit manège de Lamar.

— Ce sont des mises en bouche que j'ai voulu essayer, chacune avec un petit quelque chose de Chicago. Vous avez là des bouchées de bretzels chaudes garnies de fromage fondu, des brochettes d'agneau sauce barbecue, des donuts épicés au babeurre et des toasts fromagers au canard laqué.

— Seigneur ! J'en salive déjà !

— Dans ce cas, profitez-en bien, dit-il en remplissant leurs verres d'eau citronnée. Pendant ce temps, je vais m'occuper de votre plat principal. Bon appétit !

Sur un dernier salut, il les laissa seuls. Lorsque la porte se fut refermée sur lui, Cayden prit sa serviette et soupira.

— Quel comédien…

Avery plaça sa propre serviette sur ses genoux et lui indiqua le plateau.

— Espérons qu'il est aussi talentueux qu'enjôleur. À toi l'honneur.

Il examina l'assortiment de hors-d'œuvre pendant un instant, puis attrapa une brochette d'agneau. Avery se décida pour le bretzel et poussa un petit gémissement de plaisir.

— Oh. Mon. Dieu, dit-elle, la bouche pleine. C'est divin… Tes invités vont adorer.

Cayden ne répondit pas et goûta les bretzels à son tour. Il mâcha longuement, puis tamponna sa serviette sur ses lèvres pour en essuyer le surplus de cristaux de sel de l'Himalaya.

— Eh bien ? demanda Avery. Qu'en penses-tu ?

Gardant toujours le silence, il grignota un toast au canard. Enfin, il se laissa aller contre le dossier de sa chaise et sourit.

— Je pense que ce type est un sacré cuistot.

Avery éclata de rire.

— Je suis bien d'accord.

Tout en savourant le meilleur repas de sa vie, Avery mit Cayden au courant de l'avancée des préparatifs du tournoi et parvint enfin à obtenir son approbation définitive concernant le graphisme des cartons d'invitation.

Alors qu'ils pensaient ne rien pouvoir avaler de plus, le cuisinier leur apporta un plateau de desserts : donuts épicés, crumble aux pommes, pop-corn au caramel et mini-milk-shakes chocolat, vanille et fraise.

— Alors, comment s'est passée votre dégustation ? demanda-t-il ensuite avec un sourire entendu, comme s'il savait exactement à quelle réponse s'attendre.

Avery fit descendre sa dernière bouchée de pop-corn avec une gorgée de champagne sans alcool et se cala au fond de sa chaise.

— Chef Lamar, dit-elle, je dois admettre que votre réputation de gourmet hors pair ne rend pas entièrement justice à l'excellence de votre cuisine !

— Et vous, monsieur ?

Cayden réfléchit un instant avant de répondre :

— Je crois que je n'ai encore jamais rien goûté d'aussi délicieux. Où se trouve votre restaurant ?

— En ce moment, j'aide un ami dans son établissement de Genève et, quand je reviens aux États-Unis, j'officie en tant que chef pour des soirées privées.

— Dans ce cas, préparez votre agenda et vos cartes de visite, lui conseilla Avery. Lorsque les invités du gala auront mangé tout cela, ils sauront vous tenir occupé.

Sur un dernier sourire, Lamar quitta le salon. Cayden jeta alors un rapide coup d'œil à sa montre.

— Je dois partir. J'ai une réunion et je ne voudrais pas arriver en retard ; mais, entre nous, je préférerais de loin faire une bonne sieste.

— Je te comprends.

Ils se levèrent dans un même mouvement et rejoignirent la porte.

— Dois-je en déduire que le menu te convient ?

— Tout ce que tu as accompli jusqu'à présent me convient, répondit-il.

— Merci, murmura Avery, émue comme une fillette.

Ils se quittèrent sur le parking, près de l'entrée du club. Au moment de lui dire au revoir, la jeune femme lui tendit la main.

— Se serrer la main ne semble pas vraiment suffisant, après une dégustation pareille. Un repas tel que celui-ci mérite bien un câlin, dit Cayden en ouvrant les bras. Puis-je ?

— Bien sûr…

Elle le laissa l'enlacer. En un éclair, son corps robuste, ses bras puissants et son parfum épicé l'enveloppèrent comme un raz-de-marée. Elle eut soudain l'impression d'être une demoiselle du XVIIe siècle sur le point de s'évanouir et s'écarta rapidement de peur que cela lui arrive vraiment.

— Demande à ton assistante de m'envoyer les coordonnées des invités. J'aimerais pouvoir faire partir les invitations dès la semaine prochaine.

— Pas de problème. Quand nous reverrons-nous ?

Avery réfléchit quelques secondes.

— Je pense que nous pourrons nous occuper des derniers détails par téléphone ou e-mail, désormais, répondit-elle. Maintenant que nous avons décidé des couleurs de la décoration, je vais contacter l'entreprise qui s'occupe des aménagements de la salle de bal, trouver le barnum et les tables pour la soirée du samedi… Je t'enverrai des dessins préliminaires, des photos et tous les prototypes 3D en temps voulu. Je te proposerai un nouveau rendez-vous quelques jours avant le dîner formel du vendredi, quand tout sera prêt, pour faire un dernier point.

— Très bien.

L'expression de Cayden était indéchiffrable, tout comme le regard qu'il posa sur elle.

— Dans ce cas, à bientôt.

— Oui, à bientôt.

Elle le regarda marcher jusqu'à sa voiture, que l'on venait d'avancer, admirant ses larges épaules, ses fesses fermes et sa démarche nonchalante. Il se retourna au dernier moment et elle s'empressa de rejoindre la porte d'entrée. S'il l'avait regardée plus tôt, il l'aurait surprise en pleine pâmoison ! Que ça lui serve de leçon, songea-t-elle en remontant vers son bureau.

Fais bien attention à toi, Avery.

Un conseil à ne pas oublier, à l'avenir. Si elle baissait trop souvent sa garde face à un homme comme Cayden Barker, elle risquait de finir par tomber amoureuse…

- 7 -

À l'arrivée du week-end, Cayden était plus que prêt pour deux jours de repos bien mérités. Il avait passé de longues heures au bureau pour terminer les projections financières détaillées de son logiciel révolutionnaire, IA Interface, pour les envoyer à Dwight et Derrick. D'ailleurs, il s'étonnait d'y être parvenu, alors que son esprit ne cessait de vagabonder, de lui rappeler le visage d'Avery et de se demander ce qui avait bien pu se passer, ou non, entre le chef Princeton et elle.

Le soir venu, il put profiter du luxe de la Rolls-Royce Dawn de Jake en traversant la ville, baigné dans une musique rendue extraordinaire par le système de sonorisation haut de gamme. Cela aurait été encore mieux si l'album qu'ils écoutaient avait été enregistré en live… Même avec le toit ouvert, les mélodies l'enveloppaient comme un halo sonore. Entre la musique et le vent, il était presque impossible de discuter, et cela lui convenait. Il avait bien assez de pensées en tête, entre son travail et l'approche du gala. Sans compter Avery. Elle s'investissait presque autant que lui dans la préparation du tournoi de golf et semblait tout aussi déterminée à en faire un succès. Sans doute parce qu'il était le premier client qu'elle gérait sans l'aide de Maggie ; Cayden aimait pourtant à croire que son entrain était aussi dû à ses propres charmes. Elle avait un faible pour lui. Elle essayait peut-être de le cacher, mais il avait senti son désir. Par contre, admettre qu'il était également attiré par elle n'était pas aussi évident. Même si elle avait été tentée par une relation plus intime, il n'était pas certain de pouvoir se permettre un tel risque avec elle – et ce n'était absolument pas le moment, d'ailleurs. Eddington Enterprise. Son logiciel en phase de développement final. Sa nomination à la SOMA. Toutes ces choses suffisaient bien à l'occuper. Une aventure aurait été une distraction inutile ; surtout si cette aventure concernait une employée du club de la Pointe, le cœur mondain de la ville. Et si Avery finissait par attendre plus qu'une histoire passagère ? Comment aurait-il pu croiser sans cesse une ex en colère dans l'un des établissements les plus prestigieux de la ville ? Ce serait au mieux compliqué et, au pire, insoutenable.

Jake se gara devant l'hôtel. En un instant, tous les regards se tournèrent vers eux et dévisagèrent l'imposante et sensuelle silhouette de son ami qui s'extirpait de sa voiture blanche pour entrer dans le hall du Four Seasons de Chicago où se tenait la soirée du First Friday, une version revisitée de l'événement traditionnel de la chaîne et destinée au gratin de la cité des Vents. Le spectacle commença dès que les deux hommes eurent passé la porte.

— Bonsoir, beau gosse.

— Oh ! bienvenue !

— Puis-je vous accompagner ?

Souriants, tous deux répondirent avec affabilité aux sollicitations, adressant quelques clins d'œil mutins aux femmes qui s'approchaient. Enfin, ils atteignirent l'ascenseur sans trop de mal – ce qui n'avait pas été gagné d'avance. Une fois dans la cabine, Cayden s'adossa aux parois laquées en noir.

— Je ne sais pas pourquoi je t'ai laissé me convaincre de venir, soupira-t-il.

— Tu ferais mieux de t'y habituer. Une fois que tu seras membre de la SOMA…

— C'est une fraternité fermée et la liste des frères est tenue secrète. Qui le saura ?

Jake lui adressa un regard incrédule.

— Tu sais bien que les choses ne sont pas si simples. Tout le monde sait qui est membre. La seule chose que le public ignore, ce sont nos activités et les codes que nous suivons.

Cayden haussa un sourcil.

— C'est-à-dire ?

— Ah ! Bien essayé ! gloussa son ami. Tu découvriras tout ça bientôt, je ne peux pas encore t'en parler.

Ils arrivèrent dans la salle de bal, à l'entrée de laquelle se trouvait une longue table rectangulaire occupée par de nombreux ordinateurs. Assis devant leurs écrans, des employés vérifiaient la liste des invités, triés sur le volet, avant de laisser passer les arrivants.

— Jake et Bake !

Entendant le vieux surnom qu'on leur donnait au lycée, les deux hommes se retournèrent pour voir l'un de leurs anciens amis s'approcher, tout sourire.

— Claude Long !

Cayden serra la main tendue de Claude et acheva leur salut habituel par un coup d'épaule.

— Je savais qu'il n'y avait qu'un vieux copain pour nous interpeller comme ça…

— Je n'ai pas entendu ce surnom depuis des années, ajouta Jake en serrant à son tour la main de leur ami.

— Jake et Bake, répéta Claude, c'est comme ça qu'on vous appelait, à l'époque. Vous étiez toujours ensemble. Je suis surpris de te voir assister à ce genre d'événement, Cayden.

Jake, qu'une jeune femme venait de rejoindre, leur fit un petit signe avant de s'éloigner.

— Alors, qui t'a laissé quitter la Pointe ?

— Il m'arrive de sortir, tu sais, répondit Cayden. Tu vis toujours à Chicago ?

— Oui, et j'adore cette ville. Personne ne pourra m'en chasser ! J'avoue que je n'ai jamais regretté la Pointe du Sable. Et toi ? Tu travailles toujours pour la famille ?

Claude désigna Jake d'un coup de menton, mais Cayden le remarqua à peine. Son attention venait d'être retenue par une femme à la silhouette de rêve qui venait de faire son apparition dans la salle. Avery, qui portait toujours des tailleurs classiques au club, avait cette fois revêtu une robe « baby-doll » très courte dévoilant ses jambes fuselées et des escarpins à talons aiguilles qui mettaient en valeur l'arrondi parfait de ses fesses. De toute évidence, elle avait bien des atouts cachés – en particulier cette facette plus joueuse et moins guindée que Cayden eut soudain envie d'explorer.

— … essayé de trouver un boulot là-bas, mais… Cayden ! Tu m'écoutes ?

— Désolé, Claude, mais non : j'ai décroché un instant.

Il tendit la main à son vieux camarade de classe, sans quitter Avery des yeux.

— En tout cas, c'était un plaisir de te revoir.

Claude lâcha un petit rire en lui serrant la main.

Tandis qu'Avery s'avançait dans la salle de plus en plus peuplée, Cayden s'approcha d'un pas rapide, faisant de son mieux pour ne pas la perdre de vue au milieu des smokings immaculés de la plupart des invités. Il ne se demanda même pas pourquoi il la suivait ainsi, ou pourquoi il ignorait les regards aguicheurs de certaines femmes sur son passage. À la vérité, retrouver le visage familier d'Avery au milieu de cette foule d'inconnus avait quelque chose de réconfortant. La plupart des gens le voyaient comme un amateur de soirées mondaines, une sorte de mâle alpha extraverti, toujours au diapason de ses pairs. Quand il en avait besoin, il revêtait parfois ce masque, en effet. Mais au fond de lui, il se sentait bien plus à son aise avec un petit groupe d'amis proches.

— Cayden Barker !

Il fronça les sourcils, interrompu dans sa filature par une femme qui vint se camper devant lui. Son visage ne lui rappela rien.

— Euh… Bonsoir, dit-il sans pouvoir s'empêcher de darder des regards scrutateurs tout autour de lui.

La femme croisa les bras et s'éclaircit la voix.

— Ne fais pas comme si tu ne te souvenais pas de moi.

Cayden cessa de chercher Avery et se concentra sur la femme agacée – et agaçante – qui le dévisageait. Elle était grande et portait une robe d'un rouge agressif qui semblait moulée sur son corps un peu trop mince.

— Teagan Howard, Northwestern, reprit-elle. La classe du Pr Yancey. Je t'ai appris une formule mathématique de mon invention qui t'a sauvé les miches pendant un test ! Comment as-tu pu m'oublier, après ça ?

— Teagan ! Bien sûr. Je me souviens, maintenant.

— Non sans mal, répliqua-t-elle avant de passer une main dans ses longs cheveux noirs qui descendaient jusqu'à sa taille et la faisaient paraître encore plus pâle. Pourtant, ce n'est pas comme s'il s'était passé des décennies.

— Ça fait quand même un bon moment.

Cayden dut la laisser l'enlacer, puis il reprit :

— Alors, comment vas-tu, ces temps-ci ?

— Bien, et toi ?

— Je travaille dur et j'évite de m'attirer des ennuis, répondit-il en reprenant sa recherche d'Avery.

— Qu'est-ce qu'il y a ? Tu as perdu ta femme dans cette foule ?

Cayden sourit devant cette grossière tentative pour lui soutirer des informations personnelles.

— Je ne suis pas marié, mais j'ai aperçu quelqu'un à qui je dois parler à tout prix. C'était un plaisir de te croiser.

Il reprit sa route, mais Teagan lui emboîta le pas.

— Pas si vite, mon grand ! Donne-moi ton numéro.

Il lui glissa sa carte avec son numéro de portable professionnel.

— Parfait, je t'appellerai. On pourrait déjeuner ensemble, un de ces quatre.

— À bientôt, répondit-il sans s'engager à rien, avant d'accélérer le pas pour mettre plus de distance entre eux.

Il arriva à une intersection entre deux parties de la salle et s'apprêtait à tourner à droite quand un mouvement sur sa gauche attira son regard. C'était Avery, qui repoussait fermement un homme aux intentions clairement déplacées. Lorsque celui-ci se tourna, Cayden put voir son profil ; son sang ne fit qu'un tour et il pressa le pas.

— Avery ! lança-t-il d'une voix forte en approchant.

— Cayden ! Salut.

Le soulagement dans la voix d'Avery lui réchauffa immédiatement le cœur.

— Est-ce que tout va bien ?

— En quoi ça te regarde ? intervint l'homme, que Cayden avait soigneusement ignoré jusque-là.

Il s'agissait de l'un des ennemis jurés de la famille Eddington – et, par conséquent, le sien également. Lawrence Kincaid. Un salopard de la pire espèce. Cayden passa un bras autour de la taille d'Avery (il réfléchirait plus tard au sens de ce geste protecteur) et continua à ignorer l'autre homme.

— Je savais bien que je t'avais vue passer. Ça va ?

— Maintenant, oui, répondit-elle d'une voix si basse que lui seul put l'entendre.

— Nous étions en train de discuter et tu nous as interrompus, grommela Lawrence.

— Vraiment ? demanda-t-il à la jeune femme sans même regarder son adversaire.

— Oui, vraiment ! coupa celui-ci. Va-t'en !

Cayden baissa les yeux sur la main qui venait d'enserrer son bras, puis dévisagea son propriétaire.

— Si tu tiens à tes doigts, je te suggère de me lâcher immédiatement.

— Sinon quoi ?

Lawrence le lâcha, en effet, mais uniquement pour s'approcher un peu plus avec un air de défi.

— Inutile de jouer les durs, vieux, gloussa Cayden.

Un sourire hypocrite accueillit sa réponse. L'autre lissa son smoking, ajusta sa cravate et renifla d'un air désabusé.

— Oui, c'est ça. Ne me cherche pas. Tu vises trop haut, gamin.

Cayden se tourna de nouveau vers Avery, en prenant soin de guetter Kincaid du coin de l'œil.

— Puis-je t'offrir un verre ?

— Avec plaisir.

Ils se dirigèrent ensemble vers le bar, mais la voix de Lawrence les arrêta :

— C'est plutôt culotté de ta part de t'afficher en public avec une ennemie. J'avoue que tu n'as jamais été du genre futé. Dur, dur…

Cayden poursuivit sa route en faisant comme s'il n'avait pas entendu cette dernière provocation. *S'afficher avec une ennemie ?* Cette remarque l'intriguait, mais il y songerait plus tard. Pour le moment, il avait surtout besoin de se détendre.

— Merci d'être intervenu, lui glissa Avery après quelques pas.

— Aucun souci.

Il lâcha sa taille et sentit immédiatement un vide.

— Si je peux me permettre une question : que s'est-il passé entre vous ? reprit-il.

— C'est une histoire de boulot…

Il s'arrêta de nouveau et attendit qu'elle s'explique.

— Lawrence voulait conclure un marché au club, mais c'était une demande que nous ne pouvions pas accepter.

Cayden n'était pas sûr de la croire, mais il préféra ne pas insister. Pour l'instant. Quand ils atteignirent le bar, il se contenta de demander :

— Qu'est-ce que tu veux boire ?

— Un verre de pinot noir, s'il te plaît.

Ils trouvèrent un espace libre devant le comptoir bondé et Cayden posa un billet de vingt dollars sur le bar. Le serveur l'aperçut, lui fit un petit signe de tête et s'approcha dès qu'il eut les mains libres pour prendre leur commande.

Avery se mit à hocher la tête en suivant le rythme du grand succès de Mary J. Blige qui se déversait des haut-parleurs. Finalement, elle se pencha vers Cayden pour se faire entendre par-dessus la musique.

— Je ne savais pas que tu venais à ce genre de soirées.

— La plupart du temps, je fais tout pour les éviter.

— Je me disais bien que je ne t'avais jamais vu aux First Fridays, avant. Qu'est-ce qui t'a amené, ce soir ?

— Jake m'a invité. Et puis, avec le tournoi de golf dans moins d'un mois, j'ai pensé qu'il serait bon de m'assurer que je n'ai oublié aucun invité potentiel et que j'ai bien toutes les coordonnées des autres. Et toi ?

— Je suis une habituée. C'est un bon endroit pour entretenir son réseau, alors on peut dire que ça fait partie de mon travail.

Cayden s'écarta un peu et l'examina de la tête aux pieds avec gourmandise.

— Dans ce cas, j'aime beaucoup ton uniforme.

Elle éclata de rire.

— J'ai dit que ça faisait partie de mon travail, pas que je suis *au travail.*

— J'essayais de te complimenter, c'est tout.

— Dans ce cas, merci.

Leurs boissons arrivèrent : du vin pour Avery et une bouteille de bière d'importation pour Cayden. Au même instant, il vit Jake approcher et lui fit signe de les rejoindre.

— Jake, tu te souviens d'Avery qui était au lycée avec nous ? C'est la petite sœur de Lisa Gray.

— Lisa Allen, maintenant, précisa Avery.

— Oui, je me souviens.

Jake lui tendit la main.

— Ravi de te revoir.

— De même.

— Comment va ta sœur ?

— Elle a eu quelques problèmes de santé, mais elle est en train de s'en remettre.

Le barman s'approcha pour prendre la commande du nouveau venu et le DJ poursuivit son tour d'horizon des plus grands tubes en lançant une chanson de Bruno Mars. Avery se mit à se dandiner en rythme sur son tabouret.

— As-tu envie de danser ? lui demanda soudain Cayden.

— Moi ?

— Oui, pas Jake !

Elle sourit et se laissa glisser de son siège.

— Volontiers.

Cayden se tourna vers son ami et dit :

— On se voit plus tard, vieux.

— C'était un plaisir de te rencontrer, Jake, ajouta Avery.

Bien vite, ils se retrouvèrent tous les deux noyés dans une mer de corps. Cayden prit soin de bouger en rythme, avec sensualité, tout en admirant les mouvements sexy d'Avery. Ses hanches et ses fesses faisaient virevolter sa robe courte et fluide. *Bon sang, qu'elle est belle, dans cette tenue…* Avait-elle perdu un peu de poids ? La chanson s'acheva trop rapidement à son goût, et le DJ enchaîna sur un slow qui changea l'ambiance de la piste de danse. Les premières notes de *One Wish*, de Ray J, vinrent réchauffer l'atmosphère entre Cayden et Avery. Il s'approcha un peu et murmura :

— J'adore cette chanson.

Elle leva les yeux vers lui, papillonnant un instant des paupières.

— Moi aussi.

Sans prononcer un mot de plus, il passa un bras autour de sa taille et l'attira contre lui. Un petit cri de surprise échappa à Avery, puis elle glissa les mains autour de sa nuque. Ils ondulèrent lentement au rythme de la musique. Elle était fermement calée contre lui et Cayden sourit. Il commençait à peine à se détendre quand il sentit des yeux posés sur lui. Il releva la tête. Lawrence le dévisageait avec une grimace satisfaite, un peu tordue, qui aurait pu passer pour un sourire.

C'est plutôt culotté de ta part de t'afficher en public avec une ennemie.

Cayden se détourna, agacé, et se concentra sur les courbes voluptueuses qui échauffaient son sang à chaque pas. Sa main descendit jusqu'à la naissance des fesses si appétissantes d'Avery – sans doute incluses dans le « marché » que Lawrence avait voulu conclure avec elle et qu'elle avait refusé. Un parfum floral aux notes citronnées l'enveloppa. Les boucles soyeuses de sa cavalière lui chatouillaient le menton. Il écouta un instant les paroles, qui l'invitaient à faire un vœu. S'il s'était exécuté, en cet instant, Avery aurait certainement été au centre de son souhait…

- 8 -

À la fin de la chanson, Cayden ne la lâcha pas et Avery resta quelques instants contre lui. Le regard qu'il posait sur elle éveilla un feu au creux de ses cuisses et fit pointer ses tétons sous sa robe. Un second slow commença et Cayden l'attira de nouveau, la tête penchée sur elle. Elle redressa instinctivement le menton. Leurs lèvres étaient toutes proches, s'effleuraient presque. Elle sentit sa grande main remonter le long de son dos et s'arrêter derrière sa tête. Il ne fallut pas plus que la douce pression de ces longs doigts fermes dans ses cheveux. Leurs bouches se rencontrèrent. Et quelque chose explosa en elle comme un feu d'artifice. La musique parut s'intensifier et tous les convives – voire la salle de bal entière – s'évanouirent dans les limbes. La langue de Cayden toucha d'abord timidement la sienne, l'invitant à prolonger leur baiser. Elle ouvrit la bouche dans un gémissement de plaisir. L'autre main de son cavalier se referma sur ses fesses.

Elle n'arrivait pas à croire aux réactions de son propre corps. Toute sa chair s'embrasait là où il la touchait et en demandait plus. Il l'embrassa longuement, avec une gourmandise nonchalante. Elle aurait pu savourer ces lèvres chaudes pendant des heures, des jours, et elle eut soudain envie de les sentir bien plus bas, entre ses jambes. Apparemment, elle n'était pas la seule à se laisser envahir par l'excitation, à en croire le membre ferme qui se pressait au bas de son ventre. Une part d'elle fut tentée d'oublier toute prudence, de l'allonger sur le parquet lustré de la piste de danse et de lui faire l'amour ici et maintenant, au milieu de tous ces gens venus pour danser et pour étoffer leur carnet d'adresses. Mais la partie la plus raisonnable de son esprit lui rappela que ce n'était pas une simple fête. C'était un First Friday et les plus gros pontes de la ville étaient là. Cette pensée soudaine la fit tressaillir et elle bondit en arrière, si brutalement qu'elle faillit trébucher. Heureusement, la poigne solide de Cayden l'aida à garder l'équilibre.

— Je suis désolée, mais je dois…

— Laisse-moi encore un instant, bébé, dit-il. Le temps que mon corps se calme un peu.

Elle sentit de nouveau son sexe dressé et fut traversée par une nouvelle bouffée de chaleur. Ils continuèrent à danser jusqu'à la fin du morceau et le petit soldat de Cayden passa enfin du garde-à-vous au repos. Cette fois, quand elle s'écarta de lui, elle n'eut pas le courage de croiser son regard. Il avait l'air bien moins perturbé qu'elle. Il lui prit la main et l'entraîna hors de la piste encore bondée.

— Merci, murmura-t-il tout en marchant. C'était… très agréable.

Avery ne sut que répondre. Sur le moment, elle fut heureuse de pouvoir marcher de manière presque naturelle sans devoir réfléchir à chaque mouvement de ses muscles, car elle était incapable de penser !

Ils arrivèrent enfin au bord de la piste, où la foule se faisait moins dense.

— Aimerais-tu boire un autre verre ?

Étrange… Cayden paraissait parfaitement détendu, comme si embrasser une femme au beau milieu d'une soirée professionnelle était une chose habituelle, pour lui.

Elle remarqua aussi qu'il n'avait pas encore lâché sa main. Tout en lui était si bon… Trop bon. Et c'était un problème.

— Non merci, répondit-elle. Je dois aller me rafraîchir.

Sans prononcer un autre mot, elle tourna les talons et s'empressa de s'éloigner – elle voulait se trouver n'importe où, pourvu que Cayden n'y soit pas. Les toilettes. Le hall. Le parking. Le premier endroit venu, avec beaucoup d'air et *sans* lui, ferait l'affaire. Elle atteignit la porte des sanitaires les plus proches et se glissa à l'intérieur. Elle s'enferma dans une cabine avec soulagement et s'adossa à la froide cloison métallique. Ses seins lui faisaient mal. Une pulsation animait son sexe. *Avery, reprends-toi !*

Elle s'assit sur le siège le temps de faire son affaire, ferma les yeux et prit quelques profondes inspirations. Peu à peu, son cœur retrouva un rythme normal et sa peau se rafraîchit. En sortant, elle passa un peu d'eau froide sur ses mains et ses poignets, se tamponna la nuque et le front. Retrouvant enfin son sang-froid, elle donna un peu de gonflant à ses boucles, que le menton de Cayden avait aplaties, puis tira de son petit sac un miroir et un rouge à lèvres.

Une chasse d'eau fut tirée derrière elle et l'une des cabines s'ouvrit. L'autre femme vint se laver les mains dans le lavabo voisin, tout en dévisageant ouvertement Avery dans le miroir. Celle-ci rangea son rouge à lèvres, un peu gênée, et entreprit de se repoudrer les joues. La femme s'approcha du séchoir, examinant Avery de la tête aux pieds. Ça commençait à devenir agaçant. Pour qui se prenait cette inconnue ? Soudain, un soupçon l'assaillit. Elle planifiait les événements au sein d'un club réputé et avait travaillé au Chalet du Lac pendant deux ans avant cela. Cette femme avait-elle assisté à un mariage organisé à l'hôtel, ou avait-elle dîné à la Pointe ? Peut-être était-elle une cliente potentielle cherchant à se faire connaître.

Après tout, cette soirée était faite pour faciliter les contacts professionnels. De toute évidence, si elle avait oublié ça, c'est qu'elle était encore bien trop troublée par le baiser de Cayden ! Elle rangea son maquillage dans son sac et en sortit son parfum préféré. De son côté, l'inconnue revint devant le miroir pour rectifier son rouge à lèvres. Avery l'examina dans la glace, admirant un instant la robe rouge vif qui épousait à merveille une silhouette taille zéro.

— Je ne pourrais jamais me permettre de porter une telle robe, remarqua-t-elle. Elle vous va très bien.

— Merci.

La réponse était un peu sèche, mais Avery allait s'en contenter. Elle passa consciencieusement de la crème sur ses mains.

— Belle soirée, hein ?

L'autre s'immobilisa, son tube de rouge à lèvres ouvert, et la regarda dans le miroir.

— Pas mal, oui.

Avery tressaillit. Elle n'avait jamais aimé les femmes hautaines. Elle referma son tube de crème et le replaça dans son sac avant de tourner les talons.

— Comment connaissez-vous Cayden ?

La question la prit au dépourvu. Néanmoins, elle fit volte-face et sourit.

— Quel Cayden ?

— Cayden Barker. Ne faites pas l'innocente, je vous ai vus danser ensemble.

Décidément, ces remarques acerbes commençaient à l'agacer. Elle aurait sans doute dû quitter les toilettes sans répondre, mais sa curiosité et son instinct de guerrière la poussèrent à rester.

— Ne dansez-vous donc qu'avec les gens que vous connaissez ?

— Je pourrais danser avec un inconnu, répondit sèchement la femme, mais je n'ai pas l'habitude de fourrer ma langue dans leur bouche.

— Vous devriez pourtant essayer : ça mettrait un peu de piment dans votre vie.

Cette fois, Avery s'en alla, son sourire de façade toujours plaqué sur ses lèvres. Malgré sa bravade, elle sentit son estomac se nouer. Si cette femme les avait vus s'embrasser, combien d'autres personnes avaient pu remarquer ce baiser imprudent ? Et quels possibles contrats risquait-elle d'avoir gâchés en faisant une chose aussi stupide ? En général, elle tenait pourtant à se montrer professionnelle en toutes circonstances. Quelle mouche l'avait donc piquée pour qu'elle perde l'esprit à ce point ?

Ne joue pas les ingénues. Tu le sais très bien.

Bien sûr qu'elle le savait. C'était à cause de Cayden Barker. De ses yeux. De sa voix. De son corps musclé contre le sien. Au lieu de prendre le couloir de gauche qui conduisait à la salle de bal, elle bifurqua à droite et se plaça dans la file d'invités qui attendaient devant le vestiaire. Il y avait sans doute beaucoup de gens à qui elle aurait dû parler, ce soir, et plusieurs clients potentiels susceptibles de renforcer la réputation du club. Mais elle allait devoir patienter jusqu'au prochain First Friday parce que, si elle croisait Cayden Barker une fois de plus, ce soir, elle avait peur de l'embrasser de nouveau.

Trop nerveuse pour rentrer directement chez elle, elle regretta de ne pas avoir d'amies intimes – chose qui lui arrivait rarement. Pour une fois, elle aurait voulu pouvoir se distraire en buvant un verre avec un groupe de copines enjouées. Hélas, après la mort de leur mère, sa sœur et elle avaient été contraintes de s'installer chez une grand-tante à la Pointe. Il avait fallu attendre sa rencontre avec Brittany pour qu'elle ressente un vrai lien complice avec quelqu'un d'autre que Lisa. Cette jeune femme plus âgée, à la fois belle, confiante et rayonnante en toutes circonstances, avait été une sorte de modèle pour elle. Lorsque Brittany leur avait raconté les agissements de Cayden, Avery s'était sentie révoltée.

Cayden avait été accusé de vol par la banque dans laquelle Brittany et lui travaillaient ensemble, et un véritable scandale avait secoué la ville entière. On avait menacé de lui intenter un procès. Des mots comme *détournement de fonds* et *fraude* avaient été lancés dans tous les sens comme des balles de golf. Il avait failli être renvoyé d'Eddington Enterprise et l'affaire avait fait la une du *Pointe du Sable Star*, ainsi que de certains journaux de Chicago. Puis, quelques mois plus tard, tout avait disparu – rapidement, en silence. Aucune charge n'avait été retenue. Cayden avait gardé son emploi et Brittany était partie, coupant tout contact avec Lisa et Avery. Ce départ soudain leur avait fait du mal, c'était certain…

Avery atteignit les limites de la ville. Pendant tout le trajet, les souvenirs de son baiser avec Cayden n'avaient cessé de la hanter. Elle aurait tellement voulu recommencer… Cent fois. Pour de vrai. Et aller plus loin – par exemple dans un lit, nue avec lui. Elle imagina les câlins qu'ils auraient pu échanger juste après avoir fait l'amour. Bien sûr, il était impensable de faire une telle chose avec un client, mais Avery pouvait au moins se permettre de fantasmer, de laisser son imagination se déchaîner. Le club avait une règle très stricte concernant les rapports entre employés ou avec les clients. En un mot, c'était interdit. Maggie avait bien insisté sur ce point lors du premier entretien d'embauche.

Quand elle parvint enfin à se tirer de ses réflexions, elle se rendit compte qu'elle venait de se garer devant la maison de sa sœur. Elle n'avait même pas pensé à l'appeler pour la prévenir. Pourvu que Lisa soit chez elle ! Son aînée avait toujours eu les pieds sur terre et un très bon sens pratique. Il était impossible de savoir ce qu'elle penserait quand elle apprendrait qu'Avery avait embrassé un client au milieu d'une salle de bal, lors d'une soirée professionnelle, mais elle aurait sans doute de bons conseils à lui donner.

Attrapant son sac, Avery sortit de sa voiture et remonta l'allée jusqu'à la porte. Ses escarpins vertigineux, qui lui avaient paru très adaptés à l'occasion quelques heures plus tôt, commençaient à la torturer. Arrivée au sommet des marches de béton, elle frappa quelques coups.

Son beau-frère vint lui ouvrir.

— Avery ? Que fais-tu ici ?

— J'étais dans le quartier et j'ai voulu vous faire un petit coucou, c'est tout.

Elle s'en voulut soudain de les déranger.

— Menteuse, répondit-il d'une voix bourrue, non sans sourire et l'inviter à entrer. Pourquoi boites-tu comme ça ?

Pour toute réponse, Avery se laissa tomber sur une chaise, dans l'entrée, et libéra enfin ses pauvres orteils de leur carcan. Frank s'approcha et secoua la tête.

— Je ne comprendrai jamais pourquoi vous tenez tant à vous infliger ce genre de choses, vous, les femmes… Lisa ! Ta sœur est ici !

Avery sut immédiatement que le pas précipité qui résonna dans la maison n'était pas celui de sa sœur. Elle leva les yeux au moment où Amanda, sa nièce, déboulait dans le hall.

— Tante Avery !

— Salut, ma grande.

La fillette se jeta dans ses bras, lui arrachant un grand éclat de rire.

— Tu es jolie, Tante Avery. Pourquoi es-tu habillée comme ça ?

— Je viens de quitter une fête, mais je n'avais pas envie de rentrer à la maison, alors j'ai décidé de passer vous voir.

Amanda la dévisagea d'un air perplexe.

— Tu viens me voir, moi ? Ou maman ?

— Toutes les deux, mademoiselle Je-Pose-Trop-De-Questions. Comment va Lisa ?

— Je vais bien…

Sa sœur entra plus lentement. Elle avait l'air fatiguée mais avait retrouvé des couleurs, depuis leur dernière rencontre. Elle avait aussi cessé de maigrir. Tant mieux : cela voulait sans doute dire que le traitement faisait son effet.

— Il était temps que tu t'inquiètes de ta grande sœur…

Avery se leva et l'enlaça tendrement, puis tout le monde passa dans le salon pour permettre à Lisa de s'asseoir.

— Je sais. Ça fait bien deux semaines qu'on ne s'est pas vues.

— Ça fait un mois !

— Non ? !

— La dernière fois qu'on s'est parlé, c'était le 1er avril, juste avant que ta patronne parte en congé maternité. Je crois que tu m'as appelée le lendemain pour m'annoncer que le médecin lui imposait de garder le lit et que tu allais devoir gérer le département toute seule.

— Bon sang… J'ai l'impression d'être une égoïste.

— Je n'ai pas dit ça pour que tu te sentes mal.

— Au contraire, ne te gêne pas : je le mérite. Je n'arrive pas à croire que le temps soit passé si vite. Je suis vraiment désolée, Lisa. Je te promets de faire mieux, à l'avenir. Tu as l'air en meilleure forme que la dernière fois, en tout cas. Les traitements t'aident à te sentir mieux ?

— Les traitements me mettent dans un état merdique, mais j'imagine que ça veut dire qu'ils fonctionnent.

— Maman ! Tu as dit un gros mot ! s'écria Amanda.

— Je vais t'apprendre un nouveau gros mot, si tu ne nous laisses pas discuter tranquilles : *punition*…

D'un seul coup, la fillette reporta toute son attention sur les escarpins qu'Avery avait abandonnés près de la porte.

— Tes chaussures sont jolies, tatie. Je peux les essayer ?

— Et te rompre le cou ? intervint Lisa. Certainement pas ! Nous ne pouvons pas nous permettre de payer un séjour à l'hôpital pour deux personnes, dans cette maison. Va finir de ranger tes jouets.

— Mais je veux parler avec Tante Avery !

— Je viendrai t'aider dans une minute, ma puce, répondit celle-ci pour apaiser la situation. Laisse-moi discuter un peu avec ta mère, d'abord.

Elle la regarda monter l'escalier avec un petit sourire.

— Elle grandit si vite…

— C'est vrai. Et c'est pourquoi tu ferais mieux de te dépêcher de lui donner une cousine. Si tu continues à perdre ton temps, elle deviendra trop grande pour jouer avec.

— Je ne suis pas sûre d'être prête à fonder une famille ; mais même quand ce sera le cas, il faut en général un homme pour ce genre de choses…

— Tu ne sors toujours avec personne ?

— Où veux-tu que je trouve le temps pour ça ? Le départ soudain de Maggie a mis en pause tous les projets de vie sociale et de rencards que je n'avais pas !

Toutes deux éclatèrent de rire, puis se plongèrent un instant dans un silence tranquille.

— Alors, ta patronne a-t-elle accouché ? finit par demander Lisa.

— Non, mais elle est passée d'un alitement partiel à une immobilité quasi totale.

— Et comment va le travail ? Tu t'en sors, à la tête de l'événementiel pour un club aussi prestigieux ? Ça doit être intimidant, d'autant plus que tu ne travailles là-bas que depuis quelques mois.

— J'avoue que j'ai été trop occupée pour penser à me laisser intimider. Un grand tournoi de golf est prévu pour le 4 Juillet et je n'ai eu que deux mois pour l'organiser.

— Bon sang ! Pourquoi ont-ils attendu si longtemps avant de se décider ?

— Je ne sais pas, mais ça n'a pas d'importance. C'est un gala de charité pour la SOMA, la Société de Ma'at.

— Cette fraternité de mecs coincés, d'avocats, de politiciens et tous leurs potes de la haute ?

Avery acquiesça.

— Ils font vraiment du bon travail, tu sais. Cet événement te concernera même un peu, indirectement. Les fonds levés sont destinés à aider les patients sans assurance ou sans moyens à obtenir de bons traitements cancérologiques au PDS Medical.

— J'avoue que c'est une bonne idée.

Lisa se leva lentement de sa chaise.

— Viens dans la cuisine avec moi et dis-m'en plus pendant que je prépare une salade de poulet. Essaie de ne pas tacher cette robe de midinette.

Avery se lava rapidement les mains tandis que sa sœur sortait des provisions des placards.

— Le tournoi est organisé par un type qui bosse pour Eddington Enterprise.

— J'aurais dû me douter qu'ils seraient impliqués.

— Ils seront sans doute invités, mais ils ne jouent

aucun rôle dans la préparation. C'est Cayden Barker qui s'en occupe.

Lisa fit volte-face dans un sursaut.

— L'ex de Brittany ? Celui que tu as embouti, il y a un mois ?

— Le monde est petit, hein ?

— Qu'as-tu fait pour le convaincre ? Tu lui as offert une réduction pour t'excuser d'avoir détruit sa voiture ?

— Non, en fait, notre collaboration est une pure coïncidence : il avait rendez-vous avec Maggie le jour où elle a été arrêtée.

— Je suppose que votre premier entretien a dû être bizarre…

Oh ! ma chérie, tu n'as pas encore entendu le plus bizarre ! Accroche-toi.

— On était tous les deux un peu gênés, c'est vrai. Je lui ai même proposé de passer le dossier à quelqu'un d'autre.

— Mais il semblerait qu'il ait refusé.

— On a discuté posément et ça a dû le rassurer.

— Qu'est-ce que ça te fait de travailler avec un homme que tu prenais pour un criminel assez riche et haut placé pour échapper aux poursuites ?

— J'essaie de ne pas trop y penser.

— Ça ne doit pas être trop dur. Il est plutôt mignon.

— Je l'ai embrassé.

C'était sorti sans prévenir. Avery avait été incapable de se retenir plus longtemps.

Le couteau que tenait Lisa se figea sur la peau du poulet rôti.

— Tu as fait *quoi* ?

— Ce soir. Au First Friday.

Sa sœur la dévisagea un instant d'un air perplexe, puis murmura :

— Eh bien, on dirait que tu lui as pardonné.

Sa voix s'était faite plus sèche qu'un désert. Avery éclata de rire et, au même instant, tous ses regrets s'envolèrent.

Lisa, elle, se concentra de nouveau sur sa salade.

— Comment est-ce arrivé ?

— Si tu veux la version courte : j'ai juste perdu la tête.

Attrapant un bol d'oignons et de céleri, Avery se mit à les hacher finement tout en s'interrompant pour lui décrire la situation :

— D'après tout ce que j'ai pu voir de lui, Cayden est plutôt un type bien. Je ne sais pas ce qui s'est passé, à l'époque, pour qu'il fasse ce qu'il a fait ; mais je peux au moins te dire une chose, sans le moindre doute… Il a changé. En bien.

— On dirait que tu as un petit faible pour lui. Que ressent-il pour toi ?

— J'avoue qu'il m'attire, mais il ne se passe rien entre nous. Nous nous sommes juste laissé emporter par le moment. Dans un mois et demi, quand le tournoi sera passé, nous n'aurons plus besoin de nous voir. Nous naviguons dans des univers diamétralement opposés. Je suis sûre qu'il disparaîtra de ma vie aussi vite qu'il y est entré.

- 9 -

Cayden se campa devant les immenses baies vitrées qui occupaient le mur du fond de son bureau. Eddington Enterprise avait installé ses locaux dans le plus haut immeuble de la ville : quinze étages de verre, de brique et d'acier. L'année qui avait suivi la fin des travaux, Stride Kincaid avait commencé à se vanter de vouloir construire un immeuble de vingt étages pour ses propres employés ; mais Derrick, versé en politique, avait graissé assez de pattes au conseil municipal pour faire interdire les constructions d'une telle taille. Cela avait été la conclusion d'une des nombreuses batailles qui avaient fait rage entre les deux familles au fil des ans. Bien sûr, Derrick avait perdu quelques combats, lui aussi. Mais il s'arrangeait toujours pour gagner ceux qui comptaient vraiment.

Aujourd'hui, Cayden se sentait plutôt bien… Les premiers retours au sujet de son futur logiciel étaient très enthousiastes et il avait commencé à rassembler quelques noms pour former son équipe commerciale nationale. Il n'y avait qu'un aspect de sa vie qui semblait encore échapper à son contrôle. Avery, et la distance qui s'était installée entre eux. Professionnellement, bien sûr, rien n'avait changé. Elle continuait à le tenir au courant des préparatifs du tournoi, jour après jour. Le schéma de couleurs choisi pour la décoration avait été arrêté, mélangeant le violet, l'argent et le noir de la Société avec un magenta profond, en référence à Ruban Rose, l'organisme qui assisterait Tami et son équipe lors de la mise en place des aides au PDS Medical. Si tout se passait comme prévu, ce gala serait l'un des meilleurs événements de la SOMA auquel Cayden avait jamais assisté.

Non, l'organisation ne posait pas de problème. Ce qui le gênait plus et lui donnait l'impression que son monde ne tournait pas rond, c'était qu'il n'avait pas *revu* Avery. Toutes leurs conversations se déroulaient par téléphone, textos et e-mails interposés. Le soir de la fête au Four Seasons, quand il ne l'avait pas vue revenir des toilettes, il lui avait envoyé un message ; elle avait répondu que tout allait bien, mais qu'une urgence l'avait obligée à quitter l'hôtel. Il aurait tellement voulu pouvoir discuter avec elle de ce qui s'était passé sur la piste de danse… De leur baiser et des sentiments qu'il avait fait naître en lui. Il aurait voulu lui décrire ce qu'il avait éprouvé en cet instant et lui demander comment elle voyait l'avenir de leur relation. Il aurait également voulu savoir ce qui s'était passé entre elle et Teagan, qui l'avait traqué dans la salle de bal pour lui poser une foule de questions indiscrètes en fin de soirée. Il avait fait tout son possible pour la repousser et lui avait même demandé d'effacer son numéro avant de la quitter. Avec Avery, les choses étaient plus complexes… Moins ils parlaient, plus il avait envie de passer du temps avec elle.

N'écoutant que son instinct, sans se donner le temps de réfléchir ou de changer d'avis, il attrapa son téléphone et lui envoya un texto.

Es-tu prise pour le Memorial Day ? J'aimerais t'inviter à boire un verre.

Il lui envoya ensuite un second message en lui donnant l'adresse et en lui conseillant d'adopter une tenue décontractée. Puis, une fois son téléphone reposé, une pensée unique le traversa. *C'était stupide, vieux.*

- 10 -

Avery se contempla dans son miroir, examinant sa tenue sous tous les angles, perplexe. Lorsque Cayden lui avait proposé de boire un verre, elle avait tout de suite pensé qu'il l'invitait à un événement organisé par les Eddington. Le texto suivant qui lui conseillait de s'habiller de manière décontractée ne l'avait pas rassurée du tout : pour la haute société de la Pointe du Sable et les cercles que l'on pouvait rencontrer au club, une tenue « décontractée » pouvait facilement atteindre les mille dollars.

Elle avait d'abord pensé refuser l'invitation. Depuis leur baiser sur la piste de danse du Four Seasons, ils avaient soigneusement évité d'aborder le sujet… D'un autre côté, s'ils ne voulaient pas marcher sur des œufs pendant tout le gala du 4 Juillet, il allait bien falloir qu'ils en parlent à un moment ou à un autre. Pire encore, il lui manquait ! Leurs échanges, souvent par texto, étaient en général courts et amicaux, mais il fallait bien admettre qu'ils communiquaient presque tous les jours depuis deux mois. Elle regrettait de ne plus entendre sa voix, ses plaisanteries légères. De ne plus le voir flirter avec elle de temps à autre. Oui, il lui manquait. Quant à leur baiser, son souvenir était toujours aussi présent et net dans son esprit. Incompréhensible, puisque ça s'était passé trois semaines plus tôt !

Elle atteignit Chicago quelques minutes avant 19 heures et envoya un message à Cayden pour lui dire qu'elle serait bientôt là. Elle avait entré l'adresse qu'il lui avait donnée dans son GPS et, plus la voix automatisée lui annonçait qu'elle approchait de sa destination, plus elle était convaincue d'avoir mal compris le nom de la rue. Elle n'était pas du tout dans le genre de quartier auquel elle s'attendait ! Lorsque son GPS annonça fièrement « Vous êtes arrivé » devant un banal immeuble en brique, Avery songea qu'elle s'était clairement trompée quelque part. Elle tira son téléphone de son sac et s'apprêtait à vérifier une nouvelle fois le texto de Cayden quand elle le vit sortir de sa voiture et approcher d'un air tranquille.

La première chose qu'elle remarqua, choquée, était qu'il portait un T-shirt, un jean et des tongs. *Ce type possède vraiment des tongs ? !* Elle jeta un regard désabusé à ses propres sandales à talons et aux orteils soigneusement manucurés qui en dépassaient. Elle ne pouvait pas nier l'évidence : elle était *beaucoup* trop habillée !

Cayden s'approcha de la voiture en souriant.

— Salut !

Regrettant de ne pas avoir remis les vêtements simples qu'elle avait portés avant de se doucher, elle ouvrit la portière à contrecœur.

— Tu es venue !

Cayden ne parut pas remarquer son intense malaise. *Les hommes…* Il la serra dans ses bras et elle en oublia un instant son faux pas vestimentaire.

Puis, reculant un peu, il demanda :

— Tu as bien reçu mon message te disant de choisir une tenue décontractée, non ?

D'un seul coup, la gêne revint au pas de charge.

— Je sais, répliqua-t-elle sèchement. J'en ai trop fait.

— Tu es très belle, bien sûr. C'est juste que… Bref, tu verras.

Il lui prit le bras et l'escorta un peu plus bas dans la rue, face à un bar dont l'enseigne au néon à moitié éteinte annonçait « Jack's Joint ».

Devant le regard éberlué d'Avery, Cayden la rassura :

— Ne te fie pas aux apparences. C'est un endroit sympa et j'adore venir ici…

À l'intérieur, elle découvrit un univers de bois sombre et de cuir acajou baigné dans une douce lumière tamisée – exactement ce que l'on pouvait attendre d'un « lounge ». Quelques notes de blues les accueillirent comme de vieux amis. Plusieurs hommes accoudés au bar la dévisagèrent d'un air conquis ; deux autres clients étaient occupés autour d'une table de billard, dans le fond de la salle.

— Bonsoir, Jack ! lança Cayden en faisant signe au vieux barman chauve qui se tenait derrière son comptoir.

— Il n'y a aucune femme, ici, souffla Avery.

— Si, toi. Et tu es avec moi, répondit son compagnon, confiant.

Il la conduisit dans l'une des deux seules alcôves plus intimes, placées près du juke-box qui devait dater au moins des années 1960.

— Pinot noir, comme d'habitude ? demanda-t-il.

Comme d'habitude ? Ils n'avaient bu qu'un verre ensemble, et Avery fut tentée de le lui rappeler. Mais elle se ravisa et se contenta d'acquiescer. Cayden s'approcha du bar. Elle ne put s'empêcher d'admirer la parfaite rondeur de ses fesses dans son jean ajusté.

N'oublie pas pourquoi tu as accepté son invitation, lui murmura une petite voix.

Elle fit donc de son mieux pour choisir son angle d'attaque

en attendant qu'il revienne. Elle se lança dès qu'il posa son derrière si parfait sur la chaise :

— Ce qui s'est passé sur la piste de danse, l'autre soir, n'aurait jamais dû arriver.

— Je sais, répondit-il vivement, sans lui laisser le temps de poursuivre, tout en posant devant elle un verre de vin sur une serviette.

Il se cala contre son dossier, une bouteille de bière à la main.

— Il y avait beaucoup trop de monde autour de nous et nous avons été obligés de couper court au moment où ça devenait intéressant…

Pendant une seconde ou deux, Avery le dévisagea, bouche bée. S'était-elle attendue à une réplique plus cinglante ? Certes non, mais elle n'avait pas non plus pensé qu'il aborderait le sujet de cette manière !

— Je sais que ce n'est pas ce que tu voulais dire, reprit-il, mais ne veux-tu pas au moins goûter ton vin avant qu'on ait cette « conversation » ?

Il avait dessiné des guillemets en l'air pour bien souligner ce dernier mot.

Avery obtempéra, avala quelques gouttes sans les savourer, puis revint à la charge.

— Comme je viens de le dire…

Sa fermeté exagérée pendant son petit discours, son doigt pointé vers lui et le geste qu'elle eut pour se détendre la nuque à la fin les fit de nouveau éclater de rire.

— Tu es dans les starting-blocks, dis donc !

— Oui, je sais, je parle trop vite…

— Disons plutôt que si parler était une discipline olympique, tu décrocherais la médaille d'or.

Avery gloussa de plus belle.

— Oui, c'est un record, reprit-il. Florence Joyner peut aller se rhabiller !

— Ce n'est pas un sujet facile à aborder, admit-elle. Je pense que je voulais en finir et tout balancer avant de me raviser…

— Nous n'avons pas réfléchi aux conséquences, ce soir-là. C'est arrivé, tout simplement.

— Je sais, et j'en suis la première choquée. Je ne me comporte jamais comme ça, d'habitude ; surtout pendant une soirée à laquelle j'assiste pour le travail. Avec un client, en plus, et devant une centaine de personnes qui pourraient un jour avoir besoin de mes services ! Je crois que je n'ai jamais été aussi embarrassée de ma vie.

— Est-ce pour ça que tu m'as envoyé un texto en prétendant avoir eu une « urgence » ?

Elle acquiesça.

— Je me sentais déjà coupable après ce qui s'était passé entre nous, et une femme est venue m'aborder dans les toilettes pour critiquer mon attitude. Je crois que c'est ce qui m'a décidée à partir.

— Elle s'appelle Teagan, et je suis désolé qu'elle t'ait ennuyée.

— Une de tes ex qui tient encore à toi ?

— Non, une ancienne camarade de classe que je connais à peine, répondit-il.

— Bref, je tenais à m'excuser d'avoir perdu le contrôle, ce soir-là.

Cayden l'observa un instant avant de répondre.

— Je ne peux pas m'excuser. Ce serait un mensonge. J'ai beaucoup apprécié ce baiser.

À ces mots, l'estomac d'Avery se noua. Elle serra les cuisses et fit de son mieux pour rester très droite sur sa chaise.

— J'ai apprécié ce moment aussi, admit-elle, mais ça ne doit pas se reproduire.

— D'accord.

— Le country club de la Pointe interdit toute liaison entre ses employés et ses clients.

— Et quand les personnes en question cessent d'être clientes ?

Troublée, Avery décida que le moment était venu d'observer avec un peu plus d'attention le décor du bar et de savourer son vin à petites – et lentes – gorgées.

— Je devrais sans doute rentrer, dit-elle enfin en reposant son verre encore à moitié plein.

— On est samedi. La soirée ne fait que commencer…

— Pas pour moi.

— Très bien, belle demoiselle. Allons-y.

Il se leva et lui tendit la main. Lorsque leurs doigts s'effleurèrent, un éclair de désir traversa Avery, qui l'ignora de son mieux. Ils ne parlèrent presque pas sur le trajet vers leurs voitures. Elle tenta bien d'aborder le sujet du tournoi de golf, mais aucun d'eux n'avait la tête à ça.

Enfin, arrivée devant son véhicule, elle se tourna vers Cayden.

— J'ai passé un très bon moment, dit-elle avec sincérité.

— Moi aussi. Rentre bien.

— Je vais demander à Charlotte de t'envoyer la liste définitive des invités et les derniers détails à régler avant samedi soir.

— OK. Bonne nuit.

Avery se détournait déjà quand la main de Cayden se posa sur son bras. Elle fit volte-face pour lui demander ce qu'il avait encore à dire, mais sa question mourut sur ses lèvres. Il plaqua sa bouche contre la sienne et lui donna un fougueux baiser, dépourvu de la moindre hésitation.

Incapable de réfléchir, elle se contenta de réagir… Elle se laissa aller contre lui, s'abandonnant au ballet sensuel de leurs lèvres jointes, de leurs langues. La main de Cayden descendit le long de son bras pour se poser sur sa hanche, non sans effleurer au passage la pointe dure et tendue de son téton. Le désir se déversait en elle comme une coulée de lave. Elle avait envie d'étreintes qu'elle ne pourrait jamais connaître, d'un amour qui ne lui était pas destiné. D'un seul coup, elle s'arracha brutalement à lui.

— Cayden…

Sa voix était essoufflée, presque folle.

Il se redressa, serra les dents et fixa le trottoir, droit devant lui. Avery entra précipitamment dans sa voiture, démarra et partit sur les chapeaux de roues, sans même adresser à Cayden un dernier signe dans le rétroviseur. Il lui fallut attendre d'avoir passé plusieurs intersections avant de retrouver une respiration normale, et quelques kilomètres de plus avant de parvenir à se convaincre qu'elle avait fait le bon choix en étouffant dans l'œuf les tentatives de séduction de Cayden. Hélas, ça ne l'aida pas à se sentir mieux pour autant.

Bon sang.

- 11 -

Aux yeux de l'élite de Chicago, les First Fridays étaient des occasions à ne pas manquer. Et pour les Eddington de Pointe du Sable, depuis toujours, le rendez-vous mensuel le plus important était le « First Sunday », un brunch organisé au Domaine chaque premier dimanche du mois. Si on avait la chance d'y être invité, il était impensable de refuser. Cayden se souvenait encore de la première fois où il avait pu participer à cette fête en compagnie de son nouvel ami Jake, dont le père, Derrick, était l'un des mécènes les plus connus du Boys and Girls Club où il passait toutes ses fins de journée et la plupart de ses samedis. Jake avait alors dix ans, comme lui, et il avait accompagné son père à l'un des événements organisés par le centre. Cayden et lui s'étaient immédiatement entendus. Quelques mois plus tard, quand Jake l'avait invité à ce qu'il avait appelé un « déjeuner », Cayden avait vu sa changer pour de bon. En arrivant, il avait pris la demeure luxueuse pour un hôtel. Sa famille avait toujours vécu en appartement et il ne pouvait pas croire qu'une poignée de personnes occupait un manoir aussi immense, au milieu d'un parc de près de deux mille mètres carrés. Cela avait été le premier d'un nombre incalculable de week-ends passés chez Jake Eddington. Quelques années plus tard, les ennuis avaient commencé, avec le mariage de sa mère. Cayden n'avait jamais pu se résoudre à considérer cet homme comme son beau-père, et il était passé su statut de visiteur au Domaine à celui de résident. Un an plus tard, il avait été embauché par Eddington Enterprise (principalement pour assister les cadres) et avait lentement appris les ficelles de la finance, ainsi que l'art d'évoluer en souplesse dans les plus hautes sphères de la société.

Aujourd'hui, pour ce nouveau First Sunday, il s'apprêtait à se garer sur son emplacement réservé quand il vit un voiturier en costume sobre s'avancer vers lui.

— Bonjour, Monsieur, dit le jeune homme aux cheveux impeccables, aux yeux brillants et aux dents blanches qui contrastaient avec sa peau sombre. Je serai ravi de garer cette beauté pour vous.

Ses doigts fins s'attardèrent un instant sur les lignes design du véhicule.

— C'est une jolie voiture que vous avez là.

— Jamais je n'ai pensé à elle comme à une beauté, répondit Cayden, amusé par l'admiration évidente du voiturier.

Lui-même avait sans doute eu un sourire similaire autrefois, lorsqu'il s'imaginait au volant de ce genre de bolide. Étrangement, cet employé lui rappelait le garçon qu'il avait été…

— Mais, étant donné ses courbes, je comprends ce que vous voulez dire, ajouta-t-il avec un sourire.

Il abandonna donc son véhicule aux mains du jeune homme et remonta l'allée qui conduisait jusqu'à la maison principale. Il contourna le bâtiment pour rejoindre le patio, où l'on dressait les tables du buffet depuis cinq ans. Quel que soit le temps, les convives qui préféraient déjeuner à l'intérieur pouvaient profiter d'un solarium rempli de plantes exotiques venues de tous les continents, de meubles élégants, ainsi que de quelques exemples stupéfiants de sculptures traditionnelles en pierre et métal. Le repas offert par la famille était toujours exceptionnel : on employait pour l'occasion des chefs étoilés que l'on faisait parfois venir de très loin pour l'occasion. Avant de rencontrer Jake, Cayden ne se serait jamais douté qu'il existât un tel monde à portée de main… Aujourd'hui encore, il se demandait parfois s'il avait vraiment sa place ici.

— Cayden ! Te voilà !

— Bonjour, maman Mona.

Mona Eddington, la matriarche incontestée du clan et figure proéminente de la vie sociale de la Pointe du Sable, gloussa en s'entendant appeler par ce surnom que Cayden lui donnait depuis ses dix ans. Elle ouvrit en grand ses bras chargés de bijoux en diamant et déposa deux petits baisers furtifs sur ses joues avant de le serrer contre elle.

— Je venais de demander à Jake si tu allais bientôt arriver.

— Est-ce que tout va bien ?

— On ne peut mieux. En fait…

Elle glissa la main au creux de son bras et l'entraîna avec un air de conspiratrice vers la table où s'étaient rassemblés les autres Eddington avec leurs convives.

— … j'ai entendu dire que tu allais bientôt rejoindre la Société.

— Je croyais que les membres étaient tenus au secret en attendant le vote officiel, répondit-il, amusé.

— Mon chéri, rien n'arrive dans cette ville sans que ma famille soit au courant. Ne le sais-tu pas encore ?

Cayden rit doucement.

— Oh si, je le sais très bien.

— Et tu sais ce que ça signifie, n'est-ce pas ?

— Que vous allez vous en donner à cœur joie, avec ces nouveaux potins ?

Mona lui donna une petite tape sur le bras.

— Mais non. Ton entrée dans la fraternité va considérablement élever ton statut. Seules des femmes de grande qualité peuvent se permettre de naviguer dans ce monde très fermé.

Le jeune homme commença à comprendre où elle voulait en venir – et il n'était pas certain que ça lui plaise…

— À l'avenir, le choix de tes compagnes va devenir très important. Tu ne pourras fréquenter que des femmes possédant un certain… pedigree, pour trouver ta place dans les cercles où l'on t'introduira. Des femmes capables de te soutenir et de t'assister où que tu ailles.

Ils arpentèrent le patio à pas lents, tout en discutant. Cayden se contenta d'adresser quelques signes aux personnes qu'il connaissait et remarqua que la plupart des autres invités le dévisageaient avec curiosité. Pour sa part, il était trop préoccupé par ce que Mona venait de lui dire. Au moment où il s'apprêtait à lui demander des explications concernant ce commentaire, ils atteignirent la table familiale. Son salut général fut accueilli par des sourires. Aux côtés des Eddington réunis se trouvaient quelques amis intimes, quelques relations d'affaires et une femme d'une beauté surprenante que Cayden n'avait encore jamais rencontrée. Comme Mona l'attirait dans sa direction, il comprit enfin la raison de cette étrange discussion.

— Assieds-toi là-bas, dit-elle avec autorité. J'aimerais te présenter quelqu'un.

Il obtempéra, se préparant à la confrontation.

— Delaney, voici Cayden Barker, annonça Mona.

Cayden, je te présente Delaney Witherspoon. Cette ravissante demoiselle est la fille d'une amie très chère.

La jeune femme en question lui tendit la main d'un air princier. S'attendait-elle à ce qu'il embrasse ses doigts, mette un genou en terre et lui fasse un serment d'allégeance ? Gêné par cette situation inattendue, il se contenta de lui serrer la main – un geste qui parut déplaire à la jeune femme au plus haut point. Pressé de cajoler son orgueil froissé, Cayden fit de son mieux pour se montrer plaisant.

— C'est un plaisir de te rencontrer, Delaney.

— De même.

Elle parlait d'une voix basse et précieuse, sans faire un geste et en remuant à peine les lèvres. En un instant, les extravagances verbales d'Avery lui revinrent en mémoire. Un petit gloussement lui échappa.

Delaney recula brusquement et le regard de Mona se fit plus dur. Il tenta bien de camoufler son rire sous une quinte de toux, mais échoua lamentablement. La rencontre, orchestrée de main de maître par la matriarche, était en train de sombrer plus vite que le *Titanic*. Cayden tira une chaise pour s'asseoir à côté de Delaney avec une grâce délibérée. Ce n'était pas le moment de vexer maman Mona. Il attrapa le pichet d'eau posé devant lui et se servit un verre, le temps de reprendre le contrôle. Quand il se tourna vers la jeune femme, il avait enfin retrouvé son masque d'homme d'affaires suave et confiant.

— Delaney… C'est un charmant prénom, dit-il.

Le compliment lui valut un demi-sourire.

— Qu'est-ce qui t'amène à la Pointe du Sable ?

Il se moquait éperdument de savoir pourquoi elle était ici, mais c'était un moyen facile d'engager la conversation.

Et cela atténua aussi la tension visible de Mona. Il apprit bien vite que Delaney était la fille unique – entendre : gâtée, choyée et trop protégée – d'un important juge de la région de Washington et d'une ambassadrice. Elle parlait trois langues, avait voyagé dans le monde entier et créé plusieurs entreprises d'e-commerce après avoir obtenu son diplôme.

— Avec les honneurs, précisa Mona. La beauté et l'intelligence font une redoutable combinaison. Celui qui aura la chance d'épouser Delaney verra toutes les portes s'ouvrir devant lui…

Cayden songea un instant à proposer la candidature de Jake ou de Dwight pour cette union prestigieuse et cette idée faillit lui arracher un nouveau rire.

— Tu as un CV très impressionnant, dit-il simplement.

Il aurait sans doute dû s'extasier davantage, mais les paroles lui venaient au compte-gouttes. Tout, chez Delaney, lui paraissait exagéré. En un mot, cette femme ne l'intéressait pas.

— J'ai confié à Delaney que tu as été nominé pour entrer dans la SOMA et je lui ai parlé du gala que tu organises, début juillet. Son père est membre de la Société, comme ses ascendants avant lui, depuis trois générations. Sa charmante épouse et lui participeront à ton tournoi.

Puis, toujours souriante, Mona se tourna vers Delaney.

— Cayden a décidé de soutenir le travail des cancérologues du PDS Medical à travers l'association Ruban Rose.

— La philanthropie est un bien nécessaire et très important, récita la jeune femme d'une voix caressante en posant délicatement la main sur le poignet de Cayden. Dis-moi un peu ce qui t'a poussé à choisir cet organisme.

De retour en territoire connu, il put enfin se détendre et lui parla de son projet tandis qu'on commençait à servir le brunch. Les convives circulèrent de groupe en groupe. Les conversations se délièrent au fil des bouteilles de champagne ouvertes. Lorsqu'un vice-président d'entreprise clairement conquis vint se présenter à Delaney, Cayden en profita pour se défiler et respirer un peu. Avisant Jake, il s'approcha, en quête de soutien moral.

— Alors ? Tu as survécu aux stratagèmes de ma mère ? demanda celui-ci sans même lui laisser le temps de parler.

— Pourquoi ne m'as-tu pas prévenu ?

— Je n'étais pas au courant. Apparemment, Delaney n'est arrivée que ce matin.

— Mona a l'air de vouloir nous passer la bague au doigt. Pourquoi ne pas la garder pour Dwight ou toi ?

— Delaney est comme une sœur pour nous ! Nous la connaissons depuis toujours.

— Alors, pourquoi ne l'ai-je pas rencontrée plus tôt ?

— Quand tu t'es installé ici, elle était en pension en Europe.

— Elle va venir pour le tournoi, soupira Cayden. Ça risque d'être délicat, je le sens déjà…

— Et tu n'as pas encore entendu le pire.

— Quoi ?

— Brittany est de retour.

Cayden ne sut quoi répondre.

— Ne panique pas, reprit Jake. J'ai aussi de bonnes nouvelles : Dwight est enfin prêt à signer un contrat de non-exclusivité pour ton logiciel. Tu seras bientôt l'unique propriétaire d'IA Interface.

— Cool.

— C'est tout ce que tu as à dire ? Tu vas devenir milliardaire !

Cette nouvelle provoqua deux réactions parfaitement contradictoires chez Cayden : il était à la fois excité et terrifié. Bob Masters lui avait conseillé de rester éloigné de tout type de scandale pour ne pas rebuter la SOMA ; mais avec Delaney dans les parages et le retour inattendu de Brittany, il commençait à croire que les ennuis ne faisaient que commencer…

- 12 -

Le mois de juin passa à toute vitesse. Chaque week-end, le club accueillait un événement différent et Avery avait à peine le temps de souffler au milieu de ce tourbillon. Sa vie personnelle dut passer au second plan. Pendant ce temps, Maggie accompagnait sa fille Hanna dans ses premières semaines dans le monde, et elle resterait absente pendant encore huit semaines. Deux mois… Une éternité quand le club de la Pointe était en pleine saison !

Le gala de charité de Cayden approchait à grands pas. En fait, il allait même commencer dès ce soir. Avery était sur le pont depuis 5 heures du matin, pour vérifier deux ou trois fois sa liste de tâches et s'assurer que tout serait prêt pour l'arrivée des invités. Il était à présent 15 heures et le cocktail de bienvenue était prévu pour 18 heures. Elle profita de ce court répit pour se réfugier dans son bureau, enlever ses chaussures, retrousser sa robe longue pour se rafraîchir et reposer sa tête lourde contre le dossier de son fauteuil. Si elle voulait faire une microsieste, c'était maintenant ou jamais. Hélas, son esprit refusait de ralentir. Qu'allait-elle ressentir en revoyant Cayden ? Leurs communications électroniques s'étaient faites plus fréquentes avec l'approche du tournoi, mais ils ne s'étaient pas revus depuis leur second baiser, qui n'aurait jamais dû arriver. Durant les dernières semaines, Avery avait pris soin de conserver avec lui un ton amical mais professionnel. Deux jours plus tôt, elle l'avait invité à faire une dernière inspection des installations prévues pour le week-end, mais il avait dû partir pour Atlanta à la dernière minute et avait annulé leur rendez-vous. Il avait donné son approbation finale par webcam, et aucun d'entre eux n'avait parlé du baiser fatal. Malheureusement pour Avery, ce silence prudent ne l'avait pas empêchée de penser bien trop souvent à cette langue experte et de l'imaginer s'aventurer sur d'autres parties de son corps, dans l'intimité de sa chambre.

Son Interphone sonna soudain et lui arracha un soupir.

— Oui, Charlotte ?

— Je sais que tu te reposes, désolée… Le chef veut te voir en cuisine dès que possible.

Quoi, encore ?

Des pénuries et des délais de livraison les avaient obligés à changer quelques détails du menu à la dernière minute. Pourvu qu'il n'y ait pas eu d'autres problèmes !

— A-t-il dit pourquoi ?

— Non. Veux-tu que je le rappelle ?

Avery se leva et se chaussa à contrecœur.

— C'est bon. Je dois y retourner, de toute manière.

Elle se rafraîchit rapidement dans les toilettes et rejoignit le bâtiment principal où se trouvaient le bar, le restaurant et la salle de bal. Le mois de juillet s'annonçait déjà brûlant et Avery se félicita d'avoir opté pour une robe légère. Ce soir, elle porterait un fourreau, comme le voulait le *dress-code* du club lors des soirées privées ; mais pour l'instant, dans la timide brise, ce jersey fin sur ses jambes nues était un pur bonheur ! Cette courte marche lui rendit sa bonne humeur. Elle avait beaucoup de chance de travailler dans un endroit aussi magnifique.

Elle entra dans la salle de bal et s'arrêta un instant sur le seuil. Bien qu'elle ait déjà vu le décor le matin même, son émotion restait intacte. On avait installé avec soin des tables pour le repas, autour d'une piste de danse. Elle traversa la salle pour gagner la cuisine – où la magie allait opérer.

— Lamar, dit-elle en entrant. Charlotte dit que tu voulais me voir ?

— Oui.

Il jeta un coup d'œil par-dessus son épaule, sans son sourire habituel.

— Laisse-moi juste me laver les mains.

Avery leva les yeux vers l'horloge murale.

— Je n'ai pas beaucoup de temps, tu sais.

Après s'être essuyé les mains, le chef jeta son torchon sur le comptoir et dit simplement :

— Suis-moi.

— Est-ce que tout va bien ? Où m'emmènes-tu ?

— Je dois te montrer quelque chose, dans l'une des réserves.

Sans lui laisser le temps de protester, il ouvrit une porte.

— Je pense que tu devrais voir ça.

Puis, tout aussi vite, il repartit vers la cuisine.

— Lamar !

Perplexe, et un peu contrariée, Avery entra dans la pièce. En un éclair, son humeur bascula.

— Cayden ? Que fais-tu ici ?

Il se tenait devant elle, beau comme un dieu dans sa chemise noire, son pantalon décontracté et ses mocassins.

— Je m'apprête à t'offrir quelques minutes de détente.

— Quoi ? balbutia-t-elle, perdue.

— Est-ce que tu as mangé, aujourd'hui ?

Il remonta ses manches d'un air tranquille, comme s'il traînait dans des réserves à longueur de temps. Avery parvint enfin à détourner le regard et examina la pièce. Un bureau chargé de bazar avait été poussé dans un coin pour laisser la place à une desserte, une petite table dressée pour deux et, de l'autre côté... Était-ce une chaise de massage ?

Impossible. Il n'a pas fait ça...

Pourtant, ses yeux ne la trompaient pas. Émue, elle eut du mal à trouver ses mots.

— Tu as arrangé tout cela ?

— Hier, dans l'avion, j'ai relu nos conversations de ces deux dernières semaines, et j'ai réfléchi à ce que tu as accompli en si peu de temps. J'en ai conclu que tes clients doivent te tenir trop occupée pour que tu puisses te soucier de *ton* bien-être.

— Je suis... stupéfaite.

Cayden s'approcha de la desserte.

— J'espère aussi que tu as faim. Charlotte a dit qu'elle t'avait monté un bagel avec ton café mais que tu n'y as pas touché. J'ai donc demandé à Lamar de te préparer quelque chose.

— Tu as donné des ordres au chef que j'ai engagé ?

Elle comprenait mieux l'air pincé de Lamar...

— Je lui ai demandé de m'aider et je lui ai glissé une enveloppe pour sa peine. Je suis sûr que tu me remercieras.

— Je n'arrive pas à y croire, répondit-elle, éberluée.

— Oui, il a râlé, mais je pense que c'était plutôt parce qu'il aurait voulu partager cette salade avec toi, à ma place.

Il tira l'une des chaises et lui fit signe d'approcher.

— Assieds-toi. Respire. Nous n'avons pas beaucoup de temps devant nous.

Dès la première bouchée d'épinards frais, Avery comprit qu'elle était affamée. Le plat léger, accompagné de viande froide et de pain aux herbes, lui rendit toute son énergie. Elle constata que Cayden dévorait le contenu de son assiette avec autant d'appétit qu'elle, sans parler. Il n'avait pas dû manger beaucoup non plus, depuis le matin.

Enfin, il jeta un coup d'œil à sa montre.

— Prête pour ton massage ?

— Franchement, tu n'as pas besoin de faire tout ça !

Il lui jeta un regard brûlant.

— Si, au contraire.

Elle se leva, les jambes soudain tremblantes. Dans sa tête, toutes les sirènes d'alarme se mettaient à sonner, mais elle les ignora. Cayden avait raison. Quoi qu'il ait en tête, elle en avait besoin ! Elle chevaucha la chaise et plaça son visage contre le support molletonné.

— Essaie de ne penser à rien pendant les dix prochaines minutes, d'accord ?

Elle acquiesça.

— Ferme les yeux.

De nouveau, elle obtempéra, mais rien ne se passa. Au bout de quelques secondes, une mélodie zen s'éleva dans la pièce. Enfin, les doigts dont elle avait tant rêvé se posèrent sur sa nuque et ses épaules.

— Tu es tellement tendue…, murmura-t-il.

Le grondement grave de sa voix la crispa encore davantage – quelque part entre les cuisses. Il plaça le pouce à la base de son cou, appuya et maintint la pression quelques instants avant de glisser tous les doigts dans ses cheveux. Heureusement pour elle, elle avait opté pour un lissage, ce matin, parce qu'elle aurait été incapable de lui dire d'arrêter pour ne pas déranger ses boucles. Tout comme elle ne put s'empêcher de gémir de bonheur.

— Ce massage est merveilleux…

Sentir les mains de Cayden envelopper sa tête éveillait

une douce excitation en elle. Ses tétons se tendirent. Son sexe s'humidifia malgré elle. Et sa petite perle du plaisir se mit à palpiter d'impatience. Elle fit de son mieux pour étouffer cette flamme brûlante, gigotant un peu sur sa chaise, et la caresse de sa robe l'embrasa plus encore.

Finalement, elle trouva la force de redresser la tête.

— Je devrais sans doute... Mais c'est trop bon !

Elle se leva néanmoins et s'extirpa du fauteuil. Ses jambes, affaiblies par le désir, se dérobèrent sous elle et elle frémit de plus belle. Sans comprendre comment, elle s'écroula soudain contre le torse de Cayden. En un éclair, tout ce qui lui restait de contrôle lui échappa. Il la retourna et leurs lèvres se percutèrent presque, avides de se retrouver. Cette fois, Avery fut la plus entreprenante, glissant sa langue dans la bouche chaude et moite de Cayden, caressant ses boucles châtaines tandis qu'il déposait une myriade de baisers sur son visage, dans son cou. Elle sentit que son sexe se dressait, ferme et tendu, contre elle. N'écoutant que ses émotions, elle referma la main dessus, à travers son pantalon. Elle avait besoin de le toucher, de l'embrasser, de le sentir en elle.

Cayden poussa un petit juron étouffé. En un éclair, Avery se retrouva soulevée de terre, entre ses bras.

— Que... ?

— Chut, ordonna-t-il. Ne pense pas. Profite.

Il l'installa au bord du bureau, avec autant de délicatesse que s'il manipulait une poupée de porcelaine. Des papiers tombèrent d'un côté, des stylos roulèrent de l'autre. Il retroussa sa longue jupe d'été sur ses mollets, ses genoux, ses cuisses. Seul un fragile triangle de dentelle la protégeait encore. La ventilation, au-dessus d'eux, envoyait un courant d'air frais sur sa peau nue. Puis la langue de Cayden prit le relais et, sans se soucier de la barrière dérisoire de la culotte, elle plongea dans le volcan qui s'agitait en dessous. Avery voulut empêcher cette folie, mais son corps refusait de lui obéir. Inconsciemment, elle écarta les jambes et se cambra pour mieux lui offrir son trésor caché. Il n'eut pas besoin de plus d'encouragements. Il écarta la dentelle qui le gênait et dévoila son sexe nu. Quand sa bouche se posa dessus, quand il embrassa ses chairs sensibles, Avery sentit son plus grand fantasme devenir réalité. Elle essaya de s'écarter, de se libérer de cette délicieuse torture, mais il lui tenait fermement les cuisses. Captive, elle le laissa lécher, mordiller, humer son nectar comme un chaton devant une coupelle de crème. Elle tira nerveusement sur sa robe, réprimant le cri qui lui monta aux lèvres quand le plaisir explosa en elle.

Oh. Mon. Dieu.

Elle se laissa retomber sur la table et s'efforça de reprendre son souffle. Des mains tendres rabattirent sa robe sur ses jambes et la lissèrent avec douceur. Puis Cayden la releva lentement pour la serrer contre lui. Enveloppés par son parfum, ils s'embrassèrent de nouveau tandis que de grandes mains chaudes remontaient le long de ses bras, puis de ses épaules, pour se rejoindre dans son cou.

— Voilà, c'est beaucoup mieux, murmura-t-il. Je pense que nous sommes venus à bout de ta tension… D'ailleurs, je tiens à te dire que la salle de bal est splendide. Tout le monde devrait être ravi.

Il déroula tranquillement ses manches, bavardant avec nonchalance, de cette même bouche qui venait de l'envoyer au septième ciel. L'air tout aussi détendu, il rajusta son pantalon, sous lequel son érection semblait enfin se calmer.

— On se retrouvera tout à l'heure, mademoiselle Gray.

Sur un petit clin d'œil, il quitta la pièce. Avery se laissa tomber comme un sac sur la chaise la plus proche et fit de son mieux pour se reprendre. Une chose était absolument certaine : ce qui venait de se produire, qui dépassait de loin tout ce qu'elle avait connu jusque-là, ne devait jamais, *jamais* se répéter.

- 13 -

Cayden s'adossa au marbre froid de sa douche à l'italienne et laissa une pluie de gouttes fines couler sur ses épaules. Le visage d'Avery revint le hanter. Elle avait réagi avec une telle passion, quand il l'avait assise sur cette table… Il était pourtant allé au club uniquement pour s'assurer qu'elle allait se nourrir et pour lui faire un massage de cinq minutes – dix, maximum. Quand il avait discuté avec Charlotte au téléphone, il avait appris qu'elle n'avait même pas pris le temps d'avaler un sandwich. Tout s'était passé très vite, ensuite. Spontanément. Et il en avait apprécié la moindre seconde. Avery n'avait rien dit quand il s'était écarté d'elle. Que devait-il en déduire ? Lui adresserait-elle seulement la parole, une fois le gala terminé ?

Après être sorti de sa douche, il se rasa de près et, encore nu, traversa sa chambre pour passer dans son dressing. Là attendait son nouveau smoking bleu nuit, commandé pour l'occasion. À cet instant, son téléphone se mit à vibrer. Un coup d'œil à l'écran lui apprit qu'il avait manqué plusieurs appels et une vingtaine de textos. C'étaient surtout des membres de la SOMA, qui lui souhaitaient bonne chance. Presque tous les invités avaient répondu présents et il était enfin sur le point de devenir un membre à part entière de la Société. Satisfait et plein d'espoir, il acheva sa toilette par une touche de son parfum préféré et s'habilla.

Moins d'une heure plus tard, sa limousine de location se gara devant l'entrée du club. Plusieurs autres voitures de luxe étaient déjà alignées dans l'allée circulaire. Quelques hommes, dont certains accompagnés par leur épouse, se tenaient dans le patio décoré ou arpentaient le jardin tandis qu'une armée de serveurs faisait circuler amuse-bouches et champagne. Tout le monde souriait. Les conversations allaient bon train. On riait, on se faisait la bise et on s'enlaçait. Pour la première fois depuis longtemps, Cayden se détendit. Il aperçut bientôt son mentor, Bob Masters.

— Je descends ici, annonça-t-il à son chauffeur.

— Êtes-vous sûr, Monsieur ? Je peux essayer de contourner ces voitures pour vous rapprocher de la porte, si vous voulez.

— Non, ça ira. Keri vous a-t-elle donné des consignes pour venir me chercher ?

— Oui, Monsieur. Il vous suffira de m'envoyer un texto dix minutes avant de quitter la soirée. Je ne serai pas loin.

— Merci.

Cayden sortit de la voiture et traversa la route pour atteindre l'allée piétonne. Il salua Bob d'un geste, puis Derrick et Mona, qui attendaient près de l'entrée que l'on trouve leurs noms sur la liste des invités et qu'on les escorte à l'intérieur. Mona se retourna soudain pour échanger quelques mots avec la femme qui se tenait derrière elle. En voyant son profil et son sourire, Cayden reconnut Delaney Witherspoon. Elle lui adressa un petit signe de la main, qu'il lui rendit. Elle était belle, il fallait bien l'admettre. Mona l'invita d'un geste à approcher, mais il désigna Bob, puis la grande porte du bâtiment, pour lui faire comprendre qu'il la rejoindrait plus tard. Il allait avoir besoin de quelques minutes pour trouver un moyen d'expliquer à la matriarche Eddington qu'il n'était pas intéressé par la fille de son amie – ou n'importe quelle autre femme qu'elle pourrait lui présenter. Il ne savait pas si une histoire était possible entre Avery et lui, et il n'était même pas certain de le désirer. Mais elle occupait toutes ses pensées, et il n'y pouvait rien.

Il rejoignit Bob et son épouse Hillary, en pleine discussion avec un couple plus jeune.

— Bonsoir, tout le monde !

Il salua Bob avant de faire un baisemain à Hillary.

— Cayden, puis-je te présenter de très bons amis venus de la côte ouest ? Ils sont aussi membres de la Société. Voici Donald Drake, fondateur de la chaîne d'hôtels, spas et vignobles Drake.

— Enchanté.

— Et voilà sa charmante épouse, Genevieve.

Cayden tendit la main.

— Charmante, c'est le mot. Ravi de vous rencontrer, Genevieve.

— Je vous renvoie le compliment, bel homme, répondit-elle avec un clin d'œil.

Tout le monde rit et Cayden profita de cette occasion pour s'excuser. Il salua quelques autres personnes avant d'entrer dans le hall. Toute l'élite du pays s'y était rassemblée. On ne voyait qu'hommes en smoking et femmes en robe de soie ou de satin. Les coiffures et les maquillages étaient soignés. Des bijoux et des pochettes ornées de pierres brillaient partout. Un discret standard de jazz provenait des enceintes et se mêlait au tintement des verres et aux conversations feutrées. Après avoir fait le tour du hall, Cayden s'approcha de la salle de bal. Il était sur le point d'y entrer quand une voix l'interpella.

Il fit volte-face et sourit en reconnaissant l'homme qui s'approchait.

— Bruce, mon pote !

Au moins l'un de ses anciens camarades de Northwestern avait réussi à venir. Mais son sourire s'évanouit quand il vit la femme qui l'accompagnait. Sa nouvelle coupe asymétrique et effilée donnait à Teagan une tout autre apparence. Il avait failli ne pas la reconnaître.

— Comment ça va, vieux ? demanda Bruce.

— Tout va très bien. Je suis content de te voir.

Ils s'adonnèrent à leur vieux rituel de poignée de main compliquée, puis Bruce se tourna vers sa compagne.

— Tu te souviens de Teagan ? Elle était à l'école avec nous.

— Oui, nous avons fréquenté les mêmes classes, répondit Cayden en lui adressant un signe de tête.

— Bonsoir ! J'avoue que j'ai été surprise quand Bruce m'a parlé de ce gala. Tu ne m'as rien dit, l'autre jour…

Et pour une bonne raison !

Cayden ignora la réprimande et se concentra sur Bruce.

— J'ai d'autres invités à voir. Passez une bonne soirée.

Il reprit sa route, songeant soudain à ce qui s'était passé entre Avery et lui, plus tôt dans la journée. Ravalant son excitation latente, il poussa l'une des portes, mais une personne sortit en même temps et ils faillirent se percuter.

— Oh ! doucement !

— Je vous prie de m'ex… *Cayden !*

Avery baissa bien vite les yeux, mais Cayden, lui, fut incapable de se détourner. Sa robe fourreau, avec une unique bretelle ornée d'un gros nœud, épousait à la perfection sa silhouette en sablier. Elle était aussi parfaitement assortie à son smoking. En y regardant de plus près, il vit qu'elle était ornée de très fines rayures rouges qui rappelaient la teinte des escarpins choisis par Avery. Des épingles à têtes de diamant parsemaient artistiquement sa chevelure et quelques mèches retombaient pour caresser son cou – comme il aurait aimé le faire lui-même. Elle avait opté pour un maquillage minimaliste, mettant ses lèvres en valeur par un rouge à lèvres irisé qui lui rappela immédiatement leurs baisers enflammés. Un seul mot lui vint à l'esprit. Elle était *parfaite*.

— Il faut qu'on arrête de se rentrer dedans, comme ça.

— Désolée, répondit-elle. Charlotte m'a appelée au moment où je passais la porte.

Il aurait voulu lui dire qu'il était ravi de l'accueillir dans ses bras en toutes circonstances, mais le sourire poli qu'elle affichait lui fit comprendre que ce n'était sans doute pas le moment.

— Tout va bien ?

Elle croisa enfin son regard.

— Oui.

— Pas de pépins de dernière minute ?

— Non, rien.

— Tant mieux. Je vois que tu as reçu mon mémo concernant la couleur de ta robe…

Elle lissa nerveusement son fourreau.

— C'est un hasard, mais il faut croire que tu m'as influencée, dit-elle.

— Tu es magnifique.

Elle se détourna de nouveau, clairement gênée.

— Merci. Nous commencerons la soirée à 19 heures. Le maître d'hôtel viendra faire l'annonce tout à l'heure.

Elle reprit sa route sans un mot de plus, sans un « on se voit plus tard » ni même un sourire. Ce n'était pas le comportement d'une femme heureuse d'avoir croisé son amant du jour… Ravalant sa déception, Cayden pénétra dans la salle de bal. Il avait bien assez de soucis en tête pour ne pas se préoccuper des émotions d'Avery à cet instant.

Néanmoins, il ne partirait pas sans avoir eu l'occasion de parler avec elle. Certes, elle craignait que leur attirance complique leur relation professionnelle, mais refuser d'en discuter ne ferait que les stresser un peu plus.

La soirée se passa si bien que trois heures s'écoulèrent sans que Cayden s'en aperçoive. Raelynn Parker, une journaliste populaire de la Pointe du Sable, anima le repas et sut entretenir la bonne humeur. Quelques discours furent prononcés par lui-même, Bob Masters, le président de la SOMA et quelques membres célèbres. À l'exception de Mona qui n'avait pas caché son déplaisir lorsque Cayden avait refusé de s'asseoir près de Delaney pour le repas, tout le monde semblait enchanté par cette première soirée. Une journée finie. Deux à venir.

Il ne revit Avery qu'à la fin du dîner, quand le groupe de jazz invita les convives à danser. Il bavardait dans le hall quand il la vit sortir du bâtiment. S'excusant très vite, il se précipita à sa suite.

— Avery !

Elle se crispa une seconde avant de se retourner.

— Est-ce qu'on peut parler ?

— Je travaille encore, répliqua-t-elle.

— Ce ne sera pas long.

Elle ne répondit pas, mais ne s'éloigna pas non plus. Cayden l'entraîna un peu plus loin de la porte pour que personne ne puisse les entendre.

— Je mentirais si je te disais que je regrette ce qui s'est passé aujourd'hui. Mais je m'excuse si mes actes ont rendu ton travail plus difficile ou plus stressant.

Elle croisa les bras, les yeux au sol.

— J'imagine que tu as obtenu ce que tu voulais.

— Je suis venu pour m'assurer que tu mangeais et te

faire un massage. Ce qui s'est passé ensuite n'était pas prémédité.

— Est-ce comme ça que tu justifies tes actions ? répliqua Avery en lui adressant un regard assassin.

— Es-tu en train de me rendre responsable de ce que nous avons fait ? J'aurais sans doute pu lever le pied, mais je te rappelle que tu étais plus que consentante…

— Tu savais que j'étais vulnérable.

— Je te croyais *fatiguée*, soucieuse à cause du gala, et j'ai pensé qu'un peu de détente te ferait du bien, c'est tout.

— Sans compter que j'étais prête à tomber dans tes bras, c'est ça ?

Cayden recula d'un pas, choqué par ce dernier coup bas. Rassemblant le peu de calme qu'il trouva encore en lui, il baissa la voix et répondit :

— Tu ne crois pas ce que tu dis.

— Vraiment ? Toi et ton petit dîner pour deux, la musique douce…

— Dans une *réserve* ! N'oublie pas ce détail.

— Et pour couronner le tout, ce massage sensuel. Connais-tu beaucoup de clients qui prennent cette peine, ici ?

— C'était un massage du cou et des épaules, parfaitement innocent, protesta-t-il.

— Nous savons tous les deux que tu avais d'autres projets en tête.

— Sérieusement ? Si j'avais vraiment eu l'intention de coucher avec toi, j'aurais installé un lit dans cette pièce et je t'aurais demandé de te déshabiller dès ton arrivée.

— Oh non, tu es bien plus subtil que ça ! Tu préfères manipuler. Je te rappelle que je pourrais perdre mon boulot si quelqu'un apprenait ce qui s'est passé aujourd'hui !

— Très bien ! Si tu tiens à croire à ta version de l'histoire, je ne t'en empêcherai pas. Moi, je sais que c'est faux.

Ce petit scénario que tu te répètes n'est qu'un délire, et la personne que tu me décris n'est pas *moi* !

Sur le point d'ajouter une remarque qu'il pourrait regretter, Cayden tourna les talons et repartit en direction de la grande porte illuminée.

— Cayden ! appela-t-elle dans son dos.

Il ne ralentit pas. Quoi qu'elle veuille lui dire, il n'avait aucune envie de l'entendre. Peut-être avait-elle raison de lui en vouloir ; mais penser qu'il puisse profiter ainsi de la faiblesse d'une femme ? Cela suffisait à le mettre hors de lui.

- 14 -

Avery rejoignit presque en courant le couloir des bureaux, en s'efforçant de retenir ses larmes. Pour la seconde fois, aujourd'hui, elle ne pouvait s'empêcher de se demander ce qui venait de lui arriver. Pourquoi Cayden avait-il invité l'atroce femme qui l'avait malmenée dans les toilettes du Four Seasons pendant la soirée du First Friday ? Il avait prétendu qu'il la connaissait à peine !

Elle sortit vite sa clé et ouvrit la porte de son bureau. Une fois à l'intérieur, elle s'appuya contre le battant, ferma les yeux et fit de son mieux pour calmer sa respiration. Elle retira ses chaussures avec soulagement. Si elle en avait eu l'occasion, elle aurait aussi ôté sa robe et ses sous-vêtements gainants. Hélas, c'était impossible. Elle avait encore du travail. Gardant cette pensée à l'esprit, elle traversa la pièce et s'assit à son bureau pour prendre sa tablette dans un tiroir. Son doigt hésita un instant au-dessus du bouton d'allumage. Les échos de sa dispute avec Cayden résonnaient encore à ses oreilles. Les accusations qu'elle lui avait crachées au visage n'étaient pas fidèles à ce qu'elle ressentait au fond d'elle, alors pourquoi les avoir prononcées ? Pourquoi avoir joué les victimes ? Pourquoi l'avoir blâmé ainsi ?

Parce que tu as peur d'affronter tes sentiments et d'admettre que tu tiens à lui.

Quittant son fauteuil, elle alla se camper devant la

fenêtre. Quand ils avaient failli se rentrer dedans, au début de la soirée, elle avait senti ses jambes se dérober. Une telle beauté, chez un homme, n'aurait pas dû être permise ! Ce soir, il portait son smoking avec un naturel stupéfiant. Dès qu'elle l'avait vu, le désir s'était emparé d'elle et elle avait ressenti l'envie irrépressible de s'enfuir. Elle avait même tout fait pour l'éviter pendant le reste de la soirée.

Vraiment ? On dirait que ton plan a échoué.

Échoué en beauté, même. C'était bien le problème. Quand il l'avait interpellée devant le bâtiment, elle n'avait pas pu l'ignorer, car d'autres invités étaient présents. Bien sûr, elle savait qu'ils avaient besoin de parler, mais elle avait pris peur. S'il avait décidé de la pourchasser, elle n'aurait sans doute pas eu la force de le repousser. Et pourtant, il fallait à tout prix qu'elle garde ses distances. Pour un millier de bonnes raisons. À commencer par le fait que cet homme était un criminel et qu'il avait échappé à la justice. C'était elle qui, à la demande de Brittany, avait déposé à l'accueil de la First Bank une enveloppe contenant les preuves du détournement de fonds dont Cayden s'était rendu coupable et, quand elle avait appris toute la vérité, elle avait été heureuse d'avoir pu contribuer à mettre un terme à cette affaire. Mais le Cayden qu'elle connaissait aujourd'hui ne ressemblait pas à l'homme que Brittany lui avait décrit. Avait-il changé à ce point ?

En outre, elle avait violé les termes de son contrat d'embauche – et au sein même du club ! Avery ne s'inquiétait pas vraiment pour sa situation matérielle. Ses quelques investissements l'empêcheraient de se retrouver à la rue en cas de renvoi. Cependant, elle avait travaillé très dur pour obtenir ce poste et avait lutté contre de tenaces concurrents. Ce gala de charité était sa chance de prouver à Maggie qu'elle avait fait le bon choix. Et coucher avec son client risquait de tout gâcher.

Non, pour l'instant, Avery n'avait pas besoin d'une nouvelle relation. Ni avec Cayden ni avec qui que ce soit d'autre. Mais puisqu'il restait son client et serait présent au club pendant les deux jours à venir, il fallait qu'elle retourne le voir pour s'excuser et parler de ce qu'ils avaient fait dans la réserve. Il avait raison. Tous deux étaient responsables, et elle avait adoré ce moment autant que lui.

Après avoir récupéré les informations dont elle avait besoin pour préparer le tournoi du lendemain, elle partit donc à sa recherche. Elle acceptait enfin le fait que c'était son attirance pour lui qui avait déclenché les hostilités, cet après-midi, et l'avait poussée à l'accuser ce soir. À présent, il était temps de se montrer honnête. La nuit commençait à tomber et une brise plus fraîche soufflait sur les jardins. Les quelques mèches que Touché avait laissées libres en la coiffant vinrent lui caresser la nuque tandis qu'elle marchait. Une fois de plus, elle se souvint de la scène de l'après-midi et crut sentir les lèvres brûlantes de Cayden sur sa peau. Elle était sortie de la réserve en chancelant, détendue et relaxée. Comment avait-elle pu lui en vouloir autant après ça ? Elle devait absolument trouver un moyen d'arranger les choses entre eux – et le plus tôt serait le mieux.

Quand elle atteignit le couloir qui menait au hall d'entrée, elle ralentit enfin le pas, prit une profonde inspiration et retrouva son sourire professionnel. En cet instant, elle ne se sentait pas à sa place ici, mais l'habit faisait parfois le moine et elle se contenterait d'avoir l'*air* confiante.

Cayden ne se trouvait pas parmi les convives qui discutaient dans le hall. Avery poussa jusqu'à la salle de bal, où de la musique contemporaine avait remplacé le groupe de jazz, qui prenait sa pause. La piste de danse était bondée.

Elle parcourut la salle, guettant un smoking bleu nuit, et finit par l'apercevoir au milieu des danseurs. Renonçant à attendre la fin de la chanson, elle plongea entre deux couples et se fraya un chemin jusqu'à lui. Ce qu'elle avait à lui dire ne pouvait pas attendre. Du moins, c'était ce qu'elle croyait avant d'apercevoir la femme magnifique pendue au bras de Cayden. Elle l'avait déjà remarquée, pendant le repas, assise près de Mona Eddington et d'un homme qu'elle avait pris pour son compagnon. De toute évidence, au vu des regards de biche qu'elle adressait à son cavalier, Avery s'était trompée. Était-elle venue avec lui ? Cayden ne l'avait-il quittée que pour parler avec d'autres invités, quand ils s'étaient croisés ? Il était déjà en colère contre elle… Risquait-elle d'empirer les choses en interrompant sa danse ?

Elle n'en savait rien, mais elle n'allait pas tarder à le découvrir.

Contournant les derniers couples qui les séparaient encore, elle s'approcha de Cayden et lui tapota l'épaule.

— Je suis vraiment désolée de te déranger, mais nous avons une urgence.

Il la dévisagea, puis jeta un coup d'œil à sa partenaire.

— Que se passe-t-il ?

— Désolée, répéta Avery à l'attention de la jeune femme, qui l'ignora, avant de se retourner vers Cayden : Peux-tu venir un instant ? Ce ne sera pas long.

Il parut sceptique, puis se pencha à l'oreille de sa cavalière.

— Toutes mes excuses. Laisse-moi te raccompagner jusqu'à la table.

— Inutile, répondit-elle en plaçant une main possessive sur son bras. Fais ce que tu as à faire, chéri. Je serai prête pour notre prochaine danse, à ton retour.

Elle ponctua sa phrase d'un clin d'œil et d'un sourire

qui aurait pu convaincre un végan d'acheter du steak, puis s'éloigna. Avery fit de son mieux pour ne pas grimacer en la regardant glisser avec grâce au milieu de la foule. En conduisant Cayden jusqu'à une salle de réunion vide, elle se sentit étrangement gauche et stupide. Ils n'étaient peut-être plus au lycée, mais elle savait qu'elle n'avait toujours aucune chance de lui plaire. Dans ces conditions, pourquoi s'inquiéter de sa colère ou de ce qu'il pouvait ressentir pour elle ? Aucun avenir n'était possible entre eux. Dans deux jours, leurs chemins se sépareraient et elle aurait sans doute dû le laisser profiter de sa soirée sans raviver leurs blessures.

— Alors, qu'y a-t-il de si urgent pour que tu viennes m'interrompre ? demanda-t-il dès qu'il eut refermé la porte.

Oui, elle venait de commettre une erreur. Il avait probablement hâte de retrouver sa cavalière. Mieux valait en finir très vite.

— Il s'agit de savoir si ce week-end sera un succès ou un échec, répondit-elle.

Bien. Elle avait au moins retenu son attention. Il s'adossa contre le mur, les bras croisés.

— Je t'écoute.

— Nous avons peut-être nos désaccords, mais nous voulons tous les deux rendre ce gala inoubliable. Et ça se passera bien mieux si nous nous entendons.

Il eut un gloussement méprisant, qu'elle ignora.

— Nous avons tous les deux subi beaucoup de pression, ces derniers temps. En ce qui me concerne, je suis sur des charbons ardents depuis des jours. Non seulement je suis nouvelle au club, mais j'ai dû prendre les rênes bien plus tôt que prévu. Je sais que ça n'a rien à voir avec toi. Je tenais juste à rappeler le contexte : ça n'a pas été facile d'obtenir ce poste. Quand Maggie a été mise en arrêt, j'étais terrifiée. Il fallait à tout prix que je me montre capable de satisfaire les clients du club – et ils sont habitués à un service d'exception.

Cayden se redressa, comme s'il allait parler.

— Non, laisse-moi finir, s'il te plaît.

Il obéit. Sa posture parut même se détendre un peu.

— Depuis le jour où nous nous sommes rentrés dedans, littéralement, je suis en lutte contre moi-même. J'ai combattu l'attirance que je ressens pour toi depuis toujours et que je pensais avoir oubliée depuis longtemps. Je me suis répété que ce n'était pas important. Après tout, nous ne naviguons pas dans les mêmes cercles et, même si nous sommes appelés à nous croiser à cause de mon travail, je pensais que ça resterait rare. Puis j'ai rencontré mon premier client… et c'était toi. Je n'arrivais pas à y croire.

Cayden jeta un coup d'œil discret à sa montre et Avery parla plus vite.

— Ce que je veux dire, c'est que tu n'es pas responsable de ce que nous avons fait dans la réserve, aujourd'hui. Je te crois quand tu dis que ce n'était pas prémédité. C'est arrivé, et j'en suis heureuse. Je le voulais, j'ai aimé ça autant que toi. Peut-être même plus. Coucher ensemble…

Un haussement de sourcils la poussa à rectifier :

— OK, faire des cochonneries avec toi était exactement ce dont j'avais besoin. Les nœuds que tu as sentis en me massant étaient dus au stress et à l'inquiétude, mais tu les as fait disparaître. J'aurais dû t'en remercier, et pas te crier dessus. Non seulement parce que tu as voulu t'assurer que j'allais bien, mais aussi parce que tu es un client adorable et patient avec moi. J'ai déjà organisé des mariages et des anniversaires au Chalet du Lac, et pourtant ce gala m'a donné un plaisir encore plus immense. Bref, je voulais m'excuser de t'avoir accusé à tort. Je ne me suis pas *vraiment* sentie manipulée et je sais que tu n'as pas voulu profiter de ma faiblesse. Je tenais à le dire maintenant, pour dissiper toute rancœur entre nous. Jusqu'à présent, tous les invités ont l'air ravi et je tiens à faire tout mon possible pour que ça continue ainsi.

Elle se tut, à bout de souffle et émotionnellement vidée. Elle se sentait nue. Avouer ainsi ses sentiments n'était pas facile pour elle, surtout devant le regard insondable de Cayden. Il resta muet. Elle n'avait aucun moyen de le forcer à parler ; tout ce qu'elle pouvait faire, c'était essayer de se contrôler. À partir de maintenant, se promit-elle, elle resterait professionnelle en toutes circonstances.

— Bon, j'ai dit ce que j'avais à dire, reprit-elle donc. Je suis sûre que tu as hâte de retrouver tes invités. Merci de m'avoir écoutée.

— De rien.

Elle le regarda quitter la salle en silence. Avait-il été touché par son honnêteté ? Elle n'avait pas le temps d'y réfléchir maintenant, et c'était sans doute une bonne chose !

Alors qu'elle pénétrait de nouveau dans le hall, un attroupement près de l'entrée attira son attention. Deux agents de sécurité et l'hôtesse chargée de la liste des VIP étaient en train de se disputer avec une personne très agitée, dont les mains apparaissaient par moments entre deux têtes.

Le plus jeune des agents vit Avery et se précipita vers elle.

— Que se passe-t-il, Ralph ?

— Une femme demande à entrer, mais son nom n'est pas sur la liste des invités.

Ouf ! Pendant un instant, elle avait cru que c'était grave…

— Je m'en occupe.

Ils s'approchèrent de la porte ensemble. Une voix féminine et agitée se mit soudain à crier :

— Je vous dis qu'on m'a invitée ! Faites venir un responsable immédiatement !

Avery atteignit la porte et le second agent de sécurité s'écarta pour la laisser parler à la femme.

— Bonsoir, je suis la responsable de cet événement. Puis-je vous aider ?

L'intruse, qui était occupée à envoyer un texto, redressa la tête. Il leur fallut quelques secondes pour se reconnaître.

— Brittany ?

Le regard de son ancienne amie sonda un instant ses traits.

— Avery ? Tu es… Oh ! peu importe. Je suis contente que ce soit toi ! J'essaie désespérément de convaincre ces gens de me laisser entrer.

Elle eut un mouvement pour franchir le seuil, mais l'un des agents se campa devant elle.

— Je suis désolée, Brittany, reprit Avery en s'efforçant de rester courtoise, mais ceci est une soirée privée.

L'hôtesse lui tendit sa tablette.

— J'ai vérifié la liste deux fois, son nom n'y est pas.

Avery fit semblant de parcourir les noms des invités – qu'elle connaissait déjà par cœur – puis releva la tête.

— Je suis navrée, Brittany. Les organisateurs du gala ont été très clairs : seuls les invités sont autorisés à entrer.

— Les organisateurs ? Tu veux dire Cayden Barker ?

Avery n'essaya même pas de cacher sa surprise.

— Tu sais que c'est lui et tu essaies quand même d'entrer ?

— J'ai mes raisons.

— Peut-être, mais je dois respecter les règles du club.

— Je croyais que nous étions amies, protesta Brittany avec une moue boudeuse.

— Moi aussi, dit Avery en l'entraînant un peu plus loin. Jusqu'à ce que tu partes sans un adieu pour Lisa ou moi.

— Je le regrette, tu sais.

Brittany paraissait plus calme, à présent. Elle se rapprocha et baissa la voix.

— Est-ce qu'on pourrait en parler plus tard ? Quand tu auras le temps…

— Bien sûr.

Avery sortit son téléphone.

— Donne-moi ton numéro.

Ceci fait, Brittany se tourna une fois de plus vers la porte.

— Peux-tu au moins dire à Cayden que je suis venue ? Je dois lui parler aussi.

— Ah ! Te voilà ! lança soudain Charlotte en descendant les marches pour les rejoindre. Un des administrateurs du club veut te voir immédiatement.

Sautant sur l'occasion, Avery se tourna vers Brittany.

— Je dois y aller, mais je promets de t'appeler.

Elle aurait pu embrasser Charlotte pour la remercier de ce sauvetage inespéré. Au moins, elle n'aurait pas à mentir à une ancienne amie, car elle n'avait pas du tout l'intention de parler d'elle à Cayden. Par contre, elle l'appellerait. Elle avait des questions, et Brittany pouvait y répondre. Il fallait qu'elles discutent en tête à tête.

Une fois le week-end terminé, Avery avait espéré pouvoir lever le pied, mais son emploi du temps ne s'allégea pas pour autant. Maggie revint au bureau le lundi suivant, deux semaines plus tôt que prévu, et exigea des rapports ainsi que des plannings détaillés des événements à venir – qu'Avery n'avait pas eu le temps de préparer. Cayden l'avait appelée mais elle n'avait pas répondu. Elle n'avait pas non plus téléphoné à Brittany.

On était à présent mercredi et, pour la première fois de la semaine, elle parvint à quitter son bureau avant la nuit. Sur le parking, elle appela enfin Cayden. Sans doute voulait-il parler du tournoi. Cela ne devrait pas être long.

— Allô ? Cayden Barker à l'appareil.

Le son de sa voix la fit frissonner et elle serra les dents pour se maîtriser.

— Salut, c'est Avery.

— Salut.

Il paraissait aussi nerveux qu'elle, mais pas fâché. Tant mieux.

— Désolée d'avoir mis tant de temps à revenir vers toi.

— Aucun problème. J'espère que tu as profité de tes jours de congé.

— J'en profiterai… quand je pourrai en prendre. Maggie est revenue au bureau et nous avons eu beaucoup à faire pour l'aider à rattraper son retard. Écoute, si c'est au sujet de ce qui s'est passé…

— Oui et non.

— Qu'est-ce que tu veux dire ?

— Je pense que nous avons besoin de parler, c'est vrai, mais je voulais surtout te remercier pour ton travail acharné.

— Je ne faisais que mon boulot.

— Dans ce cas, apprécierais-tu une coupure et une escapade, ce week-end ?

— Je serais ravie de pouvoir prendre un moment pour ne rien faire du tout, gloussa-t-elle.

— Bonne idée, surtout si ce break se passe en Californie, n'est-ce pas ?

Avait-elle bien entendu ?

— En Californie ? répéta-t-elle, stupéfaite.

— Oui, tu sais : le grand État, sur la côte, au nord du Mexique, répondit Cayden.

— Contente de voir que tu es bon en géographie.

L'éclat de rire de Cayden la fit sourire. Leurs conversations lui avaient manqué…

— Un des invités du gala possède un hôtel, là-bas. Il m'a proposé de le visiter, ce week-end. Aimerais-tu venir ?

— Waouh, quelle invitation, Cayden ! La Californie me tente, bien sûr, mais…

— Je sais. On a dû affronter quelques difficultés et des malentendus, pendant la préparation de ce gala. Mais c'était beaucoup de pression et on était tous les deux stressés. Je me suis dit qu'un week-end de vacances nous permettrait d'en parler posément et de mettre les choses au clair. J'ai jeté un coup d'œil au site de l'hôtel et l'endroit a l'air merveilleux. Je te promets que je n'attends rien de ce voyage. Je vais même nous réserver des chambres séparées. Puisque le club organise sans cesse des événements, je suis sûr que nous allons nous revoir et j'aimerais beaucoup que nous devenions amis, même si ce n'est que pour les affaires. Si tu veux, tu peux réfléchir un peu avant de me répondre, mais…

— Inutile. J'aimerais beaucoup t'accompagner.

— Parfait. Je t'envoie les détails par texto. On parlera plus longtemps là-bas.

— Merci, Cayden. C'est très gentil.

— De rien.

Les mêmes mots que l'autre soir, mais prononcés sur un ton totalement différent. Avery ne voulut pas trop réfléchir au sens de cette invitation et préféra savourer le moment. Elle reçut son texto et appela Maggie pour demander deux jours de congé. Elle faillit téléphoner à Brittany, mais se ravisa. Elle avait *besoin* de vacances et envie de passer du temps avec Cayden. Elle pouvait bien attendre son retour pour découvrir les raisons de la réapparition soudaine de son ancienne amie.

- 15 -

Cayden s'était toujours vu comme un homme sophistiqué et fier de son succès. Mais aujourd'hui, il se sentait de nouveau comme un petit garçon convaincu que la maison de Jake était un hôtel de luxe. Pour son voyage en Californie, Derrick lui avait généreusement prêté son avion privé. Le jeune homme était déjà monté dans l'élégant Gulfstream 550 personnalisé, lors de déplacements professionnels à travers le pays et pour partir en vacances avec Jake ou les autres enfants Eddington. Mais jamais encore il n'y avait embarqué *seul*. Il avait hâte de voir la réaction d'Avery quand elle apprendrait qu'ils allaient se rendre sur la côte ouest avec autant de style !

Il n'eut pas à attendre longtemps. La voiture qu'il avait envoyée chez elle arriva pile à l'heure. Il demanda au chauffeur de s'occuper des bagages tandis qu'il ouvrait la portière. Avery saisit sa main et sortit du véhicule.

— Bonjour !

— Oh oui, répondit-elle, c'est un très bon jour !

Son regard s'attarda un instant sur la piste avant de se fixer sur la silhouette de l'avion.

— Dire que je me trouvais chanceuse de voir une limousine s'arrêter devant ma porte… Qu'est-ce que c'est que *ça* ?

— Nous allons voler jusqu'en Californie.

— Dans un avion privé ?

Cayden acquiesça et la précéda dans l'escalier pour monter à bord.

— Comment as-tu réussi à arranger ça ? dit-elle dans son dos. Je suis impressionnée.

— Oh ! ce n'est pas grand-chose et je n'ai même pas eu besoin de demander une faveur. Cet appareil nous a été prêté par Derrick Eddington.

— Tu dois leur permettre de gagner beaucoup d'argent pour qu'il te fasse un cadeau si généreux.

— Je pense que c'est plutôt sa manière de m'apaiser, après la tension qui a régné au bureau, ces derniers temps. Mais je préfère ne pas en parler. En fait, j'insiste même pour que ce sujet soit tabou, ce week-end.

— D'accord.

Le pilote et l'hôtesse les attendaient au sommet des marches. On leur donna les habituelles consignes de sécurité, puis on leur fit visiter l'avion. Devant l'émerveillement d'Avery, qui découvrait peu à peu le trésor volant de Derrick décoré aux couleurs de l'entreprise, Cayden aussi se laissa aller à voir l'appareil d'un œil neuf. L'intérieur avait été aménagé pour différentes occasions et pouvait accueillir jusqu'à dix-huit passagers, sans compter les quatre membres de l'équipage. Comme Cayden allait y prendre place seul avec Avery, il avait demandé la configuration L3, qui incluait des fauteuils en cuir à l'avant et un petit salon garni d'un sofa, d'une table de déjeuner et d'un minibar. L'avion possédait aussi une salle de bains et des couchettes.

— Je pourrais *habiter* dans ce genre d'endroit ! s'écria Avery en bouclant sa ceinture pour le décollage.

— Ce serait sans doute le studio le plus coûteux jamais mis en location…

L'hôtesse s'approcha pour leur offrir deux cocktails.

— Il me semble que c'est une petite fête, pour vous deux, aujourd'hui, glissa-t-elle avec un sourire.

— En effet, répondit Cayden.

Il leva sa flûte, imité par Avery.

— À quoi trinquons-nous ? demanda-t-elle.

— À un gala couronné de succès, à la femme qui a organisé tout ça et à deux jours de détente en Californie.

— Merci, Cayden. Mais je ne suis pas la seule à avoir travaillé d'arrache-pied pour ton tournoi, alors : à ta santé aussi.

Ils trinquèrent et continuèrent à bavarder gaiement tandis que l'avion s'élevait à son altitude de croisière. Bientôt, l'hôtesse revint pour leur servir le repas.

Après avoir savouré son entrée, Avery demanda :

— Est-ce la première fois que tu visites Napa ?

— Nous n'allons pas à Napa.

— Oh ! pardon. Je croyais que tu avais mentionné la région des vins, dans ton texto.

— Toute la Californie du Sud est connue pour ses vignobles. Nous allons à Temecula.

— Je n'en ai jamais entendu parler.

— J'ai traversé la ville en voiture, une fois, alors que j'allais de Los Angeles à San Diego. Par contre, je n'ai jamais vu l'hôtel, qu'on dit stupéfiant. Les vins produits là-bas ont souvent décroché des récompenses, tu sais.

Très vite, on apporta le plat principal, puis le dessert, sans que Cayden se soit résolu à aborder le sujet qui les hantait tous les deux.

— Il faut que nous parlions de ce qui s'est passé dans cette réserve, au club.

— OK…

Avery prit son verre d'eau pétillante et but une gorgée.

— Es-tu toujours en colère à ce sujet ?

— Pour te dire la vérité, je n'ai jamais été réellement en colère. J'étais surprise, troublée, très excitée... mais pas fâchée. Si je t'ai agressé, pendant la soirée, c'est parce que j'avais peur. Le club est très strict au sujet des relations clients-employés. Et, comme si ça ne suffisait pas, l'attirance que je sens entre nous m'effraie aussi.

— Pourquoi ?

— Parce que ces sentiments ne nous mèneront à rien. La Pointe du Sable est une ville trop petite pour y cacher une liaison sans lendemain. Tout se sait. D'ailleurs, même si ce n'était pas le cas, je ne suis pas ce genre de femme.

— Je ne suis pas ce genre d'homme non plus et je n'ai jamais apprécié les ragots. Mais qui te dit que ce serait une histoire sans lendemain ? Je te plais. Tu me plais aussi. On pourrait laisser parler nos sentiments et voir où ça nous mène.

— Ce n'est pas parce qu'une idée est alléchante qu'elle est sage, répondit Avery.

Cayden ne put s'empêcher de sourire.

— En parlant du gala, reprit Avery au bout d'un instant, j'ai été étonnée de voir ton amie de Northwestern au bal...

— Moi aussi, crois-moi !

— Tu ne l'avais pas conviée ?

Il secoua la tête.

— Elle accompagnait un autre ami de fac, Bruce. Nous sommes proches, lui et moi ; mais comme je te l'ai déjà dit, je connais très peu Teagan. Jamais je ne l'aurais invitée.

D'ailleurs, une autre personne qu'il n'avait pas envie de revoir avait essayé de se faufiler dans le club, pendant la soirée. Cayden n'avait pas été ravi d'apprendre que Brittany était revenue en ville et qu'elle voulait lui parler – même si Jake l'avait convaincu qu'elle avait soudain eu mauvaise conscience et cherchait sans doute juste à s'excuser pour les mensonges qu'elle avait répandus sur son compte. Avery savait-elle que son ancienne amie avait fait sa réapparition ? Sans doute. Mais elle n'en parla pas, et Cayden ne posa aucune question. Brittany Moore n'avait pas sa place ici. Il était en vacances.

La conversation glissa sur d'autres sujets. Cayden montra à Avery le site Internet des hôtels, spas et vignobles Drake. La liste des installations, activités et attractions proposées sur place les excita comme des enfants. Quand l'avion commença sa descente vers l'aéroport de French Valley, ils avaient déjà établi un programme pour leurs trois jours de détente. Avery paraissait déjà plus sereine et enjouée que lors du décollage. C'était agréable de la voir sourire avec autant d'insouciance. Et son enthousiasme était contagieux : Cayden avait déjà presque oublié Brittany. Mieux valait ne pas se soucier d'elle. Tant qu'ils s'évitaient et qu'elle ne parlait de lui à personne, son admission à la SOMA ne serait pas menacée et tout se passerait bien.

- 16 -

Avery était habituée à un certain niveau de luxe. Sa carrière l'avait souvent amenée à résider dans des hôtels cinq étoiles. Mais lorsque leur limousine de location s'engagea sur l'allée arborée de l'hôtel Drake, elle comprit que ce qui l'attendait dépassait de loin toutes ses expériences passées. Un paysagiste aux doigts d'or s'était arrangé pour offrir aux clients un paradis verdoyant, coupé du monde. L'étalage de pelouses ondulées et d'arbres élancés, protégé par une haute clôture blanche qui brillait sous le soleil, était à la fois grandiose et relaxant. Elle se laissa aller contre la banquette de cuir de la voiture, détendant ses muscles noués par leur conversation au sujet de « l'incident » et de Teagan. Certes, cette discussion allait mériter qu'elle y réfléchisse pour bien comprendre tout ce que Cayden avait laissé en suspens ; mais elle s'en préoccuperait plus tard, dans sa chambre. Pour l'instant, elle voulait profiter à fond du présent et de ce merveilleux endroit.

— Merci encore de m'avoir invitée, Cayden. Ce parc est d'une beauté à couper le souffle.

Ils se rangèrent bientôt devant l'un des plus somptueux bâtiments qu'Avery ait vus. Des fontaines et des plates-bandes dessinées avec soin bordaient la cour ronde pavée dans laquelle la limousine manœuvra. Au milieu de cette splendeur se dressait une statue représentant un viticulteur dans ses vignes. Un valet élégamment vêtu vint à leur rencontre, ouvrit la portière d'Avery et lui tendit la main.

— Bienvenue à l'hôtel et spa Drake, annonça-t-il d'une voix chantante teintée d'un accent caribéen.

Avery sortit de la voiture.

— Merci. Je suis déjà amoureuse de cet endroit !

— À quel nom avez-vous réservé ?

Cayden les rejoignit et répondit :

— Barker. Cayden Barker.

— Je vous remercie, Monsieur, répondit le valet avant de faire signe à un porteur qui attendait près de l'entrée.

Celui-ci empoigna un chariot et ouvrit le coffre pour charger leurs bagages.

— Je vous invite à vous rendre directement à l'accueil. L'une de mes collègues s'occupera de vous, reprit le valet. Et je vous souhaite un excellent séjour parmi nous.

Lorsqu'ils entrèrent dans le hall, la réceptionniste les reçut avec un grand sourire.

— M. Drake regrette de ne pas pouvoir vous recevoir personnellement, mais il m'a prié de vous inviter à dîner avec lui demain soir, si vous êtes libres. Un carton avec tous les détails vous attend dans votre suite, ainsi que vos cadeaux de bienvenue. Nous vous avons attribué un majordome personnel qui s'occupera de répondre à toutes vos demandes. Il se nomme Gustav et viendra très vite se présenter.

Avery n'avait pas encore découvert sa chambre, et elle se sentait déjà prise de vertige. Le propriétaire les invitait ? Il leur faisait profiter des services d'un majordome ? Elle eut soudain l'impression que l'air lui manquait. D'un seul coup, alors qu'ils s'approchaient de l'ascenseur, une pensée la frappa.

— Est-ce qu'ils t'ont donné deux clés ?

Cayden lui montra un duo de cartes magnétiques dorées et lui en tendit une.

— Tu n'as réservé qu'une suite ?

— Oui, mais ne t'en fais pas : elle possède deux chambres séparées. Si tu préfères que nous ayons chacun nos quartiers, je suis certain que Gustav saura régler le problème pour nous.

Toutes les luxueuses suites de l'hôtel étaient nommées d'après de grands crus. Cayden ouvrit la porte estampillée « Bourgogne » et laissa Avery le devancer à l'intérieur. En découvrant l'immensité de la pièce, la jeune femme faillit éclater de rire. Son souci de posséder une chambre et un lit bien à elle lui parut soudain absurde : la suite était presque aussi grande que son trois-pièces. Un salon et une salle à manger spacieuse séparaient les deux chambres. Un panier avait été déposé sur la table, enveloppé d'une feuille de plastique transparent aux reflets dorés fermée par un ruban rouge sombre. Abandonnant sa valise à roulettes, Avery s'avança jusqu'au seuil de la salle à manger.

— Quelle attention charmante ! s'écria-t-elle par-dessus son épaule, tandis que Cayden la suivait d'un pas tranquille. Tu veux voir ce qu'il y a dedans ?

Il attrapa la carte épinglée au nœud et l'examina.

— C'est un mot de Donald.

— Donald Drake ? Celui qui a assisté à ton gala ?

— Le seul et l'unique. Il écrit : « Chers Cayden et Avery, soyez les bienvenus à l'hôtel Drake. Je m'excuse de ne pas pouvoir vous accueillir aujourd'hui, mais ma femme Genevieve et moi serions enchantés de vous recevoir demain soir pour un dîner suivi d'un concert spécial que vous ne voudriez manquer pour rien au monde… »

Il reposa la carte avant de demander :

— Veux-tu y aller ?

— Bien sûr ! Pourquoi pas ?

Elle entreprit de vider le panier. Cayden se contenta de la regarder faire. Il y avait là un ballotin de chocolats fins, du saumon fumé, du caviar, des toasts, quelques fromages, une bouteille de champagne produit sur place et deux flûtes en cristal. Le panier tendu de soie était pliable, sans doute pour permettre aux clients de le garder en souvenir.

— Ce champagne a l'air excellent, remarqua Cayden en examinant la bouteille. On l'ouvre ?

Il agita les sourcils d'un air comique et Avery sentit un frisson la parcourir.

— Il faut le rafraîchir d'abord.

Et elle en avait besoin également…

— De toute manière, on va sans doute nous faire visiter les lieux.

— Oh ! pas avant une heure, au moins.

— Dans ce cas, je vais défaire ma valise et me remaquiller. On se retrouve ici dans quarante-cinq minutes ?

Au lieu de répondre, Cayden la prit soudain dans ses bras et la serra à la fois trop longtemps et pas assez, avant de déposer un baiser sur sa joue.

— Merci d'avoir accepté de venir. Je suis heureux que tu sois là, dit-il.

— Moi aussi.

Elle se dégagea, récupéra ses bagages et s'enferma dans l'une des chambres. Elle était… perdue. Il fallait à tout prix qu'elle se reprenne – et quel meilleur moyen pour ça qu'appeler sa sœur ?

— Salut ! Je pensais à toi ! claironna Lisa. Ça va ?

— Très bien. J'ai l'impression de rêver. Et toi ?

— Moi, je cauchemarde… J'ai vu Brittany.

— Vraiment ? Où ?

— Dans une boutique, en ville. Elle était tout sourire,

m'a embrassée et s'est pâmée devant Amanda, comme si elle ne m'avait pas jetée comme un vieux mouchoir il y a dix ans !

— Mince. Ça a dû être pénible.

— Tu crois ?

Elles éclatèrent de rire.

— Je ne la hais pas, reprit Lisa, mais je vois clair dans son jeu hypocrite et cela ne m'intéresse pas. Toi non plus, j'imagine : elle a dit que tu ne l'avais toujours pas appelée.

— Je sais. Il faut que je le fasse.

— Cayden sait-il qu'elle est revenue ?

— Je ne crois pas. Il n'a pas parlé d'elle.

— Mais il sait que vous avez été amies.

— Oui…

Avery était plus préoccupée par ce dont ils n'avaient *pas* parlé et toutes les questions qu'elle voulait poser à Brittany. Depuis quelque temps, elle avait l'impression d'avoir commis une erreur en participant à ce scandale.

— Je dois y aller. Je voulais juste te dire que nous sommes bien arrivés.

— Amuse-toi bien, promis ?

Avery prit une profonde inspiration.

— J'essaierai.

— Ça ne devrait pas être trop dur : il est beau gosse.

— C'est vrai. Je t'aime, Lisa.

Elle retourna dans le salon à l'heure dite, bien décidée à oublier ses soucis pour profiter de ce coin de paradis. Et Cayden semblait prêt à l'aider. Elle le trouva sur le balcon, dans une tenue décontractée qui mettait en valeur sa peau bronzée. En un instant, tout son corps s'échauffa. Il se retourna vers elle et la contempla de la tête aux pieds, depuis sa robe à fleurs jusqu'à ses sandales. Un sourire sensuel éclaira son visage.

— Prêt ? demanda-t-elle, le cœur battant.

— Oui, prêt à tout.

Dans le hall, ils rejoignirent d'autres nouveaux clients et un employé qui leur montra tous les aménagements de l'hôtel pendant plus d'une heure : vignoble, piscine, tennis, minigolf, sentiers de randonnée, écurie, barques de pêche… Le groupe était charmant, mais tout le monde semblait aimanté par Cayden. La journée se passa comme un rêve et, au fil de la soirée, tous deux sentirent lentement leur attirance mutuelle s'embraser, alimentée par le souvenir latent de leurs baisers, au club.

Le soir venu, ils retrouvèrent leur splendide suite. Avery n'était pas lâche, mais elle sentait que le moment était venu de mettre plus de distance entre Cayden et elle.

— J'ai passé une très bonne journée, dit-elle en s'étirant, mais le décalage horaire me rattrape. Je crois que je vais bien dormir.

Cayden s'approcha et lui prit les mains.

— Tu es sûre ? Je pensais te proposer une partie de billard. Pour voir comment tu sais manier une queue…

Ses paroles équivoques et son regard ne laissaient pas de place au doute. Ses intentions étaient claires et Avery ne put s'empêcher d'entrer dans son jeu.

— Laisse-moi dormir un peu, et je serai prête à tout.

Il glissa un bras autour de sa taille, l'attirant à lui.

— C'est promis ?

— Je ne promets rien si je ne suis pas certaine de pouvoir tenir parole.

— Je te comprends. Dans ce cas, fais de beaux rêves, petit ange, répondit-il en déposant un baiser sur son front.

Puis il se pencha et prit ses lèvres. Très vite, leur baiser se fit plus sensuel et, cette fois, ce fut Cayden qui recula.

— On devrait arrêter. Ce n'est pas que je n'aie pas envie de toi, Avery. Au contraire, tu me plais trop…

— Bonne nuit, Cayden.

Elle s'enferma rapidement dans sa chambre, se déshabilla et se coucha pour serrer un oreiller contre sa poitrine – au lieu du corps si désirable qui attendait, à quelques pas. Elle avait résisté à la tentation pour aujourd'hui. Mais demain… ?

- 17 -

Cayden était plus excité que jamais. Il lui fallut toute sa volonté pour laisser partir Avery. Il traversa le salon luxueux, ouvrit le minibar bien garni et se servit un verre de vieux whisky qu'il but d'une traite. L'alcool lui brûla la langue et sa chaleur voluptueuse l'envahit lentement, comme des braises rougeoyantes. Peu à peu, son sexe dressé se détendit. Il se servit de nouveau et emporta son verre sur le balcon. La nuit était magnifique, piquetée d'étoiles et éclairée par une lune presque pleine. Cayden s'assit dans l'un des fauteuils, sous un parasol. Comment avait-il pu croire que partager une suite avec Avery serait une bonne idée, même en faisant chambre à part ? Il sirota son verre en silence, les yeux perdus dans le ciel. Cet endroit était un paradis terrestre. Seulement, la femme qui dormait dans la pièce voisine ne voulait pas le partager avec lui. Elle ne voyait en lui qu'un ami… Oh ! la nuit allait être longue !

Un tintement délicat le tira de son sommeil. Il ouvrit un œil, chassant les brumes du sommeil. Que s'était-il passé ? En se retournant, il vit le verre abandonné sur sa table de chevet. *Ah oui. Le whisky.* Un excellent Macallan 1926. Cayden n'avait jamais tenu l'alcool… Il bâilla et se redressa. De nouveau, le tintement se fit entendre.

Avery ?

Une troisième sonnerie déclencha l'Interphone.

— Monsieur Barker ? demanda une voix grésillante. C'est Gustav. Je suis venu vous aider à vous habiller pour votre premier rendez-vous.

Quelle heure était-il ?

— Où est Aver… Mlle Gray ?

Cayden se leva et s'étira. Le soleil était déjà assez haut et illuminait les vignes, sous la fenêtre.

— Mlle Gray est déjà descendue. Elle vous rejoindra plus tard pour votre cours de yoga. Vous trouverez un bouton, sur la table de chevet, pour ouvrir la porte.

Cayden obéit, puis enfila un pantalon de flanelle grise avant de rejoindre le salon, déjà rempli d'un parfum de café. Gustav le rejoignit.

— Le petit déjeuner sera prêt pour votre retour.

Moins de vingt minutes plus tard, Cayden pénétra dans l'aile Sérénité, réservée au yoga, tai-chi et autres pratiques zen. Avery était dans la boutique, en train d'examiner les produits de bien-être proposés aux clients. Elle portait un T-shirt blanc offert par l'hôtel, un legging noir qui mettait ses cuisses en valeur et des sandales. Ses cheveux étaient rassemblés en une queue-de-cheval haute et seul un gloss discret soulignait la courbe de ses lèvres. D'un seul coup, un frisson parcourut Cayden. Si elle voulait devenir son amie, il était clair que lui avait envie de plus.

— Bonjour, belle dame.

— Bonjour, marmotte.

Ce n'était pas encore du flirt, mais c'était la première fois qu'elle lui parlait avec naturel – et il en était ravi.

— Tu es en avance. Pressée de t'y mettre ?

— Non, répondit-elle. Je crois juste que mon corps n'a pas intégré le décalage horaire.

Elle examina son short de jogging et ses baskets.

— Tu comptes faire du yoga dans cette tenue ?

— Pourquoi pas ? répondit-il en haussant les épaules.

— Nous devrions y aller. J'avoue que je suis assez impatiente, et toi ?

— Sans doute pas autant que toi.

Ils se rendirent à la salle qu'on leur avait réservée pour leur cours privé et furent accueillis par une charmante professeure qui le mit immédiatement à l'aise.

Pendant près de trois quarts d'heure, ils enchaînèrent des exercices d'étirement, souvent à deux. Plus la séance avançait, plus le corps d'Avery, si bien moulé dans son legging, paraissait irrésistible à Cayden… Quand ils se retrouvèrent enfin devant l'ascenseur, elle lui sourit et demanda :

— Quel est le programme pour la suite ?

— Petit déjeuner et… Voudrais-tu faire du cheval ?

— Pourquoi pas ? Tu sais déjà monter ?

— Non.

— Dans ce cas, ce sera une première pour nous deux.

Le parfum du petit déjeuner les accueillit dès leur arrivée dans la suite. Gustav les servit avant de leur souhaiter bon appétit et de se retirer discrètement. Ils mangèrent avec appétit, se douchèrent et se changèrent. Une voiturette de golf avait été préparée pour eux, afin de rejoindre l'écurie. Accompagnés par un instructeur patient, ils découvrirent le vignoble pendant une longue promenade d'une heure qui permit à Cayden d'admirer à loisir les fesses d'Avery, enfermées dans leur jean. Peu à peu, quelque chose s'échauffa et changea en lui.

La journée passa vite et il fut presque surpris quand le soir arriva. Tous deux s'habillèrent pour rejoindre les Drake. Pendant toute la soirée, Cayden observa Avery et sa robe portefeuille en soie… Elle devait être si sexy en sous-vêtements, avec ses escarpins vertigineux ! Leurs hôtes furent charmants, tout comme l'étaient la musique du concert promis et la nuit étoilée au-dessus du jardin. Tout, dans l'ambiance de cette soirée, appelait le désir et la sensualité. C'était un cadre parfait.

Sur le chemin du retour puis dans l'ascenseur qui les reconduisait à leur suite, Cayden et Avery parlèrent peu. Mais une fois dans leur salon privé, il décida de laisser son corps s'exprimer à sa place. Il attira Avery dans ses bras et l'embrassa avec fougue. Elle ne le repoussa pas et, au contraire, glissa les mains sur ses fesses tandis qu'il jouait avec ses boucles satinées. Finalement, il se plaqua contre elle pour lui faire sentir son sexe dressé.

— J'ai eu envie de ça toute la soirée, murmura-t-il en reprenant son souffle.

Elle frotta sa poitrine contre sa chemise, pressant une main sur son entrejambe.

— Et de quoi d'autre as-tu envie ?

— Je crois qu'il vaut mieux que je te le montre…

Il tira sans prévenir sur le ruban qui fermait sa robe et elle poussa un petit cri de surprise. Elle tenta maladroitement de couvrir sa poitrine généreuse, soutenue par un soutien-gorge en dentelle, et le trésor caché entre ses cuisses.

Cayden écarta ses mains avec un sourire, le cœur battant.

— Laisse-moi te regarder.

Elle hésita un instant, puis parut reprendre confiance sous son regard brûlant et lui dévoila ses sous-vêtements roses. Cayden passa derrière elle pour ouvrir son soutien-gorge, qui tomba au sol. Il embrassa sa nuque, le lobe de son oreille, tout en refermant les mains sur ses seins rebondis. Du bout des doigts, il fit durcir ses tétons et l'entendit gémir tandis qu'elle frottait les fesses contre son entrejambe.

Cayden sentit le désir enfler en lui, mais cette soirée

était spéciale et il voulait la faire durer. Ramassant la robe en soie, il en enveloppa de nouveau Avery.

— Veux-tu un peu de champagne ? demanda-t-il avec beaucoup de respect, malgré le fait qu'il venait de la voir en culotte et talons hauts.

Elle rouvrit les yeux d'un air surpris.

— Qu… Quoi ?

Il sourit et l'entraîna dans la salle à manger.

— Je me disais que le moment était venu de déguster la bouteille extravagante que Donald nous a offerte.

Il tira du panier resté là un plaid moelleux et en couvrit la table, puis il souleva Avery et la déposa sur le bord avec délicatesse.

— Que fais-tu ?

— Nous avons dégusté un excellent repas, mais j'ai encore de la place pour un dessert…

Elle croisa les bras, se couvrant de nouveau.

— Tu as froid ?

— Non, je suis gênée…

— Ne le sois pas, dit-il en écartant sa main du sein qu'elle cachait. Tu es magnifique.

Il ne recula que le temps de faire sauter le bouchon de la bouteille et de remplir les deux flûtes en cristal. Ils trinquèrent sans un mot. Inutile de porter un toast : Cayden avait bien l'intention de montrer à Avery à quel point il appréciait le spectacle qu'elle offrait.

— Oh mon Dieu ! murmura-t-elle après la première gorgée. C'est le meilleur champagne que j'aie jamais bu.

— Vraiment ?

— Sans aucun doute.

— Alors, goûte ça.

Il but à son tour, gardant le vin frais en bouche, et

l'embrassa avec assez de passion pour manquer de la renverser sur la table.

— C'était comment ?

— Encore meilleur.

Il prit une autre gorgée et se pencha entre ses cuisses pour déposer un baiser brûlant sur son sexe. Pendant quelques secondes, on n'entendit que les soupirs et les gémissements d'Avery. Après l'avoir léchée, mordillée et embrassée à loisir, Cayden s'empressa d'enfiler un préservatif et la pénétra avec fougue, à l'instant même où l'orgasme montait en elle.

— Ohhhhhh…

— Comment était-ce ? demanda-t-il en prenant un rythme plus lent, car il avait bien l'intention de rester là un moment.

— C'est si bon, murmura-t-elle entre deux soupirs.

Cayden lui fit relever les jambes pour les placer sur ses épaules, puis s'agrippa à ses hanches et plongea plus profondément en elle. Pendant quelques instants, il ne bougea pas, savourant la sensation de ce corps contre lui. Puis ses hanches menèrent la danse, entre tango sensuel et slow tentateur. Il était concentré, insatiable, faisant durer chaque seconde. Le bassin d'Avery accompagnait ses mouvements, et le cri de plaisir qu'elle poussa quand elle jouit pour la seconde fois lui fit comprendre qu'elle n'avait encore jamais ressenti une telle extase. Mais il ne prit pas le temps d'y penser. Il n'avait qu'une envie : se laisser bercer par cette soirée magique. Quand le plaisir monta en lui, tout le reste s'évanouit.

- 18 -

Lorsque Avery ouvrit les yeux, elle se sentit plus comblée qu'elle l'avait été depuis des mois – grâce à l'homme allongé près d'elle. Elle ne bougea pas, préférant prendre un instant pour sonder ses émotions. Que ressentait-on, le lendemain ? De la culpabilité ? De la honte ? De la peur ? Non, elle n'éprouvait rien de tout ça. Elle avait juste envie de profiter du moment présent. Cayden ressentait-il la même chose ? Lentement, elle rabattit le drap qui recouvrait son torse musclé et admira ce corps abandonné, détendu. Le souvenir des exploits de sa langue sur elle fit monter une bouffée de chaleur sous sa peau. Elle poursuivit son exploration, dévoilant le sexe qui l'avait fait grimper aux rideaux, la veille, et s'assit. Enhardie par son désir et ses fantasmes, elle embrassa la tête soyeuse de ce membre si doux.

Cayden remua un peu, sans se réveiller.

Avery, bien décidée à le tirer du sommeil, fit courir sa langue sur la chair déjà palpitante, puis elle prit son sexe entre ses lèvres. Un sursaut lui apprit que son amant venait d'ouvrir les yeux. La partie de lui qu'elle caressait était bien dressée, à présent. Elle croisa un instant le regard de Cayden, puis il laissa retomber sa tête sur l'oreiller. Avery poursuivit son œuvre, savourant son pénis comme une sucette délicieuse. Elle sentit une main se poser sur sa tête, se glisser dans ses cheveux et guider ses mouvements, de plus en plus vite. Il s'agita soudain en gémissant.

— Oh ! bébé. Bébé ! Bon sang.

Elle le sentit sur le point de jouir, mais la fête ne faisait que commencer. Elle l'embrassa une dernière fois, attrapa un préservatif sur la table de chevet et, quand il fut couvert, se mit à cheval sur lui. Se guidant d'une main, elle se laissa redescendre lentement. Un feu d'artifice explosa en elle, l'obligeant à s'arrêter un instant avant de se mettre à onduler en douceur. Cayden caressa, embrassa et lécha ses seins nus. Il referma les mains sur ses fesses et elle sentit l'orgasme venir. Dans un dernier coup de reins, elle cria et se laissa retomber sur lui.

Il lissa ses cheveux et chassa le voile de sueur qui perlait sur son front avant de déposer un baiser sur sa tempe.

— Bonjour.

— Bonjour, répondit-elle dans un sourire.

Elle se laissa rouler sur le côté pour se nicher contre lui.

— Ça t'a plu ?

— J'ai adoré…

— Je saurai m'en souvenir. Cet hôtel est vraiment somptueux, je pourrais y passer ma vie.

— Moi, je suis prêt à passer la journée dans ce lit.

— Hélas, on ne peut pas. À quelle heure décolle notre avion ?

— Quatorze heures trente. Il faudra partir à midi. On prend un vol commercial à San Diego.

— Dans ce cas, je ferais mieux de me préparer.

Elle se leva et passa dans le salon, Cayden sur ses talons.

— Que fais-tu ? demanda-t-elle, étonnée.

— Je vais prendre une douche avec toi, et te faire l'amour encore une fois, pour la route.

Après leur petit déjeuner et un cours d'œnologie, ils se retrouvèrent dans la limousine qui devait les conduire à San Diego.

— Merci encore de m'avoir invitée, dit Avery tandis qu'ils s'installaient dans l'avion. J'ai adoré ce voyage.

Cayden lui prit la main.

— Qu'as-tu préféré ?

Pour toute réponse, elle fit glisser ses doigts vers son entrejambe et il la retint au dernier instant.

— Oui, murmura-t-il. Moi aussi.

— Que fait-on, maintenant ?

— Qu'est-ce que tu veux dire ?

— Est-ce que ce n'était qu'un flirt de vacances ou… ?

— Non, c'était beaucoup plus, pour moi, répondit-il.

— Quoi donc ?

— Doit-on vraiment mettre des mots sur tout ?

— Oui, pour savoir à quoi nous attendre.

Elle jeta un coup d'œil par le hublot et vit le ciel azur s'étendre de l'autre côté. Son cœur s'emballait déjà, et la situation risquait de vite devenir délicate, mais elle n'y pouvait rien…

— Est-ce que tu sors avec d'autres personnes ?

— Pas depuis un moment, dit-il. J'ai été trop occupé.

— Tu es trop bon pour que je me contente de restes.

— Je ne pense qu'à toi, Avery. Laissons juste venir les choses, non ?

— D'accord, mais nous devons garder notre relation secrète.

Cayden fronça les sourcils.

— Pourquoi ? De qui veux-tu te cacher ?

— Tu n'es plus mon client, certes, mais je préfère rester prudente. Si ça devient sérieux entre nous, alors nous en parlerons, d'accord ?

Il passa un bras autour de ses épaules et chuchota :

— Tant que nous sommes ensemble, ça me suffit. Je te promets de ne rien dire à personne.

Avery gloussa et se nicha contre lui, déjà pressée d'être à leur prochain rendez-vous.

Le lundi, elle souriait toujours. Elle aurait dû être épuisée par ce voyage éclair, mais son corps vibrait de satisfaction. Ce matin-là, elle choisit de porter un tailleur jaune pâle, accordé à son humeur ensoleillée. Sur la route du club, elle ne pensa qu'à Cayden. Après s'être arrêtée prendre un café, elle passa dans son bureau. La réceptionniste et Charlotte n'étaient pas encore là, mais Maggie travaillait déjà. Étrange. Elle posa son sac sur son fauteuil et alla frapper à la porte de sa patronne.

— Bonjour, Maggie !

— Bonjour.

Avery sentit une pointe de tension dans sa voix, mais elle n'y prit pas garde. Après tout, contrairement à elle, Maggie n'avait sans doute pas passé un week-end de rêve avec un amant exceptionnel…

— Tu es venue tôt.

— En effet, répondit-elle sans lever les yeux de son écran.

D'accord. Cette fois, il y avait clairement un problème.

— Est-ce que tout va bien ?

— Malheureusement non.

Maggie reposa enfin le dossier qu'elle lisait.

— Assieds-toi, Avery. Il faut qu'on parle.

— De quoi ?

— De toi et de Cayden Barker.

Avery, à peine assise, faillit lâcher son café. Sa patronne avait-elle entendu parler de leur escapade ? Ou, pire, de ce qui s'était passé dans la réserve ? Mieux valait jouer les innocentes en attendant que Maggie dévoile son jeu.

— Cayden et moi ?

— On raconte que tu es devenue un peu plus que l'organisatrice de son gala, ces derniers mois.

— Vraiment ? Et qui t'a dit ça ?

— Es-tu en train de nier ? Tes relations avec lui sont-elles toujours restées professionnelles ?

— Absolument.

Maggie la dévisagea d'un air sombre.

— Quelqu'un vous a vus vous disputer, le soir du bal. Et on dit aussi que vous avez quitté la fête ensemble pour passer un moment dans les bureaux, en tête à tête.

— Tout cela était lié au travail, je t'assure.

— Même dans la réserve ?

Avery se redressa sur sa chaise et réprima un frisson angoissé. Qui les avait vus ? Qui avait parlé ? Y avait-il des caméras ? En un éclair, une galerie de visages défila dans sa tête. Le soir du bal, elle avait vu Vanessa, Charlotte, Lamar… mais aussi Teagan et Brittany. L'une d'elles avait-elle réussi à faire parler un employé ?

— Eh bien ?

Voyant qu'Avery ne répondait pas, Maggie poursuivit :

— Les règles sont claires. Aucun salarié du club n'est autorisé à fraterniser avec un client. J'ai bien insisté sur ce point quand je t'ai engagée.

Avery aurait dû protester, mais sa bouche refusa de lui obéir.

— Tu sais…

— Ce qui s'est passé dans la réserve était un geste bienveillant de la part de mon client, dit-elle enfin. Je sais que je n'aurais pas dû accepter, mais Cayden…

Maggie haussa un sourcil surpris.

— M. Barker, corrigea Avery, savait que je travaillais dur. Il voulait s'assurer que je déjeune et a organisé un rapide repas pour nous.

La scène avait déjà été gênante. En parler était pire.

— Je n'aurais pas dû le laisser faire. C'est un client important et son gala allait offrir du prestige au club. Tu m'as bien répété qu'il fallait choyer la SOMA et… j'ai fait une entorse à la règle pour lui faire plaisir.

Tout cela était vrai – même si ce n'était pas *toute* la vérité. Maggie soupira et attrapa l'un de ses stylos.

— C'était une grave erreur de jugement, Avery. Je comprends, bien sûr : la SOMA est une fraternité importante et ce n'était qu'un déjeuner. J'aurais peut-être fait la même chose à ta place, mais il ne s'agit pas que de moi. Les règles sont claires et tu es encore en période d'essai. Je vais devoir rédiger un rapport.

— Je comprends.

— Tant que la direction n'aura pas rendu son jugement, tu seras suspendue sans salaire. Je suis désolée… Rassemble tes affaires et rends-moi tes clés.

Un quart d'heure plus tard, une Avery anesthésiée traversa le parking pour glisser son carton dans sa voiture et quitter le parking. Elle essaya immédiatement d'appeler Cayden, mais il ne répondit pas.

Sur tout le chemin qui la ramenait chez elle, une seule pensée tournait en boucle dans sa tête.

Avoir l'homme idéal risque de me coûter le boulot de mes rêves…

Quelle ironie !

- 19 -

Cayden fit de son mieux pour garder son calme en s'installant dans la salle d'attente de l'Elite Bank and Trust de New York, une institution qui possédait des dizaines de filiales le long de la côte est. Son équipe commerciale avait fait des merveilles pour placer AI Interface au sommet des ventes. Même un fragment du succès qu'il espérait pourrait faire de lui un millionnaire en moins de cinq ans. Pour la première fois, peut-être, son travail et sa vie sentimentale étaient au top en même temps... D'ailleurs, il allait devoir rappeler Avery, qui avait essayé de le joindre la veille, alors qu'il dînait avec quelques membres de la SOMA rencontrés pendant le tournoi. Il voulut lui envoyer un message et vit qu'il avait un nouvel appel en absence.

Au même instant, une élégante assistante s'approcha.

— Monsieur Barker ?

— Oui ?

— M. Broadeaux est prêt à vous recevoir.

Cayden envoya un rapide texto à Avery en lui promettant de la rappeler très vite et suivit la femme au cinquante-septième étage de l'immeuble, dans les bureaux du directeur.

Deux heures plus tard, il quittait la firme, plus heureux que jamais. Il y avait certes encore des papiers à signer, mais M. Broadeaux s'était engagé à faire installer AI Interface sur tous les postes informatiques de sa banque, de

New York à la Floride. Il avait même promis d'en parler à quelques amis, propriétaires des plus grands établissements financiers du pays. Clairement, Cayden avait une chance de s'enrichir encore plus vite qu'il l'avait envisagé – et il avait hâte de partager cette grande nouvelle avec Avery. Il attrapa son téléphone et l'appela immédiatement.

— Salut. Désolé de ne pas t'avoir répondu plus tôt : j'ai dû m'envoler pour New York en urgence. Je viens de passer une journée à cent à l'heure, mais ça valait le coup !

Il y eut un court silence, puis :

— Vraiment ?

Cayden fut troublé. La voix d'Avery n'était pas aussi enjouée qu'il l'avait espéré…

— Est-ce que tout va bien ?

— On en parlera plus tard. Que s'est-il passé ?

— Je viens de conclure un contrat majeur pour IA Interface, répondit-il.

— Super ! Avec qui ?

— L'Elite Bank and Trust.

— J'en ai entendu parler. C'est un grand établissement.

— Oui, et ils s'apprêtent à s'étendre dans le Midwest.

— Je suis vraiment contente pour toi, Cayden. Et fière !

— Merci… Je sens que tu essaies d'avoir l'air heureuse mais quelque chose cloche. Qu'y a-t-il ?

— Maggie a appris que nous avons mangé ensemble au club et elle m'a suspendue, sans salaire.

Cayden se figea sur le trottoir. En un éclair, la rumeur de la ville parut s'évanouir autour de lui.

— Cayden ?

— Comment l'a-t-elle su ? Est-ce qu'il y a des caméras ?

Son chauffeur vint se garer devant lui et il monta à l'arrière de la voiture, le cœur battant.

— Je l'ai craint pendant un instant, mais la maintenance m'a rassurée…

— Alors, comment ta patronne a-t-elle été au courant ?

— Quelqu'un nous a vus.

— Elle t'a vraiment virée ?

— Les règles l'obligent à me suspendre en attendant le verdict de la direction. Je te l'avais dit : toute relation avec un client est prohibée…

— Bon sang ! lâcha Cayden en regardant les rues de Manhattan défiler derrière sa vitre. Quoi que tu fasses, sache que je suis là, d'accord ? Si tu as besoin de quelque chose…

— Je suis encore sous le choc, pour être honnête.

— Ne t'en fais pas, on va régler le problème. Si tu ne bosses plus pour le club, doit-on toujours se cacher ?

— Oui, au cas où on me rende mon boulot par miracle. Dans le cas contraire, je crains que les rumeurs nous rattrapent vite. La nouvelle a déjà dû se répandre.

— Dis-moi où tu voudrais que je t'emmène pour te changer les idées, ce week-end. Je m'occupe de tout.

Il raccrocha, hanté par un étrange instinct de protection. Il n'avait plus à se demander s'il voulait ou non une liaison sérieuse avec Avery. Le hasard venait de trancher à sa place.

- 20 -

L'univers n'avait réservé aucun miracle à Avery : elle fut licenciée. Cependant, un mois plus tard, elle se surprenait déjà à chantonner quand elle était seule. *Depuis quand fais-je ça ?* Aucune importance. Elle savait au moins pourquoi : Cayden… Lui seul lui permettait de sourire dans ces circonstances, entre chasse à l'emploi et dépôt de candidatures tous azimuts. Heureusement pour elle, quelques placements prudents et bien gérés lui permettaient d'attendre la bonne occasion sans s'angoisser. Et son chômage imprévu lui offrait une chance de s'investir dans leur relation. Ces dernières semaines leur avaient permis d'apprendre beaucoup de choses. Ils passaient presque tout leur temps à la Pointe du Sable, même si Cayden devait souvent faire des voyages éclair dans tout le pays pour son travail. Le soir, ils se retrouvaient en privé pour s'occuper d'autres affaires… Seuls. Nus. Passionnés. Cayden savait réveiller tous les fantasmes d'Avery sans effort.

La semaine suivant son renvoi, elle le vit peu à cause de ses rendez-vous à New York et dut se résoudre à attendre son retour. Quand il la rappela pour lui proposer de l'accompagner à une remise de prix récompensant IA Interface et le gala qu'il avait organisé pour la lutte contre le cancer, elle fut touchée et accepta sans hésiter.

Le samedi arriva et elle se gara devant le club de la

Pointe, derrière une file de limousines. Elle n'était encore jamais revenue ici depuis son licenciement. Elle croisa très vite Maggie, qui parut heureusement ravie de la voir. Un peu plus loin, Cayden discutait avec un groupe d'hommes en smoking anthracite. Il les quitta dès qu'il la vit et vint l'enlacer, avec un soupçon de raideur.

— Tout va bien ? demanda-t-elle.

— Mieux, maintenant que tu es là.

Il lui prit la main et sourit.

— Viens. Il y a des gens que j'aimerais te présenter.

Passant un bras autour de sa taille, il l'entraîna vers le groupe d'hommes. Trois d'entre eux étaient des Eddington – Derrick, Dwight et Jake. L'autre était Bob Masters, qu'elle avait rencontré pendant le tournoi de golf. Il paraissait étrangement silencieux, ce soir. Était-ce à cause de lui que Cayden était si nerveux ?

Ils entrèrent ensemble mais se séparèrent pendant l'apéritif, pour entretenir leur réseau chacun de leur côté. Avery, qui avait fini par décider de se lancer en free-lance, distribua quelques cartes de visite. Le dîner fut sublime et, entre deux plats, la cérémonie commença. Le maire prononça quelques mots, puis on appela Cayden sur scène. Il fut reconnu comme l'un des acteurs majeurs de l'année, à la Pointe du Sable, et reçut l'Étoile de la ville en récompense. Avery n'avait jamais été aussi fière de lui. Son discours bref saluant le succès du gala l'emplit de reconnaissance. Peu après le dessert, ils firent leurs adieux à leurs amis et se préparèrent à partir.

— T'es-tu bien amusée ? lui demanda Cayden.

— J'ai passé une très bonne soirée, et j'ai même eu quelques contacts intéressants.

— De nouveaux clients ?

— Peut-être. Nous verrons. Et toi ?

— Pour être honnête, j'ai déjà connu mieux…

— Que s'est-il passé ?

Il jeta un coup d'œil par-dessus son épaule et lâcha :

— Je te le dirai plus tard.

Elle suivit son regard. Son cœur s'arrêta. La dernière personne au monde qu'elle aurait voulu voir se précipitait vers elle, les bras ouverts.

— Avery !

— Bonsoir, Brittany.

Elle subit son câlin trop appuyé, écœurée par tant d'hypocrisie. Néanmoins, elle tenait à rester polie.

— Salut, dit ensuite Brittany en se tournant vers Cayden.

— Britt.

Si Avery faisait des efforts pour ne pas paraître trop sèche, Cayden, lui, ne s'encombrait pas de tels scrupules.

— Excuse-nous : nous étions sur le point de partir.

— Je sais. J'ai même failli te rater, mais je tenais à te féliciter pour ta récompense. Décidément, tu es si bon que tu sais même pardonner à tous ceux qui ont pu te faire du mal…

— Si je t'ai pardonné, c'est uniquement pour ne pas devenir fou, Brittany. Mais je n'ai pas oublié. Bonne soirée.

— Je ne parlais pas de moi, reprit Brittany, arrêtant Cayden dans son mouvement. Je parlais d'Avery.

Un vent de panique traversa la jeune femme et elle tira discrètement Cayden par le bras.

— Allons-y.

Hélas, il s'était déjà retourné.

— Pourquoi parles-tu d'elle ?

— Oh ! tu ne sais pas ?

Le regard satisfait de Brittany passa de l'un à l'autre.

— Ne t'en fais pas, chérie. Tu m'as soutenue autrefois et, ce soir, je te rends la pareille, dit-elle avec un clin d'œil.

Sur un dernier sourire, elle tourna les talons. Avery espéra vainement que Cayden ne lui poserait pas de questions ; mais la manière dont il serrait sa main, l'écrasant presque, laissait penser que ça ne risquait pas d'arriver…

- 21 -

— De quoi parlait-elle, Avery ? demanda Cayden tandis qu'ils rejoignaient le parking. Sa voix était posée, mais sous-tendue par une colère qui semblait émaner de tout son être.

Elle comprit pourquoi il se montrait si prudent : on les observait et il ne fallait surtout pas laisser qui que ce soit se douter qu'une dispute était sur le point d'éclater. Ça ne donnerait pas une bonne image du héros du jour…

— Brittany essaie de semer la zizanie, comme toujours, répondit-elle en faisant de son mieux pour paraître détendue. Cayden, ma main !

Il desserra l'étau de ses doigts et elle sourit tout en saluant quelques invités sur son passage.

— Est-il trop tard pour aller voir les lumières de Chicago ? demanda-t-elle.

— Oui.

On approcha la Porsche le long du trottoir mais Cayden ne monta pas. Il ne regardait même plus Avery. C'était mauvais signe et elle se sentit soudain plus tendue.

Il me croira. Quand je lui dirai que j'ignorais tout du contenu de l'enveloppe, il comprendra.

— Tu m'as demandé si tout allait bien, ce soir.

Ah ! c'était Bob qui l'inquiétait et non Brittany !

— Oui, je me fais du souci pour toi.

— Bob m'a annoncé de mauvaises nouvelles, dit-il,

les yeux fixés droit devant lui. Le conseil de la SOMA aurait tiqué sur un point dans mon dossier de candidature.

— Vraiment ? murmura Avery, la gorge nouée.

— Ils veulent creuser l'affaire du détournement et tous les mensonges que Brittany a répandus quand je l'ai quittée. Bob n'est pas sûr qu'on m'accepte, en fin de compte.

— Cayden, je suis désolée !

Il se tourna enfin vers elle.

— Tu connaissais Britt, à l'époque. As-tu été impliquée ?

— C'est… compliqué, avoua-t-elle.

— La question est pourtant simple : oui ou non ?

— Les deux. Cayden, peut-on rentrer pour en parler ?

— Non. Qu'est-ce que Brittany a voulu dire, ce soir ?

— Un jour, elle m'a appelée et m'a demandé une faveur, soupira Avery. Elle a prétendu qu'elle ne se sentait pas bien et qu'elle avait un paquet à livrer à son travail.

Cayden écarquilla insensiblement les yeux.

— Elle n'a donc pas menti sur ce point.

— Non, pas vraiment, mais elle ne t'a pas dit toute la vérité non plus, protesta la jeune femme.

Cayden crispa ses doigts sur le volant.

— As-tu ou n'as-tu pas remis les documents qu'elle a falsifiés à son patron ?

— Je l'ai fait, mais…

— C'est tout ce que je voulais savoir.

— Je te jure que je ne savais pas ce qu'il y avait dans cette enveloppe !

Un reniflement de mépris lui prouva qu'il n'en croyait rien. Avery sentit son cœur se serrer.

— As-tu cru ce qu'ont écrit les journaux à mon sujet ?

— Elle était mon amie et celle de ma sœur ! Je te connaissais à peine, alors oui, j'ai cru ce qu'elle m'a raconté.

— Ça me suffit.

Il voulut monter dans la voiture et elle posa la main sur son bras pour l'empêcher de partir.

— Cayden, non. Ne me quitte pas sans me laisser t'expliquer ce qui s'est vraiment passé.

— Quelle partie de « ça me suffit » ne comprends-tu pas ? lâcha-t-il en chassant sa main.

Sans lui laisser le temps d'en dire plus, il s'installa au volant. Avery sentit ses forces la quitter. Il était en colère et elle avait déjà pu voir la facette sombre de son caractère, le soir du bal. S'il ne voulait pas écouter sa version de l'histoire, alors tant pis pour lui !

— Cayden, murmura-t-elle encore quand il démarra.

Hélas, elle n'avait d'autre choix que le laisser partir sans faire de scène : une fois de plus, ils n'étaient pas seuls.

— Je suis désolée, tu sais, lui glissa-t-elle. J'aurais dû t'en parler plus tôt. Je voulais le faire…

Un regard froid se posa sur elle.

— Adieu.

Il partit en trombe sans un mot de plus et Avery fit de son mieux pour étouffer ses larmes. Il n'avait pas ajouté : « Je ne veux plus te voir », mais son ton glacial avait été sans appel.

- 22 -

Durant tout le dimanche qui suivit, la trahison d'Avery se rejoua en boucle dans l'esprit de Cayden. Il lui fallut attendre de passer une soirée avec Jake pour parvenir enfin à refouler sa colère, sa douleur et – oui – sa déception. Il s'efforça de se plonger dans son travail pour éviter de penser à elle. Le samedi suivant, son téléphone sonna tôt le matin. Au saut du lit, sa première pensée fut : *Avery ?*

Non. C'était sa mère.

— Je m'appelle Tami, lança-t-elle dans l'écouteur, et je cherche à localiser mon fils qui a disparu…

Cayden se laissa retomber sur son oreiller.

— Bonjour, maman.

— Il vit toujours !

— Désolé de ne pas avoir appelé, ces derniers temps. J'ai été très occupé.

— On est pourtant en été. En général, l'activité se tasse en cette saison.

— Bientôt, sans doute. Comment vas-tu ?

— Occupée aussi, grâce au succès de ta levée de fonds. Nous avons reçu beaucoup de nouveaux patients et je suis très fière de toi : tu permets à tous ces gens d'avoir accès aux meilleurs soins possible.

— Merci, maman.

— Alors, quand est-ce qu'on peut se voir ?

— Je ne sais pas. Tu travailles, aujourd'hui ?

— Jusqu'à 17 heures, oui.

— Dans ce cas, je passerai te prendre pour t'emmener au restaurant dès la fin de ton service.

— Parfait !

— À tout à l'heure.

Cayden paressa devant la télé, sortit faire quelques courses et s'occupa au mieux. À 16 h 30, enfin, il se gara sur le parking des urgences du PDS Medical. Il était arrivé en avance pour voir sa mère au travail et, peut-être, rencontrer un ou deux patients de son programme. Il longea un couloir, salua quelques connaissances de la main, puis s'arrêta devant le comptoir des infirmières. Sa mère apparut très vite.

— Cayden ! Tu arrives tôt ! Viens dans mon bureau : il faut que je termine de remplir quelques papiers avant de partir.

Une petite femme aux cheveux noirs très courts et aux yeux noisette approcha, venant de l'autre bout du couloir, et sourit à Tami.

— Tu pars déjà ? demanda celle-ci sur le ton de la plaisanterie.

— Ce n'est pas trop tôt, hein ? répondit l'autre en riant.

— Lisa, voici mon fils…

— Cayden, je sais. On s'est connus au lycée. Je suis la grande sœur d'Avery.

— Qui est Avery ? demanda Tami en les regardant tout à tour d'un air étonné.

— La sœur de Lisa, répondit Cayden avant de tendre la main à la jeune femme. Ravi de te revoir…

Profitant de leur conversation pour s'éclipser, Tami fit signe à son fils de la rejoindre dans son bureau quand il en aurait terminé. Dès qu'elle eut disparu, Lisa proposa :

— Peut-on s'asseoir un moment ?

— Pour quoi faire ?

— Discuter calmement dans un coin vaut sans doute mieux que faire une scène en public.

Il eut un sourire peu convaincu mais la suivit néanmoins jusqu'à quelques chaises installées à l'autre bout du couloir.

— Avery m'a raconté ce qui s'est passé, commença Lisa avant même de s'être assise.

— Dans ce cas, je ne vois pas ce qu'on a encore à se dire.

— Écoute, tout ça ne me regarde pas, mais je tiens à te dire que tu fais complètement fausse route. Brittany nous a menti, à toutes les deux. Elle a pleuré, nous a dit que, sans elle, tu n'aurais jamais été embauché à la banque et que tu l'avais quittée dès que tu n'avais plus eu besoin d'elle. Que tu avais détourné des fonds. C'était ma meilleure amie et je ne l'aurais jamais crue si manipulatrice. Quant à Avery, elle lui faisait confiance parce que *je* lui faisais confiance. Brittany s'est servie d'elle. Quand j'ai vu le sourire de ma sœur après votre week-end en Californie, j'ai compris qu'elle tenait à toi. Ce que vous partagez n'arrive pas tous les jours, tu dois le savoir. Alors, un bon conseil : avant de condamner une femme et de lui tourner le dos, essaie au moins de l'écouter et de la laisser se défendre.

— Es-tu avocate ?

— Je suis une grande sœur, c'est presque pareil !

De toute évidence, le caractère affirmé d'Avery était un trait de famille… Cayden ne put s'empêcher de sourire.

— Comment connais-tu ma mère ?

— Elle m'a suivi pendant toute ma chimio.

— Ah oui. Avery m'en avait parlé… Je n'ai jamais pensé à demander à maman si elle te connaissait…

Au même instant, le téléphone de Lisa sonna et elle se leva. Avant de décrocher, elle le dévisagea encore un instant.

— Avery n'est pas parfaite, tu sais, mais elle est honnête, gentille et parfois trop confiante. Chaque histoire a deux versions et, si tu tiens au moins un peu à elle, tu dois lui laisser une chance de te raconter la sienne.

Sans même un geste de la main, elle tourna les talons, porta son téléphone à son oreille et disparut au bout du couloir. Quand Tami rejoignit Cayden, il n'avait pas encore bougé de sa chaise, l'esprit en ébullition.

Avery n'en était pas à sa première rupture et elle n'était pas sortie longtemps avec Cayden. Pouvait-on même parler de « relation », à ce stade ? En fait, plus les semaines passaient, plus elle comprenait qu'ils s'étaient laissé emporter par une sorte de tourbillon euphorique, un fantasme qui n'aurait jamais tenu la distance. Des souvenirs dansaient devant ses yeux, comme des photos retraçant tous les bons moments qu'ils avaient partagés. Une semaine ou deux de plus, et elle aurait commencé à rêver d'un final de contes de fées… Mais ce soir-là, au club, alors qu'ils s'affichaient ensemble en public pour la toute première fois, la réalité était venue les frapper de plein fouet. En moins de cinq minutes et à peine autant de mots, Brittany avait réussi à détruire deux mois d'extase. Le château de cartes s'était écroulé. Jamais Cayden ne lui pardonnerait. Si elle avait d'abord espéré qu'il se calme et qu'il accepte de répondre au téléphone, elle avait vite déchanté. Deux semaines s'étaient écoulées et elle n'avait toujours aucune nouvelle de lui. Si elle ne pouvait pas espérer son amour, peut-être parviendrait-elle au moins à obtenir son pardon. Elle en avait besoin…

Elle traversa soudain son salon et attrapa son portable, posé sur le bar. Elle chercha le numéro d'Eddington Enterprise sur Internet et appela.

— Bonjour, Eddington Enterprise, que puis-je pour vous ?

— Je cherche à joindre Jake Eddington.

— De la part de qui ?

Avery envisage un instant de donner une fausse identité, mais ç'aurait été absurde.

— Avery Gray.

— Un instant, je vous prie.

La voix enjouée de la réceptionniste ne suffit pas à alléger l'angoisse qui nouait l'estomac d'Avery. Et si Jake refusait de lui parler ? Elle se mit à faire les cent pas dans son salon, bercée par la musique d'attente, puis, au moment où elle songeait à raccrocher, Jake lança dans l'écouteur :

— Avery ? Salut !

— Salut. Je commençais à croire que tu ne répondrais pas…

— J'avais un double appel.

— Oh ! d'accord. Je pense que tu sais déjà de quoi je veux te parler.

— Je ne veux pas faire de suppositions, dit-il.

— Il s'agit de Cayden. Il refuse de me rappeler.

— Et tu t'adresses à moi parce que… ?

— Parce que vous êtes amis. Il réagit comme un imbécile, et je me disais que si tu lui donnais un bon coup sur la tête, tu aurais une chance de lui inculquer un peu de bon sens !

Elle n'avait pas voulu s'emporter ainsi, mais les mots lui avaient échappé. Jake éclata de rire, si fort qu'elle se surprit à sourire, soulagée.

— Désolée, reprit-elle. Ça fait deux semaines que je tourne comme un lion en cage…

— Je comprends.

— Est-ce qu'il va bien, au moins ?

— Il en a l'air, mais ça ne veut rien dire, répondit-il. Tu le connais… Écoute, Cayden est mon ami, c'est vrai. Seulement, je n'aime pas me mêler des affaires des autres. Tout ce que je peux te dire, c'est que les mensonges de Brittany lui ont laissé des cicatrices très profondes : il ne fait plus confiance aux gens aussi facilement qu'avant et quand il se sent trahi, il a du mal à pardonner.

— T'a-t-il expliqué ce qui s'est passé entre nous, au moins ? demanda-t-elle.

— Non, pas vraiment.

— Il pense que j'ai comploté avec Brittany, à l'époque, mais ce n'était pas ça du tout. Je ne savais pas que je lui ferais du mal en acceptant d'aider une amie qui paraissait dans l'embarras. J'ignorais tout de ses manigances.

— Le lui as-tu dit ?

— J'ai essayé. Il a refusé de m'écouter et, maintenant, il ne décroche même plus son téléphone.

— Je ne peux pas le forcer à te parler, Avery, soupira Jake. Il est adulte, après tout.

— Peux-tu au moins lui dire que je t'ai demandé de ses nouvelles et que je tiens toujours à lui expliquer ce qui s'est vraiment passé ?

— En quoi est-ce si important pour toi ?

— Cayden n'est pas le seul à avoir été trahi, dans cette affaire. Je sais ce qu'il ressent, parce que je souffre aussi. Je ne suis pas comme Brittany : je ne veux pas faire de mal aux gens qui me sont chers et je tiens à ma réputation. Si Cayden doit me quitter, qu'il le fasse au moins en sachant la vérité.

— Je t'aime bien, Avery, dit-il d'une voix où perçait un sourire. D'accord. Je lui transmettrai le message.

— Merci !

Elle raccrocha et se laissa tomber sur son canapé, épuisée et soulagée. Elle avait pu dire à Jake ce que Cayden refusait d'écouter depuis leur dernière – et atroce – conversation. S'il devait y avoir une suite à cette histoire, c'était à lui de faire le premier pas, maintenant.

- 23 -

Cayden était tellement nerveux qu'il se sentait presque mal. Bob l'avait appelé pour lui demander de le rejoindre immédiatement. Depuis que la Société de Ma'at s'était réunie, deux semaines plus tôt, personne ne lui avait donné de nouvelles concernant sa nomination. En conduisant jusqu'à la maison de son mentor, à l'autre bout de la ville, Cayden tenta d'imaginer toutes les options possibles. Était-on convaincu de son innocence concernant le détournement de fonds ? Avait-on enfin accepté de le faire entrer dans la fraternité ? Il sortit de sa voiture et sonna à la porte, toujours en proie à une angoisse indicible.

Bob ouvrit mais ne lui sourit pas. Cayden fit de son mieux pour se cuirasser.

— Monsieur Masters ! Je suis content de vous voir.

Son hôte acquiesça, l'air sombre, et s'effaça pour le laisser entrer. Le jeune homme avait à peine fait deux pas dans le hall qu'on rabattit un sac sur sa tête. Puis, deux ou trois hommes s'emparèrent de lui pour l'entraîner de force dans la maison.

— Hé ! cria Cayden. Lâchez-moi ! Bob ? Bob !

Tandis qu'on lui faisait gravir l'escalier, il comprit soudain qu'il ne pouvait avoir qu'une explication à ce manège. On allait enfin le soumettre au rituel initiatique qui marquerait son entrée dans la SOMA… Oui ! Il allait réellement faire partie de ce cercle très restreint !

Dans la soirée, après la première cérémonie, il fut invité à dîner au Domaine et on lui remit sa chevalière de la Société. Jusqu'à présent, il n'avait pas vraiment osé y croire, et pourtant il avait enfin atteint les sommets – alors qu'il n'avait même pas trente ans ! Il se retrouvait entouré des hommes les plus puissants du pays et on le traitait comme un égal… Alors que le repas touchait à sa fin, il fut envahi par une étrange nostalgie et songea à son père, parti l'année de ses cinq ans. Le visage d'Avery vint également se dessiner devant ses yeux. Ils n'avaient eu aucun contact depuis plus d'un mois et elle lui manquait. Sa colère s'était lentement éteinte et, ces derniers jours, il commençait même à accepter une vérité que son cœur connaissait déjà. Une vérité que Jake, Lisa et Avery elle-même avaient essayé de lui montrer. Elle n'avait *pas* su ce que contenait l'enveloppe fatale. Contrairement à Brittany, elle ne lui avait pas menti. Il eut soudain très envie de s'éclipser pour aller la trouver, mais, étant l'invité d'honneur, c'était évidemment impossible. Il supporta donc la soirée avec le sourire, remercia les membres de la SOMA qui avaient fait l'effort de venir. Quand enfin il s'apprêta à partir, Jake le rattrapa à la porte.

— Que se passe-t-il ? demanda ce dernier. Tu as l'air ailleurs, depuis un moment.

Était-il donc si facile à démasquer ?

— Tu te fais des illusions, vieux.

— Vraiment ? Je crois plutôt que tu as enfin retrouvé la raison et que tu es prêt à donner une nouvelle chance à Avery… Je me trompe ?

Ils sortirent ensemble sur le parking.

— Tu penses vraiment tout savoir ? demanda Cayden.

— La plupart du temps, oui. Alors, vas-tu l'appeler ?

— Occupe-toi donc de tes affaires !

— C'est toi, mes affaires.

Cayden haussa les épaules puis, après avoir ouvert sa voiture, se retourna pour enlacer son ami.

— Merci pour tout ce que vous avez fait pour moi.

— Tu le mérites bien, mon frère.

— Merci quand même.

Il s'assit derrière le volant et démarra. Alors qu'il s'éloignait, Jake lança encore :

— Appelle Avery !

Cayden actionna la commande téléphonique sur le volant de sa Porsche. Pendant plusieurs semaines, le numéro d'Avery était apparu en premier sur sa liste, mais il dut cette fois descendre assez bas pour le retrouver. Arrivé sur la route principale, il renonça à téléphoner et prit le chemin du centre de Chicago. Il avait besoin de discuter avec elle de vive voix. Pourvu qu'elle soit chez elle…

Au bout de vingt minutes de route, il changea une nouvelle fois d'avis. Il n'avait aucun droit de débarquer chez Avery à l'improviste, après un mois de silence. Il s'arrêta près d'une station-service et l'appela mais tomba sur sa messagerie. Il raccrocha sans prononcer un mot, déçu et inquiet. Il n'avait pas envisagé qu'elle puisse ne plus vouloir lui parler. Alors qu'il s'apprêtait à repartir, cependant, son portable se mit à sonner.

— Bonsoir, Avery !

— Cayden.

Sa voix était froide, sur la défensive. Il la comprenait.

— Ça fait longtemps, n'est-ce pas ?

— Écoute, si c'est au sujet de Lisa et de ce qui s'est p…

— Je suis content que Lisa soit venue me parler, coupa-t-il, mais il ne s'agit pas de ça. J'aimerais te voir et écouter ta version des faits, comme tu me l'as proposé la dernière fois. Je suis prêt, maintenant. J'ai eu le temps de prendre du recul et j'ai compris que je m'étais montré injuste. Est-ce que tu acceptes de me voir ?

— Pourquoi pas…

— Parfait. Maintenant ?

— Il est tard…

— Je te promets que ce ne sera pas long. On a passé de très bons moments ensemble, Avery. Tu me repousseras peut-être, après, je le comprends ; mais je tiens à te dire certaines choses.

Elle parut hésiter un instant, puis demanda :

— Où es-tu ?

— Pas très loin de chez toi, en fait. Et toi ?

— Au Kaphraos.

Quelle ironie ! Il était passé devant ce restaurant thaï – l'un de ses préférés – en venant.

— Je peux t'y retrouver dans un gros quart d'heure. Peux-tu attendre jusque-là ?

— OK.

Il raccrocha, se remit en route et, dans sa hâte, parvint à faire le chemin en dix minutes à peine. Lorsqu'il entra dans la salle, Avery se leva pour lui faire signe. Elle paraissait un peu plus mince que dans son souvenir. Plus fatiguée, aussi, et son regard restait froid. En était-il responsable ?

Une fois assis, il lui sourit. Son cœur tambourinait, preuve qu'elle lui avait manqué. Il aurait tant voulu l'embrasser – mais n'osa pas, bien sûr.

— Salut, dit-il simplement. Merci d'avoir patienté.

— Pas de problème.

— Tu manges seule, ce soir ?

— Lisa et sa famille venaient de partir quand tu as appelé.

Il vit la serveuse approcher et lui fit signe de les laisser tranquilles avant de se concentrer sur Avery. Elle lui adressa un regard si blessé que sa gorge se serra.

— Bébé, je suis vraiment désolé pour tout ce qui s'est passé entre nous, dit-il.

— Moi aussi, murmura-t-elle avec plus de douceur.

— Je regrette de ne pas avoir mieux géré la situation. Quand Brittany m'a annoncé que tu l'avais aidée, autrefois, j'ai vu rouge. Comprends-moi : ç'a été le pire moment de ma vie. Ma réputation, ma carrière, tout était soudain menacé. À cette époque, rien ni personne n'aurait pu m'aider à aller mieux.

Il hésita un instant et reprit :

— J'avais dix-sept ans quand j'ai commencé à sortir avec Brittany. Elle me fascinait. Plus âgée, expérimentée et manipulatrice… Elle voulait se marier, pas moi. C'est pour ça qu'elle a essayé de me détruire. Pour se venger.

— Elle a fait ça à beaucoup de monde.

— Comment a-t-elle réussi à te convaincre de l'aider à me faire tomber ?

— Je n'ai jamais voulu te faire de mal, Cayden. Tu dois me croire. Elle m'a dressé un portrait de toi qui n'avait rien à voir avec le garçon mignon que j'aimais observer pendant les cours de sport.

Ce dernier commentaire les fit tous les deux sourire, pour la première fois.

— Comme tu l'as dit toi-même, elle sait manipuler les gens. Elle nous a fait croire que *tu* étais le méchant et elle a très bien joué son rôle de victime. J'ai fini par accepter de porter cette enveloppe à son patron, mais j'ignorais son contenu. Je te le jure !

Comme la serveuse continuait à leur tourner autour, Cayden finit par lui faire signe.

— Est-ce que tu as faim ? demanda-t-il à Avery.

— J'ai déjà mangé.

— Une boisson chaude, alors ?

Elle commanda un chocolat épicé et Cayden, un décaféiné avec du lait.

— Tu n'as pas trouvé étrange qu'elle te demande ça ? reprit-il au bout de quelques instants.

— Je pensais juste rendre un service à une amie. Plus tard, elle a prétendu que tu t'étais servi d'elle pour entrer à la banque et voler cet argent, que tu l'avais quittée quand tu n'avais plus eu besoin d'elle. Je pensais avoir contribué à empêcher un crime et j'étais convaincue d'avoir bien agi.

— Et quand tu as appris que j'avais été innocenté ?

— J'ai honte de l'admettre, mais je te croyais toujours coupable. J'étais convaincue que les Eddington t'avaient permis d'échapper à la justice.

Cayden se laissa aller contre le dossier de sa chaise, troublé par tous ces aveux. Lisa ne lui avait-elle pas raconté la même histoire, un mois plus tôt ? Sur le moment, il n'avait pas voulu y croire ; mais connaissant Brittany, cette version lui semblait de plus en plus plausible.

— C'est pour ça que je tenais tant à te parler, poursuivit-elle. Je comprends que tu te sois senti trahi de nouveau, surtout après tout ce que nous avons partagé. Je *sais* que tu n'as rien fait, maintenant que je te connais mieux. Est-ce que je peux te poser une question ?

— Vas-y.

— Pourquoi ne t'es-tu pas défendu en dévoilant la vérité ?

— Ceux auxquels je tiens savent ce qui s'est passé, c'est tout ce qui comptait pour moi. Le verdict m'a permis de me concentrer sur ma carrière et Brittany a compris qu'il valait mieux quitter la ville.

— Pourquoi ?

— Parce que j'ai engagé un détective pour prouver qu'*elle* avait détourné tout cet argent. Le banquier était un ami de sa famille. Il a exigé une restitution mais n'a pas voulu porter plainte contre elle.

Avery acquiesça en silence.

— Et maintenant ? demanda-t-elle. Qu'est-ce qu'on fait ?

— J'aimerais oublier cette histoire une bonne fois pour toutes, reprendre les choses où nous les avons laissées et me concentrer sur notre avenir.

— Ça me plairait aussi. Beaucoup.

Cayden vit ses yeux pétiller et fut heureux de sentir que l'orage était passé. Il posa les mains sur la table. Elle les prit dans les siennes.

— Tu m'as manqué.

— Toi aussi.

Une unique larme roula sur la joue d'Avery et il la chassa en douceur, s'attardant sur sa peau tiède. Un souffle de désir les traversa au même moment.

— Et si on leur demandait de nous préparer des mugs à emporter et qu'on allait chez moi ? suggéra-t-il.

— Parfait.

Dès qu'ils eurent rejoint le pavillon de Cayden, ils s'enlacèrent pour la première fois depuis des semaines. C'était si bon qu'il n'eut soudain pas envie de se presser. Il voulut savourer leurs retrouvailles. Ils se glissèrent alors ensemble sous la douche, puis firent l'amour lentement, passionnément, en prenant le temps de se redécouvrir. Ensuite, ils passèrent des heures à discuter de tout et de rien – le travail de Cayden, l'entreprise qu'Avery venait de monter en free-lance et qu'elle comptait bien faire fructifier.

Durant le mois qui suivit, une agréable routine s'installa. Certes, la fièvre de leurs premiers rendez-vous avait été agréable, mais Cayden apprécia de pouvoir ralentir pour mieux apprendre à connaître Avery. Un samedi, il l'invita au restaurant avec sa sœur et Tami, puis les emmena voir un spectacle comique. Avery fut aussi conviée à un dîner plus formel chez les Eddington. L'automne fit place à l'hiver et les fêtes de fin d'année se profilèrent. Cayden et la famille d'Avery passèrent Thanksgiving à Las Vegas. À leur retour chez lui, où ils vivaient maintenant à deux, ils profitèrent d'un doux week-end en tête à tête pour célébrer la fin des vacances.

— Tu sais quoi ? demanda Avery, allongée sur le canapé, les pieds sur les jambes de Cayden tandis qu'ils regardaient un film.

— Hmm ?

— Tu es un homme assez stupéfiant.

— Vraiment ?

— Oh oui, répondit-elle en se pelotonnant contre lui. Ce Thanksgiving a été le meilleur de ma vie, et je sais que Lisa en avait bien besoin, maintenant que sa chimio est terminée. J'ai retrouvé ma sœur d'autrefois, d'avant le cancer…

Elle déposa un baiser sur sa joue.

— Merci.

— De rien, répondit-il avec un sourire. Peut-être qu'on pourrait inviter tout le monde ici pour Noël. Décorer un grand sapin. Offrir une montagne de cadeaux à Amanda. Ce serait amusant.

Avery se redressa soudain sur les coussins.

— Je viens de me rendre compte d'un truc. Depuis que nous sommes ensemble, tu n'es jamais venu chez moi.

— Est-ce une invitation ?

— Tu as besoin que je t'invite ?

— Au contraire, je me disais que tu pourrais mettre ton appartement en location, puisque nous passons tout notre temps ici…

— Es-tu sûr d'être prêt à sauter le pas ?

— Oh que oui !

En fait, il était prêt pour beaucoup plus que cela, mais il n'osait pas encore le lui dire.

— Mais je tiens quand même à voir ton chez-toi. On en apprend beaucoup sur quelqu'un en découvrant comment il vit, reprit-il.

— Ah bon ? On sait même comment quelqu'un aime ?

Elle se mit à cheval sur lui, l'embrassa, et il ne put s'empêcher de la taquiner en remuant les hanches.

— J'aurais besoin de faire quelques recherches avant de répondre à cette question, mademoiselle Gray.

— Aimerais-tu que je te donne un coup de main ?

Il saisit ses fesses et la souleva contre lui.

— Toujours !

Ils éclatèrent de rire et Cayden la porta jusqu'à leur chambre, pour y faire toutes les recherches dont il pouvait rêver – jusqu'au petit matin.

- 24 -

Guidé par son GPS, Cayden se gara sur le parking privé de l'immeuble d'Avery. Après tout ce qu'ils avaient déjà partagé, il avait du mal à croire que c'était la première fois qu'il venait ici. Il avait presque l'impression que son existence ne lui appartenait plus, ces derniers temps. Qui était cet homme qui venait d'inventer un logiciel révolutionnaire, à qui l'on avait fait un virement à huit chiffres la semaine précédente, et qui appartenait depuis peu à l'une des fraternités les plus fermées du monde ?

Il jeta un coup d'œil à son rétroviseur et murmura :

— C'est toi, mon vieux.

Puis, s'emparant de l'énorme bouquet de fleurs qu'il avait acheté en route, il alla sonner à la porte d'Avery. Son cœur se mit à battre plus fort, comme s'il s'apprêtait à vivre son premier rendez-vous. La porte s'ouvrit et, bien qu'il fît son possible pour paraître détendu, il eut soudain l'impression de découvrir une partie de son avenir.

— Salut, dit-il en dévisageant Avery.

— Salut.

— Tu es magnifique.

— Merci…

Une émotion qu'il ne sut déchiffrer passa dans ses yeux au moment où elle vit les fleurs.

— Waouh ! Ce bouquet est splendide… et énorme !

— C'est la première fois que je viens chez toi et puis Noël approche.

— On va le mettre dans un vase. Entre, dit-elle avec une timidité particulièrement sexy.

Il l'embrassa rapidement, par-dessus les fleurs, puis la suivit dans le salon.

— Je dois t'avouer quelque chose, dit-elle. Je suis un peu nerveuse. C'est stupide, je sais, mais…

— Non, pas du tout, gloussa-t-il. J'ai presque l'impression que c'est notre première fois, moi aussi.

— On va juste manger et se faire un ciné. Classique.

— Mais on n'a encore jamais fait ça, toi et moi.

— Je sais ! On a toujours passé nos soirées chez toi, répondit-elle avec un sourire.

— D'où les fleurs. Ça m'a paru approprié.

Elle s'éloigna pour poser le bouquet sur la table et il admira pendant un instant la demi-lune de ses fesses qui ondulait au rythme de ses pas. Lorsqu'il parvint enfin à lever les yeux, il put observer son salon ouvert plus en détail. Le décor lui ressemblait : élégant, discret, apaisant. Son appartement n'était pas prétentieux, chose qu'il apprécia.

Elle s'éclipsa, puis revint avec un grand vase.

— Ce sera parfait, annonça-t-elle avant d'y disposer le bouquet.

Elle recula pour juger de l'effet et sourit de nouveau.

— Ce vase appartenait à ma mère, reprit-elle en se rapprochant un peu. Merci…

Elle l'embrassa furtivement, envoyant une décharge dans tout son corps. Cayden l'enlaça pour lui rendre son baiser avec plus de fièvre. Il sentit ses tétons pointer contre lui et les caressa. Avery gémit, laissant ses mains descendre dans son dos, jusqu'à ses fesses. Puis elle se recula brutalement.

— J'ai l'impression que… si on n'arrête pas…

— On pourrait sauter le restau et le cinéma ?

— Oui.

— Une livraison à domicile et du streaming m'iraient aussi, dit-il en lui prenant la main. Mais tu t'es apprêtée et ce serait dommage que Chicago ne puisse pas profiter de ta robe, en cette nuit froide.

Elle éclata de rire et déposa un petit baiser sur sa joue.

— Je vais prendre mon sac.

Lorsqu'ils se retrouvèrent dans la voiture de Cayden, elle demanda :

— Où va-t-on ?

— Tu connais ce nouveau restaurant, sur Near South Side ?

— Pas possible ! Tu as réservé une table à Sol to Sol ?

Ravi de sa réaction, il acquiesça.

— Je les ai appelés la semaine dernière, reprit-elle, mais ils sont complets pour les six prochains mois !

— Sauf si on connaît quelqu'un qui connaît quelqu'un…

— C'est grâce à la SOMA ? Je suis impressionnée.

Ce nouveau restaurant new age était parfait pour un dîner romantique. Il n'y avait que douze tables, séparées par des cloisons et des plantes pour offrir un peu d'intimité aux clients. Cayden et Avery furent installés près d'une fenêtre donnant sur les rues illuminées de la ville et offrant une vue sur le lac Michigan, au loin. On leur apporta une bouteille de champagne.

Cayden leva sa flûte et Avery l'imita.

— À quoi trinquons-nous, cette fois ?

— Je te laisse décider, dit-il d'une voix déjà troublée par le désir.

— Alors, trinquons à… ce soir. À nous, murmura-t-elle. Et aussi à tout ce que tu as accompli cette année :

IA Interface, la SOMA… Tu t'es hissé au sommet avec intégrité et élégance. Je t'aime.

— Waouh, bébé… Merci.

Il se pencha par-dessus la table pour l'embrasser.

Au même instant, la serveuse déposa une assiette de hors-d'œuvre devant eux et, pendant l'heure et demie qui suivit, ils dégustèrent avec bonheur les plats délicieux du chef tout en discutant de choses et d'autres. Le repas s'acheva sur un sundae au chocolat agrémenté de fruits frais et, très vite, Avery et Cayden se retrouvèrent dehors. La nuit était tombée, tout comme la température. Il en profita pour l'attirer contre lui et la réchauffer.

— J'aurais dû leur demander la recette de cette sauce au chocolat, murmura-t-il.

— Oui, c'était divin.

— Ç'aurait été encore meilleur si j'avais pu la lécher sur ton corps…

Le voiturier approcha la Porsche et ils se réfugièrent au chaud. Cayden longea une première rue, illuminée pour les fêtes, puis évita la bretelle du périphérique pour poursuivre tout droit.

— Où allons-nous, maintenant ?

— Je voudrais te montrer quelque chose.

— J'espère que cela ne nous obligera pas à descendre de voiture. Il fait trop froid !

— Hélas, tu vas devoir t'y résigner…

Ils arrivèrent devant un grand immeuble qui avait été un hôtel, autrefois. Le rez-de-chaussée était à présent occupé par des boutiques de luxe. Cayden se gara sur un emplacement réservé devant les fenêtres éclairées.

— C'est là ? demanda Avery d'un air surpris.

— Oui.

— On dirait que tout est fermé…

— J'ai une autorisation spéciale.

— Mais il gèle !

— Ne t'en fais pas, je te réchaufferai très vite.

Il s'approcha de la porte de service et tira une clé de sa poche. Avery le dévisageait avec perplexité, mais elle le suivit sans rechigner dans le couloir chauffé.

Il la guida dans une vaste salle de style industriel aux murs en brique. Des portes en partie vitrées se dressaient à intervalle régulier.

— Un de mes amis gère cet immeuble, expliqua-t-il. C'est la partie bureaux, qui propose des espaces de travail flexibles, derrière les boutiques.

— J'aime bien le décor : on retrouve l'ambiance ancienne sous les rénovations.

— Je savais que ça te plairait.

Il ouvrit une porte qui menait à un espace au coin du bâtiment.

— Attends là pendant que je cherche l'interrupteur, et ferme les yeux.

— OK…

Il tâtonna sur le mur un instant, puis alluma.

— Tu peux regarder.

Il sentit son cœur s'emballer tandis qu'Avery découvrait le mobilier moderne, le comptoir de réception et la plaque accrochée au mur :

ÉVÉNEMENTS DE LA POINTE
PAR AVERY GRAY

Elle écarquilla les yeux et ne bougea pas pendant de longues secondes. Puis, lentement, elle se tourna vers lui avec un air confus.

— Je ne comprends pas… C'est le nom de mon entreprise…

— Oui, je sais, murmura-t-il à son oreille.

Sans autre explication, il lui tendit un porte-clés en forme de cœur. Avery contempla l'objet en retenant sa respiration.

— Voici les clés de ton nouveau bureau.

Elle étouffa un petit cri et recula d'un pas. Sa bouche s'ouvrit, mais aucun son n'en sortit.

— Du moins, si cet endroit te plaît, s'empressa-t-il d'ajouter.

Enfin, elle retrouva le contrôle de ses muscles et fit le tour de la pièce avant de revenir se camper face à lui.

— Cet endroit est parfait, Cayden. Mais, même si l'un de tes amis gère l'immeuble et m'offre une remise, je ne pourrai jamais payer le loyer ! C'est l'un des quartiers les plus recherchés de la ville ! Non, c'est impossible…

— Ne t'en fais pas, répondit-il en l'attirant dans ses bras pour embrasser son front. Je suis sûr que le propriétaire est ouvert à une négociation… particulière.

Elle le dévisagea, bouche bée.

— Ne me dis pas que tu as *acheté* le bâtiment !

— C'est un bon investissement pour moi. Et ce bureau est mon cadeau, libre de tout loyer. Joyeux Noël !

— Joyeux… ?

Des larmes se mirent à briller au fond des yeux d'Avery, tandis qu'elle comprenait ce qu'il avait fait pour elle.

— Tu veux dire que tu m'offres ce bureau pour développer mon cabinet ?

— Oui. Utilise-le aussi longtemps que tu le voudras.

— Oh ! mon Dieu ! Tu es sérieux ? Je n'arrive pas à y croire. Merci ! C'est le plus merveilleux cadeau qu'on m'ait jamais fait, s'écria-t-elle en le couvrant de baisers.

Elle finit par le lâcher pour aller poursuivre son exploration. Cayden la suivit, l'écoutant énumérer tous les aménagements qu'elle projetait. Enfin, quand ils eurent atteint le plus petit des deux bureaux de la suite, loin des grandes fenêtres ouvertes sur la rue, il la prit dans ses bras et commença à ouvrir son manteau.

— Tu sais ce qu'il nous reste à faire, n'est-ce pas ?

— Quoi ?

Il la fit se tourner pour ouvrir la fermeture Éclair de sa robe.

— Cet endroit ne sera pas vraiment tien tant que nous ne l'aurons pas baptisé…

Un gloussement lui échappa.

— Quel vilain garçon !

— Oh ! bébé, tu n'as encore rien vu.

Il la contempla un moment en silence, puis murmura :

— Je t'aime, Avery Gray.

Elle le caressa, descendant jusqu'à sa braguette pour libérer son sexe déjà dressé et palpitant.

— Je t'aime aussi, déclara-t-elle avec un sourire.

Ils firent l'amour avec passion, sur les meubles neufs. Plus tard, alors qu'ils se rhabillaient, ils rirent ensemble au souvenir du footballeur qu'il avait été autrefois, au lycée, et de l'adolescente timide qui l'admirait de loin, sans oser lui parler.

— Quelle soirée inoubliable ! dit-elle en le suivant de nouveau dans le froid glacial de Chicago.

Cayden songea un instant à la bague qu'il avait commandée à l'un des plus grands joailliers de la ville et sourit en ouvrant la portière de sa voiture.

— Je suis sûr que nous vivrons d'autres moments mémorables, dit-il avant de démarrer le moteur.

Bientôt, quand je te demanderai en mariage…

Il avait prévu un week-end de Saint-Valentin en Californie, dans l'un de leurs vignobles préférés, pour lui faire sa proposition. Cette année avait décidément été merveilleuse, et la suivante promettait d'être encore plus belle. Un boulot parfait. Une invention à succès. Une femme magnifique…

Une chose était certaine, Cayden vivait un rêve.

Ne manquez pas dès le mois prochain
dans votre collection

PASSIONS

les deux premiers tomes de la nouvelle
série

Intrigues à Orange County

*Chez les Carey, rien n'est plus
important que la famille…
et l'amour !*

**Deux romans inédits chaque
mois de juillet à août 2022**

Retrouvez prochainement,
dans votre collection

PASSIONS

Le secret du rancher, de Janice Maynard - N°1001

Jamais India ne pensait revenir dans le Wyoming, dont le paysage implacable et dangereux est à l'image de Farris, son ex-mari, qu'elle vient de retrouver. Si elle est ici, c'est uniquement pour soutenir la mère malade de celui-ci. Or, cinq ans après leur douloureux divorce, la tension entre eux reste palpable – ainsi que le désir. Se pourrait-il que Farris détienne un pouvoir éternel sur son cœur ?

Pari sur l'amour, de Christy Jeffries

Vivienne est désespérée : sa patronne menace de la renvoyer si elle ne signe pas très vite un contrat pour sa société d'organisation de mariages. Tandis qu'elle cherche de nouveaux clients, le mystérieux Cole Dalton vient à sa rescousse en se faisant passer pour un futur marié. Une chance pour elle, ou presque : alors que le beau rancher ne croit pas en l'amour, Vivienne sent peu à peu naître des sentiments pour lui…

Éprise de son rival, de Joss Wood - N°1002

Tout oppose Hayley à Jackson Michaels : leurs caractères comme le projet de construction que veut mener le magnat de l'immobilier aux abords de Stone Lake, l'endroit préféré de Hayley à Royal. Mais les opposés s'attirent invariablement et, tandis que le désir monte entre eux, Hayley se répète qu'il n'y a pas de place pour un homme dans sa vie déjà bien remplie… aussi charmant soit-il.

Une seconde chance aux Fidji, de Nicki Night

Depuis que Carter l'a quittée cinq ans plus tôt, la dernière chose dont Phoenix avait envie était de le revoir… Quel choc pour elle de lui faire face au mariage de sa sœur sur les îles Fidji ! Alors qu'elle voudrait pouvoir l'ignorer, le cadre tropical réveille en elle un trouble et des sentiments depuis longtemps enfouis… Au point que Phoenix se prend à rêver d'avoir avec Carter une seconde chance…

Dans le lit de son ennemi, de Maureen Child - N°1003

SÉRIE : INTRIGUES À ORANGE COUNTY 1/4

Quand Henry Porter met la main sur le manoir qu'elle convoitait, Amanda Carey déclare la guerre à son ancien amant et actuel rival en affaires. Afin de percer ses secrets pour mieux l'attaquer, elle se fait embaucher chez lui en tant qu'employée de maison, tout en espérant ne jamais le croiser. Mais Henry ne tarde pas à la reconnaître… et l'invite dans son lit ! Prise au piège de ce jeu dangereux, Amanda se demande comment elle peut ressentir une telle attirance pour celui qui l'a trahie…

Une si douce emprise, de Maureen Child

SÉRIE : INTRIGUES À ORANGE COUNTY 2/4

Alors que Serena Carey organise un gala de charité, Jack Colton fait irruption dans sa vie en lui proposant une aide qu'elle ne peut refuser. Or celui qu'elle a aimé sept ans plus tôt la trouble toujours autant… Si elle travaille avec lui, elle devra à tout prix asseoir son autorité ! Pas question en effet de laisser Jack lui tourner la tête et exercer comme autrefois son emprise sur elle…

Pour un baiser brûlant, de Shannon McKenna - N°1004

SÉRIE : LIAISONS À SEATTLE 1/3

La vie sentimentale de Jenna est un vrai champ de ruines. Aussi, quand son amie Ava lui demande de jouer le rôle de la fiancée de son frère afin de laver la réputation de ce dernier, entachée par un scandale, elle hésite puis finit par accepter. Dès lors comment pourrait-elle résister à Drew Maddox, le plus célèbre play-boy de l'architecture contemporaine ? En aucun cas Jenna ne doit oublier qu'il s'agit là d'une mascarade, malgré le baiser brûlant que Drew lui a offert…

L'amant disparu, de Kathy Douglass

Dix ans plus tôt le grand amour de Raven a disparu sans laisser de traces. Aujourd'hui elle est sous le choc de découvrir Donovan sur le pas de sa porte ! Si elle a rêvé de ce moment, la colère vient s'ajouter au désir qu'elle ressent pour celui qui l'a abandonnée. Or, Raven le sait, elle ne pourra repousser éternellement Donovan, car elle a un tendre secret à lui révéler : un fils dont il ignore l'existence…

Des jumeaux irrésistibles, de Catherine Mann - N°1005

Elle est enceinte… de jumeaux ? La princesse Erika sent une panique indicible l'envahir. Et pour cause ! Le père n'est autre qu'un inconnu – certes très séduisant – avec lequel elle a vécu une seule nuit d'amour. Mais, Erika le sait, il n'est pas envisageable que ses futurs enfants grandissent en l'absence d'un père. Il lui faudra donc retrouver son amant d'un soir pour lui annoncer l'incroyable nouvelle…

La tentation d'Abby, de Victoria Pade

Abby a du mal à y croire : le richissime Dylan Camden est venu lui demander en personne de s'occuper de la coiffure de sa sœur à l'occasion du mariage de cette dernière ! Très vite, le doute l'envahit. Pourquoi Dylan a-t-il fait appel à ses services ? Est-ce pour ses talents de coiffeuse ? Ou – ce qui ne serait pas pour lui déplaire – pour une raison beaucoup plus intime ?

Ce scandale à éviter, de Joanne Rock - N°1006

« César », répète Jean-Pierre en regardant le pied minuscule qui s'agite devant lui. Ainsi, il est le père d'un bébé de cinq semaines ? Il en a le souffle coupé. Désormais, il n'a plus qu'un désir : épouser Tatiana, la femme qu'il aime et qui est maintenant la mère de son enfant. Mais les choses ne sont pas aussi simples ! Car leurs familles sont rivales depuis toujours. Et, sous le feu des médias, aucun faux pas ne leur sera pardonné…

L'idylle d'une héritière, de Jules Bennett

Tessa Barrington est furieuse. Avec l'arrivée de Grant, c'est la paix qui régnait sur son ranch qui s'est envolée. Car ce producteur, non content de tourner un film sur la puissante famille Barrington, n'a de cesse de chercher à la séduire. Jamais elle ne cédera aux avances de ce play-boy prétentieux ! Même si les regards brûlants que Grant pose sur elle ne la laissent pas aussi indifférente qu'elle le voudrait…